www.tredition.de

AF204355

Bernd Reincke

Ledaweg 62

Autobiographische Kurzgeschichten

www.tredition.de

© 2019 Bernd Reincke

Verlag und Druck: tredition GmbH, Hamburg

ISBN
Paperback: 978-3-7482-4088-4

Papa, erzähl mal

„Tja", sagte meine Tochter Anja Christin, Studentin der Hochschule Bremen, als ich das Buch mit der Aufschrift „Papa, erzähl mal!" aus dem Weihnachtspapier schälte, „das ist zum Schreiben, nicht zum Lesen, du hast immerhin über ein halbes Jahrhundert auf dem Buckel, so alt wird keine Sau, hätte Opa gesagt." „Du bist doch eigentlich auch schon ein bisschen Zeitgeschichte", ergänzte Fabian Nicolas, der Zweitgeborene. „Du hast schon gelebt als die Mauer in Berlin gebaut wurde und immer noch als sie wieder fiel, was ist denn bei dir so dazwischen alles abgegangen?"

Ein vor kurzem durch Zufall belauschtes Schülergespräch in der Klasse 12 hatte mir bereits Material geliefert, über mein eigenes halbes Jahrhundert zu reflektieren. O-Ton Susanne zu Karsten: „Ich war gestern im Stubu, voll krass daneben eih, nur alte Daddys über 20."

Den Spruch „Trau keinem über 30!" hatte ich inzwischen auf den doppelten Jahreswert gesetzt. Tagebücher hatte ich, ausgenommen im Urlaub, allerdings nie geführt. Ich hatte noch das Stöhnen meiner Schwester im Ohr, als sie mir einen Stapel Lebensprotokolle ihrer besten Freundin zeigte: „Das soll ich alles lesen und begutachten, ich dreh ab."

Also versuche ich den Gang meiner eigenen Lebensereignisse auf diesem Weg dem Vergessen zu entreißen, die Spreu vom Weizen zu trennen und gemäß dem Lied von Monty Python „Always look at the bright side of life!" , das ich zu meinem eigenen Wahlspruch gemacht habe, in anekdotischer Form meiner Nachkommenschaft zu übermitteln. Word ist aufgerufen, Arial Größe 12 in der Symbolleiste angeklickt und ich gehe geistig zurück in den Bremer Februar des Jahres 1956, dort wo ich am 25. desselben Monats extrauterin zu existieren begann.

Das Jahr 1956

Der Bundesrat gibt am 24.2. in Bonn seine Zustimmung zu einer Reihe von neuen Verkehrsvorschriften. Kraftfahrzeuge müssen künftig über einen Innen- und Außenspiegel verfügen; an den neu einzurichtenden Verkehrsüberwegen für Fußgänger ("Zebrastreifen") haben Fußgänger Vorrang.

In Moskau endet am 25.2.1956 nach elftägiger Dauer der XX. Parteitag der KPdSU, auf dem der Erste Sekretär der Partei, Nikita S. Chruschtschow, in einer Geheimrede den früheren sowjetischen Staats- und Parteichef Josef W. Stalin zahlreicher Verfehlungen und Verbrechen beschuldigt.

Wetterdaten

Im Februar des Jahres 1956 war es laut den Wetteraufzeichnungen extrem zu kalt (Abweichung: -9.4 °C).

Ein kalter Februar

Der Februar des Jahres 1956 war einer der kältesten seit Kriegsende. Ich hatte mir nicht nur diesen Monat, sondern auch noch den kältesten Tag, den 25.2., ausgesucht um das Licht der Welt zu erblicken. In Liverpool feierte George Harrison von der späteren Beatles an diesem Tag seinen dreizehnten Geburtstag, noch ohne die anderen Pilzköpfe, und in Moskau feilte Chruschtschow an den letzten Formulierungen seiner Geheimrede, in der er mit Väterchen Stalin abrechnen wollte.

In der Arensburgstraße in Bremen-Schwachhausen lag auf einer festen Schicht Eis eine geschlossene Schneedecke, die ununterbrochen von oben ergänzt wurde. All das wurde mir allerdings erst viele Stunden später klar, als mich mein stolzer Erzeuger vor dem Fenster hochhielt um mir diese weiße Welt zu zeigen. Aus begreiflichen Gründen konnte ich an der Stelle keinen Rückzieher mehr machen.

Um kurz nach Mitternacht scheuchte meine Mutter meinen Vater auf die andere Seite der unter Eis und Schnee begrabenen Arensburgstraße, wo das Haus meiner Großeltern mütterlicherseits, die Nummer 18 lag. Mein Großvater hatte sich bereit erklärt, seinen werdenden Enkel in das St.Jürgen Krankenhaus zu fahren, wenn es denn so weit wäre. Nicht bedacht hatte er dabei die sibirischen Temperaturen, die er meinte mit dem Kriegsende 1945 in der sowjetisch besetzten Zone zurückgelassen zu haben. Hatten schon die Kübelwagen der Wehrmacht, die er aus Russland kannte, diese arktischen Temperaturen kaum ausgehalten, so noch viel weniger Großvaters Brezelkäfer, mit dem er die ostfriesischen Mühlen abklapperte um dort Getreide zu verhökern.

Während meine werdende Mutter die Zähne zusammenbiss und mein werdender Vater sich im Geiste überlegte, wie denn im Notfall eine Hausgeburt ablaufen könnte und ob er vielleicht schon einmal Wasser heiß machen sollte, so wie er es aus den Kinofilmen kannte, nudelte Großvater mit schnell schwächer werdender Batterie den Anlasser für den Boxermotor des Geschäftskäfers.

Vor alledem gut geschützt in meiner warmen Verpackung versuchte ich in absoluter Unkenntnis der dramatischen Ereignisse vor der Tür schon einmal vorsichtig den Ausstieg, was meiner Mutter ein Stöhnen entlockte und meinen Vater mit steigender Nervosität an seiner HB-Filterzigarette ziehen ließ, die laut HB-Männchen-Werbung genau das Gegenteil, nämlich Beruhigung und Entspannung bewirken sollte.

Vor der Tür drehte der Volkswagenanlasser immer langsamer, um schließlich mit einem letzten Klicken zu verkünden: die Batterie ist leer, nun lasst euch mal was einfallen. Ein Telefon gab es weder in unserer Wohnung noch in dem Gaßmannschen Hause. So zog mein werdender Vater seine Fellmütze über die Ohren, schob den Wollschal bis über die Nase, die dicken Lederhandschuhe aus den Restbeständen der Marine, die seit April 1945 mangels Krieg dort nicht mehr gebraucht wurden, über die Finger, nicht ohne vorher die Anzahl der 10-Pfennig Stücke für den Münzfernsprecher überprüft zu haben und machte sich auf den Weg zur nächsten Telefonzelle an der Kirchbachstraße. Er war noch nicht an der Ecke angekommen, als ihn ein bekanntes Geräusch den Kopf wenden ließ.

Rettung nahte in Form eines Borgward-Goliath Dreiradlieferwagens unseres Milchmannes und Krämers Herbert Niestedt aus der Toreinfahrt seines Garagenhofes von der Ecke der Arensburgstraße. Er hatte das Geschehen von schräg gegenüber beobachtet und augenblicklich

Handlungsbedarf erkannt. Herr Niestedt benutzte sein Auto in erster Linie zum Ausfahren von Milch im Stadtviertel, aber auch um frisches Gemüse für sein Geschäft zu holen, dass seit kurzem nicht mehr "Kolonialwaren" sondern nur noch "Lebensmittel-Niestedt" hieß. Meine Mutter ließ den Blick vom erfrorenen Käfer meines Großvaters zum Lebensmittel-Niestedt-Vehikel gleiten, schüttelte den Kopf, wurde aber im nächsten Moment vom kommenden Neubürger unsanft auf die Dringlichkeit hingewiesen, schnell eine Entscheidung zu treffen. Von meinem Vater gestützt ging sie die paar Schritte zur Beifahrertür, die Herr Niestedt bereits aufhielt und rutschte in die Mitte der eiskalten Bank, ihren Bauch wie ein Prallkissen vor sich. Mein Vater zündete sich noch eine Zigarette an, nur um sie nach einem Zug in den Schnee zu werfen und setzte sich auf den Beifahrersitz.

Eingeklemmt zwischen Fahrer und Ehemann, tuckerte nun meine werdende Mutter aus der Arensburgstraße heraus am Eckhaus der Familie Truhe vorbei, deren schwarzer Käfer seinem Namen alle Ehre machte und wie ein riesiges gepanzertes, eingefrorenes Insekt neben dem Haus stand, rechts in die Kirchbachstraße hinein, unter der Eisenbahnbrücke hindurch, wieder nach rechts in die Bismarckstraße hinein, Stoßgebete gen Himmel sendend, ihren Erstgeborenen nicht in einem Goliath Lieferwagen zur Welt bringen zu müssen.

Das Verkehrsaufkommen war in jenem Jahr und zu jener Uhrzeit zu vernachlässigen und so tuckerte Herr Niestedt trotz ein paar ungewollter Dreher im leicht festgefahrenen Schnee und nach manch gefährlicher Schräglage seines Dreiradfahrzeuges, die er mit seiner langjährigen Goliathfahrererfahrung souverän meisterte, vor den Eingang der Sankt Jürgen Klinik.

Die Krankenschwester ruckelte sich, scheinbar ein wenig genervt, ihre Brille auf der Nase zurecht und schaute von ihrer Burda Zeitschrift hoch, schob das Schnittmuster vom Ende des Heftes als Lesezeichen in die nicht beendete Seite und seufzte einmal. Sie fand es wohl eine Zumutung um diese Uhrzeit Kinder zur Welt zu bringen. Mit ein wenig

Selbstbeherrschung hätte das doch auf die Zeit nach dem Frühstück verschoben werden können, zumal sie dann ihre Schicht beendet und Schwester Gisela an der Reihe gewesen wäre.

Ihre Antwort kam demzufolge auch etwas schnippisch: „Ja, die Leute kommen permanent zu früh, ich denke mal, das hat wohl noch ein paar Stunden Zeit." Mein Vater, eigentlich ein wenig ungewöhnlich für ihn, versuchte ihre Autorität anzuzweifeln: „Wie wollen sie denn das wissen, ohne genau hingesehen zu haben, ich möchte sofort einen Arzt sprechen." "Erfahrungen, Erfahrungen, junger Mann, ich sitze hier seit über 20 Jahren in der Gynäkologie, da hat man so etwas im Gefühl. Also noch einmal ihre Personalien: Name und Geburtsname, Vorname, Wohnort, Straße und die Krankenkasse..."

Ob es nun das Krankenschwestergefühl oder ihre Erfahrung war, Frühstück und Wachablösung hätte sie tatsächlich noch geschafft. Die Uhr im Kreißsaal zeigte exakt 8:35 Uhr, als ich das Licht der Welt in Form der Neonbeleuchtung des Krankenhauses St.Jürgen Straße sah, während Vater auf der Suche nach einem Zigarettenautomaten war, um seine Nervosität zu bekämpfen, was augenscheinlich ohne Glimmstängel nicht zu machen war. Leicht schwächelnd wurde er von Schwester Gisela zum Stammhalter geführt und musste sich von den Anstrengungen seiner ersten Geburt erst einmal setzen.

Am folgenden Tag erschienen zum ersten offiziellen Besuch die Großeltern Reincke und Gaßmann und stellten auf Anhieb diverse Ähnlichkeiten fest: „Also die Augenpartie hat er eindeutig von dir Lore und auch die breite Nase," Oma Reincke hatte schon immer Probleme mit der Gesichtserkennung, denn von Nase konnte bei dem kleinen Gesichtsknubbel noch keine Rede sein. Es wurden dann noch eifrig Ohren, Hände und Füße kontrolliert, um auch den Vater zuordnen zu können, was im Grunde viel wichtiger war, da die Mutterschaft wohl außer Frage stand.

So erfolgreich, wie der Identifizierungsprozess bei mir abgeschlossen wurde, so gründlich ging er bei Mutters Zimmernachbarin daneben. Das breite Grinsen des bis dahin noch vaterschaftsüberzeugtem Ehemanns, der zeitgleich mit meinen Großeltern das Zimmer betreten hatte, verschwand in Sekundenschnelle, noch bevor er auch nur einen Blick auf Nase, Ohren, Augen und Füße des kleinen Erdenbürgers geworfen zu haben, der selig neben seiner Frau lag und ihn aus tiefschwarzen Augen ansah. Seine Mutter, auch hier bestand kein Zweifel, war blond, hellhäutig und blauäugig. Die gleiche Beschreibung passte zu ihrem Gatten, vielleicht noch ein bisschen heller, leicht rothaarig und blauäugig in doppeltem Sinne. Ganz anders mein kleiner Zimmernachbar: er hatte passend zu seiner Augenfarbe eine schöne, gesunde kaffeebraune Hautfarbe. Die eigentlich für die vorsorglich von Schwester Anna bereit gestellte Vase vorgesehenen Blumen flogen auf die schneeweiße Bettdecke und umgaben Mutter und Sohn mit einem Blütenkranz, während sich der blonde Nichtvater mit den blauen Augen davonmachte, vielleicht um seinen Ärger zu ertränken.

Mein Vater hatte dem Geschehen mit zusätzlich berufsbedingtem Interesse zugesehen, denn Vaterschaftsklagen gingen häufig über seinen Schreibtisch im Amtsgericht an der Domsheide. Möglicherweise überlegte er schon einmal, welche Formulare in Frage kämen und ob der Anfangsbuchstabe des Nachnamens vielleicht sogar in seinen Zuständigkeitsbereich fiele. Dann schaute er sich zur Sicherheit noch einmal die Füße und Ohren seines Stammhalters an, verglich Haut- und Augenfarbe auf versteckte Anzeichen von braun und war mit dem Ergebnis zufrieden.

Bei Oma und Opa

Opa Gaßmann war ein großer Freund von allem, was mit Tradition zu tun hatte. Einmal im Monat traf er sich mit den 266ern oder wie meine Tante treffend bemerkte, mit seinem Kanonenverein. Diese Weltkriegsveteranen waren nicht nur Überbleibsel aus Großvaters Einheit des tausendjährigen Reiches, sondern aus den noch weiter zurückliegenden Zeiten des Stahlhelmbundes. Opa Gaßmann war zeitlebens ein glühender Verehrer der Weltkriegsveteranen Hindenburg und Ludendorff, somit deutschnational aber gleichzeitig antinazistisch eingestellt, wenn auch Parteimitglied – „Die Kinder sollen ja später mal studieren, ich muss auch an die Zukunft denken."

Seit Ende des Weltkrieges hatte er seine Kommiss Frisur beibehalten und war somit bereit, jederzeit zur Wiederherstellung der Monarchie einzurücken, wenn es einen Kaiser gegeben und wenn es ihm seine Gesundheit erlaubt hätte. Sobald er mit zwei Fingern ein Härchen am Hinterkopf greifen konnte, fuhr er mit leicht kreisenden Bewegung den Rasierapparat über die entsprechende Stelle und angrenzende Bereiche, sodass lediglich eine runde Platte in Form einer zu eng geratenen jüdischen Kipa sein Haupt krönte. Jeden Tag nach Beendigung der morgendlichen Hygiene ließ er noch einmal das Waschbecken volllaufen, stippte seinen Kamm kurz ein und scheitelte das Resthaar sauber in der Mitte.

Opa Gaßmann war der festen Überzeugung, Chef im Hause zu sein und wurde von Oma Gaßmann auch in diesem Glauben belassen. Geschickt wusste sie seine Anordnungen bei Bedarf ihren Wünschen gemäß zu interpretieren und lenkte so geschickt die Innenpolitik der Arensburgstraße 18. Kommandozentrale war Großvaters Arbeitszimmer, das eher einem Privatmuseum für Bremische Militärgeschichte glich. Über dem Schreibtisch hing die "Rückkehr von der Front", ein Gemälde mit heroisierten Soldaten, die verwundet mit wehenden Verbänden durch Regen und Matsch marschieren. Darunter stand ein stahlhelmbewehrter Soldatenkopf aus Bronze, flankiert von dem Rest einer detonierten Granate mit Messingschildchen. Laut Großvater war er von solch einer Granate im ersten Weltkrieg verletzt worden und somit untauglich für den zweiten geworden. "Tja", sagte er dann beim Frühstück, dass er häufig im Unterhemd einnahm, "die Granatsplitter gehen nicht mehr raus, die wandern durch den ganzen Körper," dann mussten wir Kinder die Metallspäne befühlen, deren momentanen Aufenthaltsort, meistens der linke Unterarm, er trotz Metallwanderung immer genau kannte.

Das Weihnachtsfest durfte der bronzene Kommissbruder in Erinnerung an die gefallenen Kameraden im Kreise der Familie im Esszimmer verbringen. Flankiert von zwei Kerzen hielt er vor einem Schiffsmodell wacht, dessen Original zusammen mit meinem Ururgroßvater, "de Kaptain up de Kau", wie er laut Familiengeschichte genannt wurde, auf einer Fahrt nach Ostindien verschollen war. "Das Schiff war ja auch total übertakelt, guck mal hier und hier und da" kommentierte Großvater, wenn er auf jene ferne Katastrophe angesprochen wurde.

Aus Mangel an Fotos stellte ich mir diesen seemännischen Vorfahren von der Nordseeinsel Juist immer ein wenig wie Kapitän Ahab vor, den ich vom Buchrücken des "Moby Dick" aus dem Bücherregal meines Vaters kannte. Eine genauere Vorstellung hingegen hatte ich von meinen Urgroßeltern, Ludwig Carl Gaßmann und Catharina Bernhardina Lamken, deren Doppelportrait, ein Verlobungsfoto aus dem Jahr 1889, über der Anrichte im Esszimmer hing. Auf diesem Foto sahen die Beiden der Zeitmode gemäß sehr viel älter aus, als sie tatsächlich waren. Bedingt durch die fototechnischen Möglichkeiten der Entstehungszeit war der untere Bereich der Fotografie verschwommen, sodass die beiden ein wenig den Eindruck machten, auf Wolken zu schweben.

"Die sind beide schon lange im Himmel", erklärte uns Oma, woraus ich messerscharf kombinierte, das das Bild in den Wolken aufgenommen sein müsste, die ja klar erkennbar waren. Die technische Durchführung eines solchen posthumen Porträts hat mir noch lange Kopfzerbrechen bereitet.

Uropas Hochzeit auf Juist

Die Nordseeinsel Juist ist eine der ostfriesischen Inseln im niedersächsischen Wattenmeer und liegt zwischen Borkum und Norderney. Die Insel hat eine Länge von 17 Kilometern und ist damit die längste der ostfriesischen Inseln. Die maximale Breite beträgt 900 Meter, die minimale nur 500 Meter. Juist gehört als Einheitsgemeinde zum Landkreis Aurich in Niedersachsen und hat 1772 Einwohner. Auf der Insel gibt es zwei Orte: den Hauptort Juist (unterteilt in Westdorf und Ostdorf) und das Loog.

Juist ist eine deutsche Insel in der südlichen Nordsee. Sie gehört zur ostfriesischen Inselkette und ist Ostfriesland vorgelagert. Die Insel hat eine Länge von 17 Kilometer und ist damit die längste der Ostfriesischen Inseln.

Die Insel entstand als Aufsandung auf Resten des nacheiszeitlichen Festlandes. Archäologische Funde lassen auf eine Besiedlung von Juist bereits vor 1400 in der ausgehenden Häuptlingszeit schließen. Die erste urkundliche Erwähnung der Insel erfolgte 1398. Zu dieser Zeit gehörte Juist zum Herrschaftsgebiet der Häuptlingsfamilie Tom Brok, im 15. Jahrhundert kam die Insel unter den Einfluss der ostfriesischen Grafen und Fürsten vom Adelsgeschlecht Cirksena.

Die Petriflut von 1651 durchbrach die nördlichen Randdünen im Bereich des heutigen Hammersees und teilte die Insel in zwei Teile.

Die meisten Männer fuhren zur See und verdienten auf Handels- oder Walfangschiffen ihren Unterhalt.

1783 empfahl Janus das Seebaden mit einer Eingabe an den Landesherrn Friedrich den Großen. Sie gilt heute als ältestes Dokument zur deutschen Seebädergeschichte und Pastor Janus als Vater des deutschen Seebädergedankens.

1840 erfolgte die erste Gründung des Seebades Juist durch den Vogt Meine.

1894 erhielt Juist seine erste Landungsbrücke. Der bereits seit 1888 zur Insel verkehrende Dampfer „Ostfriesland" legte als erstes Schiff an dem 300 Meter langen Steg an.

Mein Urgroßvater Ludwig Carl Gaßmann war eine typische Landratte, wie man hier an der Küste sagt. Er war aus dem kleinen Ort Gernrode in Thüringen als junger Mann nach Bremen gekommen und hatte Arbeit in der Domgemeinde gefunden. Die Hansestadt war für Uropa im Vergleich zu seinem Geburtsort eine Großstadt, auch wenn es noch nicht einmal ein vernünftiges Geschäft gab und man alles, aber auch alles auf dem Markt kaufen musste, wie Paula Becker Modersohn, die nahezu zeitgleich in Bremen eintraf, missbilligend feststellen musste. Die Worpsweder Künstlerin, die sie derzeit allerdings noch nicht war, kam aus Dresden, dem Elbflorenz. Damit konnte die Stadt an der Weser natürlich nicht konkurrieren, auch wenn sie wirtschaftlich durchaus prosperierte. Der 1875 von Bismarck provozierte und schließlich gewonnene Krieg gegen Frankreich mit der darauf folgenden Reichsgründung heizte der deutschen Wirtschaft ein. Die Werften florierten, nicht zuletzt auf Grund der Rüstungsaufträge aus Berlin, die Bremer Häfen lagen voll mit Schiffen aus aller Herren Länder, mit Salpeter aus Chile, Kaffee aus Kolumbien oder Baumwolle aus den Vereinigten Staaten.

Wer das Glück hatte, eines oder mehrere Schiffe zu besitzen, mit Kaffee oder Kakao zu handeln, die importierte Baumwolle weiter zu verarbeiten oder vielleicht auch im Auswanderergeschäft tätig zu sein, konnte sich eine goldene Nase verdienen. Die Familie Lahmann wäre sicherlich in der Lage gewesen sich komplett vergolden zu lassen, besaß ein geräumiges Bremer Haus in Schwachhausen und ein umfangreiches Personal.

Uroma Catharina Bernhardina Lamken war von Juist nach Bremen gekommen, um just in diesem Haus ihren letzten Schliff als spätere Hausfrau zu bekommen. Ihr Vater, selbst Sohn eines Kapitäns, der auf einer Fahrt nach Indien verschollen war, konnte sich für seine Tochter keinen besseren Ort denken als eine Reederei. Meine Urgroßmutter Lamken war also in Stellung bei den Lahmanns und das bedeutete Mädchen für nahezu alles.

Sie begann ihre Arbeit morgens um 8 Uhr, lange bevor die Dame des Hauses sich gesellschaftsfähig gemacht hatte, und beendete sie in der Regel nicht vor 9 Uhr abends. Es schien also mehr als unwahrscheinlich dass sich die Wege von Uropa Ludwig Carl und Uroma Bernhardina Catharina sich jemals kreuzen würden. Und doch passierte das doch so Unwahrscheinliche: Die Kirche, hier der Bremer Dom – sonst weniger bekannt als Anbahnungsstätte amouröser Abenteuer – war schuld, soweit man hier von Schuld sprechen kann.

Ludwig Carl, mit letzten Vorkehrungen für den Gottesdienst beschäftigt, hatte Catharina Bernhardina nicht kommen sehen, bis sie plötzlich hinter ihm stand. Diese war auf der Suche nach dem Pastor vom Dombüro an die Kirche verwiesen worden und hielt meinen Urgroßvater nun für den Hirten der Gemeinde. „Herr Pastorr, " sie rollte das R ein wenig nach friesischer Art, „haben sie einen Moment Zeit?" Uropa beeilte sich, den Irrtum aufklären, " ich bin zwar nicht der Pastor, aber vielleicht kann ich ihnen weiterhelfen?" Und wie es der Zufall wollte, er konnte tatsächlich helfen – nicht nur in diesem konkreten Fall, sondern auch in den folgenden Wochen. Irgendwann ging die inzwischen gegenseitige Hilfe so weit, dass Ludwig der Catharina vorschlug, gemeinsame Räumlichkeiten zu beziehen. Der für dieses Vorhaben unvermeidliche Heiratsantrag wurde von Uroma zwar, nach kurzer Bedenkzeit wie es schicklich war angenommen, stieß aber auf unerwartet geografische Probleme. Der zukünftige Schwiegervater auf Juist bestand, wenn seine Tochter schon unbedingt eine Landratte heiraten wollte, dann zumindest auf einer Hochzeit auf der Insel. Der Bund für das Leben sollte in eben der Kirche geschlossen werden, in der er geheiratet hatte und ein Modell des Schiffes hing, mit dem sein Vater irgendwo auf der Vater nach Indien ein, vermutlich nasses, Grab gefunden hatte, denn das Original war nie wieder aufgetaucht.

So machte sich mein Urgroßvater auf, seine Verlobte in den Juister Hafen der Ehe zu bugsieren. Pünktlich und mit viel Dampf und Getöse fuhr der Zug Bremen-Emden-Norddeich Mole in den Bremer Hauptbahnhof ein, lud etliche Fahrgäste aus und Uropa ein und setzte sich fauchend und zischend wieder in Bewegung. Ludwig Carl hatte seinen Zeitplan leider sehr eng gesetzt und nicht mit den etlichen Kühen gerechnet, die erst von den ostfriesischen Gleisen gescheucht werden mussten. So war es mittlerweile dunkel geworden, als der Zug in Norddeich Mole, wieder zischend und fauchend, zum Stehen kam und meinen Urgroßvater aus seinem Abteil entließ. Der war nur einmal zuvor nach Juist gekommen, um die Formalitäten der Eheschließung zu besprechen. Jetzt, in der nur spärlich beleuchteten Dunkelheit, sah alles ganz anders aus. Schiffe liegen bekanntlich im Wasser, und so nahm er seine Reisetasche und seinen Koffer und machte sich auf Richtung Hafen. An der Mole lag tatsächlich die Fähre und er beglückwünschte sich selbst, schon vorher die Fahrkarte besorgt zu haben. Im nahezu letzten Moment huscht er über die Gangway an Bord, die Taue wurden vom Poller losgemacht, klatschten ins Wasser und wurden an Bord gezogen.

Der Bräutigam stand am Heck des Schiffes und sah die Lichter von Norddeich langsam in Dunkelheit und Nebel verschwinden und dachte ein wenig aufgeregt an den folgenden Tag, an dem er mit seiner Braut vor dem Juister Pfarrer stehen würde.

Schneller als er es in Erinnerung hatte, tauchten die Lichter der Insel auf und eine halbe Stunde später lag das Schiff am Kai. Die anfängliche Freude meines Urgroßvaters machte eine Metamorphose über Verwunderung in Schrecken durch. Grund dafür war einerseits das fehlende Empfangskomitee und was noch viel schwerer wog, der vollkommen unbekannte Hafen mit der ebenso vollkommen unbekannten Umgebung. Sein Blick fiel auf ein grüngerahmtes Schild mit der Aufschrift „Willkommen in Norderney" und es wurde ihm schlagartig klar, dass hier keine Catharina auf ihn warten würde und ohne Braut war natürlich auch nicht an Hochzeit zu denken.

„Die nächste Fähre zum Festland? Do hebbt je noch een beten Tid, de geiht ers morgen bi Hochwater, " klärte der Kapitän den Bräutigam auf. Kombiniert mit den Abfahrtszeiten der Juist Fähre waren das 24 Stunden Verspätung, damit war die Eheschließung erst einmal geplatzt. Ludwig Carl bestieg ein Fuhrwerk und ließ sich zum Kurhotel fahren.

Mit zwei Wochen Verspätung konnte er schließlich mit Katharina Bernhardina, die ab jetzt nicht mehr Lamken – eine Verdrehung des französischen Hugenottennamens Delamps, mit diesem Namen war die Familie vor 200 Jahren nach Norddeutschland gekommen – sondern Gaßmann hieß, in den Hafen der Ehe einlaufen.

Die neu gegründete Familie Gaßmann zog nach Bremen und noch bevor das Jahrhundert zu Ende war, kam mein Großvater im Jahre 1895 zur Welt, der gemäß der Familientradition den Namen Karl Ludwig bekam. 5 Jahre später, das neue Jahrhunderts war erst ein paar Monate alt folgte Louise, von uns Kindern immer nur Tante Ise genannt.

Kaiserbesuch

"Anna Meta Margarethe", Frau Konsul Lührmann redete meine Urgroßmutter Högemann nur mit allen Vornamen an, wenn es sich um eine sehr wichtige Angelegenheit handelte. Der Besuch des deutschen Kaisers am nächsten Tag war ohne Zweifel ein solches Ereignis.

Eine Woche lang war das Tafelsilber auf Hochglanz geputzt, und die Mädchen mit Staubwedeln, Eimer, Wasser, Lappen und viel Seife durch das Haus gejagt worden, das nun in reichsdeutscher Sauberkeit strahlte. Das Menü stand nach zwei Fehlstarts ebenfalls fest, von der Köchin Meta zubereitet, die mit ihrem Durchmesser von ca. 1 Meter selbst ihre beste Empfehlung war. Ihr zur Seite stand Berta, die das Essen im Nachbarhaus kochte und nun für dieses große Ereignis ausgeliehen war.

Mit schwarzweißroter Beflaggung war ebenfalls nicht gespart worden und wie an Kaisers Geburtstag an allen möglichen und noch mehr unmöglichen Orten platziert worden. Anna Meta Margarethe hatte mit großzügiger Hilfe des Kutschers Hans, der ihr gern dabei auf die Leiter half und sie noch lieber dabei festhielt, damit sie nicht abstürzte aus der schwindelerregenden Höhe von 50 cm, vor allem den Hintereingang in einen schwarz-weiß-roten Farbenrausch verwandelt.

Frau Konsul, und noch mehr natürlich Herr Konsul Lührmann, der wie der Kaiser über seinem Reich, seinem Haushalt in der Contrescarpe vorstand, hatten die Desproportionen des imperialen Schmuckwerks aufgrund wichtiger Obliegenheiten vollkommen übersehen.

Kaiser Wilhelm kam aus Wilhelmshaven, wo er mit stolzgeschwellten Brust den Neubau des letzten Panzerkreuzers begutachtet hatte, der dazu beitragen sollte, den Namen Deutschland in der Welt gefürchtet zu machen und seinem Reich, weniger den Untertanen, einen Platz an der, vor allem kolonialafrikanischen, Sonne zu erobern.

Anna Meta Margarethe wusste von diesen politischen Maßnahmen höchster Ebene natürlich nicht viel und seine Majestät hätte es Dienstboten gegenüber auch wohl kaum als erwähnenswert erachtet. Im Grunde gingen die Entscheidungen des Kaisers auch nur Wilhelm persönlich etwas an, vielleicht noch seinen Kriegsminister, seinen Finanzminister, der schließlich das Geld zu beschaffen hatte und dem Kanzler. Das Volk hatte Dankbarkeit zu zeigen oder Opferbereitschaft, je nach Lage.

Und so stand meine Urgroßmutter, die sie damals natürlich noch nicht war, am Hintereingang des Hauses unter einem schwarzweißroten Farbenmeer und hoffte zumindest einen Blick vom Potentaten zu erhaschen, der zu der Zeit noch im Bremer Rathaus weilte und die Katzbuckeleien der Bremer Stadtoberen huldvoll entgegennahm.

Ein Klappern auf dem Kopfsteinpflaster machte sie hellhörig. Mehrere Kutschen bogen vom Steintor in die Contrescarpe ein. Das Klappern wurde lauter, näherte sich dem Anwesen und ebbte ab. Ein Wiehern verriet meiner Urgroßmutter, dass zumindest eine Kutscher vor dem Haus stand. „Der Schemel!" schoss es ihr durch den Kopf, „dann kann ich vielleicht über die Köpfe hinwegsehen." Sie lief ins Haus, konnte das Sitzmöbel aber in der Eile nicht finden und lief schnell zurück an ihren Platz, um nun nicht alles zu verpassen.

Anna Meta Margarethe bog um die Ecke des Hauses und konnte im letzten Moment eine Notbremsung vornehmen. Vor ihr stand eine ordengeschmückte Uniform mit einem Helm, den es nur ein Mal im Reich gab. Sie wusste sofort, in der Uniform, das war der Kaiser. Ein wenig wurden ihr die Knie weich, dann erinnerte sie sich an ihre Erziehung, machte einen Knicks und hielt Majestät die Hand hin.

„Guten Tag Herr Kaiser, " eine Anrede fiel ihr nicht ein, da immer von Kaiser Wilhelm die Rede, war musste Kaiser wohl der Nachname sein, „schön dass sie uns besuchen." Majestät war natürlich klar, dass meine Urgroßmutter nicht die Gastgeberin war, lächelte dennoch huldvoll, tätschelte ihr die Wange und informierte seine Begleiter: „Das ist deutsche Erziehung." Dann machte er auf der Hacke kehrt, ihm war klargeworden, dass das nicht der Haupteingang sein konnte und verschwand unter dem schwarzweißroten Farbenmeer. Meine Urgroßmutter sah ihm mit offenen Augen und Mund hinterher, selbst überrascht über ihre Courage und beschloss die denkwürdige Begegnung in die Familienchronik mit aufzunehmen, die sie beschlossen hatte spätestens ab dem nächsten Tag zu schreiben.

Tante Christa

Bei allen Familienfesten im Hause Gaßmann war regelmäßig auch Tante Christa dabei. Besagte Tante war eine Tochter von Uroma Högemanns Schwester Dorette und somit Oma Gaßmanns Cousine. Sie hielt sich, obwohl kinderlos, für eine Spezialistin in allen pädagogischen Fragen. Tante Christa wusste, dass wir nicht schielen durften, denn "Wenn die Uhr schlägt, während ihr schielt, behaltet ihr euer ganzes Leben so einen schiefen Blick", sagte sie dann und zog dabei die Augenbrauen hoch.

Omas Cousine kam, wie sie sagte, "aus der zur Zeit russisch besetzten Zone", was Oma immer auf "Ostzone" reduzierte. Ihr verstorbener Ehemann war in Leipzig technischer Leiter einer Pumpenfabrik gewesen und wegen seiner umfangreichen Kenntnisse nach Kriegsende unter ständiger russischer Vigilanz. Materiell auf das beste ausgestattet, zumindest was die Ostzone und spätere DDR hergab, konnte er keinen unbeobachteten Schritt, schon gar nicht Richtung Westen, tun.

Der permanenten Kontrolle überdrüssig und mit der berechtigten Hoffnung dass es im Westen für ihn mit Sicherheit eine ähnlich nützliche Verwendung gäbe mit erheblich besserer pekuniärer Entschädigung, hatte er einen Plan erdacht, sich in die Westzonen abzusetzen. Zu seiner Bequemlichkeit war ihm ein Chauffeur zur Verfügung gestellt worden, die einfachste Art, seine Wege zu kontrollieren. An einem grauen Herbsttag des Jahres 1950 ließ er sich ins Wirtschaftsministerium fahren, verließ das Gebäude über einen Nebenausgang und fuhr mit einem Taxi zum Flughafen Leipzig, wo ihn seine Frau mit zwei kleinen Koffern erwartete.

Und während der Chauffeur immer häufiger auf die Uhr schaute und sich schließlich zum Pförtner des Gebäudes begab, die verabredeten zwei Stunden Besprechungsdauer waren längst vorbei, hob das Flugzeug mit Tante Christa und Ehemann von der Piste des Leipziger Flughafens ab, machte eine 180 Grad Kurve, ein quasi symbolischer Abschied für die Beiden und flog dann Richtung Hamburg. Tante Christa hatte zum letzten Mal in ihrem Leben die Haustür abgeschlossen, weder sie noch ihr Ehemann sollten in ihrem Leben je wieder nach Leipzig zurückkommen.

Von Hamburg fuhren die Beiden mit einem Zug der deutschen Bundesbahn nach Bremen und ließen sich am Sielwall nieder, im damals noch junkiefreien Viertel. Onkel Wilhelm bekam zwar wie anvisiert recht schnell eine neue Führungsposition, diesmal unter der Ägide der Amerikaner, konnte sich aber an seinem auch tatsächlich besseren Gehalt nur noch kurz erfreuen. Unter permanentem Stress, mittelschwer workoholisiert verbrachte er in den folgenden Jahren mehr Zeit in Flugzeugen und Zügen als zu Haus und machte bereits im Jahre 1952 seinen letzten Flug. Nach einer Herzattacke hoch über dem Atlantik, wo aus naheliegenden Gründen keine ärztliche Hilfe zur Verfügung stand, erreichte er den Flughafen Frankfurt bereits entseelt. Ökonomisch positiv wirkte sich hierbei aus, das sich der Infarkt auf dem Rückflug ereignete und somit seiner Frau die Überführungskosten ersparte, die sie ihm sicherlich nicht verziehen hätte, zumal sie die nicht mit der Erbschaft hätte verrechnen können.

Tante Christa war nach dem Ableben Wilhelms der festen Überzeugung, den Lebensstil einer Direktorengattin auch als Witwe weiterführen zu müssen und verachtete weiterhin insgeheim alles, was unter einem gewissen Stand anzusiedeln war. Diese Deadline war bei ihr entweder ein gewisses Mindesteinkommen oder ein Adelstitel, wenigstens ein "von". Bei letzterem machte sie dann großzügig Zugeständnisse in Bezug auf Einkommen oder etwaige moralische Unzulänglichkeiten.

Tante Christa, von ihren Nachbarn nur die Gräfin genannt, ging seit dem Ableben ihres Versorgers nur noch in dunkler aber hocheleganter Kleidung mit Hut, Gesichtsnetz und ihrem ebenfalls schwarzen Hund. Wir Kinder erinnern uns noch gut an die schweren Armreifen an ihren mumifiziert wirkenden, schwarz gepunkteten Handgelenken, die bei der Begrüßung aneinander schlugen und das typische Tante-Christa-Klappern hervorriefen. Die Gräfin bewohnte weiterhin ihr Eckhaus am Sielwall, schräg gegenüber der Lila Eule, einem Stadtviertel, dass eigentlich schon seit langem nicht mehr ihrem gesellschaftlichen Stand angemessen war. Dieses Haus gehörte ursprünglich zum Erbteil meiner Mutter, mit der Bedingung, dass die Familie Reincke mit Tante Christa zusammen bis zu deren in ferner Zukunft geplanten Ableben unter einem Dach wohnen müsste, was meine Mutter angesichts der robusten Gesundheit der Gräfin dankend ablehnte.

Tante Christas Angebote durften nicht verschmäht werden und so wurde sie 3 Tage nach dem Nein meiner Mutter, es lag noch ein Wochenende dazwischen, daher die Frist, bei ihrem Anwalt vorstellig und änderte ihr Testament dahingehend um, das meiner Mutter bei einem möglichen Ableben der Tante nur noch ein Grabstein auf dem Riensburger Friedhof aus der Erbmasse zustehen würde. Anwärterin auf das Haus wurde, auf Betreiben ihrer Mutter, meine Cousine Anne, zu diesem Zeitpunkt noch keine 15 Jahre alt und somit zu jung um Stellung nehmen zu können. Somit wurde Tante Christa zu unserer Enterbtante und lebte mit diesem Status noch weitere dreißig Jahre, was meine Mutter in weiser Voraussicht schon befürchtet hatte. Auf dem langen Weg zu ihrer irdischen Abberufung hatte Omas Cousine noch mehrmals, je nach Wohl- oder Fehlverhalten der zu Beerbenden, ihr Testament geändert.

Als es dann 32 Jahre später endlich so weit war, verlas der Hof Notar peinlich berührt das Testament der Sielwall-Gräfin im erweiterten Familienkreise, eine Generalabrechnung mit ausführlicher persönlicher Begründung. Neben dem Grabstein, der uns später auch noch irgendwie abhandenkam, hatte sich der Erbteil für die Familie Reincke nun auf zwei Sofakissen und ein Zigarettenetui mit kaputtem Verschluss reduziert. Letzteres hatte Tante Christa damit begründet, dass mein Vater einmal die Unhöflichkeit begangen hatte, statt persönlich vorstellig zu werden, lediglich mit dem Auto vor ihrem Haus zu halten um meine Mutter von einem Pflichtbesuch dort abzuholen. Auch für uns Kinder hatten sich die allweihnachtlich überreichten Pflichtgemälde erbtechnisch nicht ausgezahlt, mit hoher Wahrscheinlichkeit hatte Tante Christa schon auf dem Weg von der weihnachtlichen Arensburgstraße nach Hause ihre Handtasche von unseren Werken befreit.

1963 Der erste Schultag

Meine Schulkarriere begann im gleichen Jahr, in dem Konrad Adenauers politische Karriere endete und er die Amtsgeschäfte in die Hände Ludwig Erhards, des späteren Wirtschaftswunder-Kanzler legen sollte.

Adenauers Demission am 15. Oktober setzt eine Zäsur in der Geschichte der Bundesrepublik. Mit Vehemenz hatte Adenauer seit seinem Amtsantritt 1949 den Anschluss Deutschlands an das westliche Bündnis betrieben, verbunden mit einer konsequenten Abgrenzung vom Machtbereich der Sowjetunion. Entgegen dieser Politik, die zu einer Vertiefung der Spaltung Deutschlands führte, weist der SPD-Politiker Egon Bahr am 15. Juli in seiner Rede »Wandel durch Annäherung« erstmals auf die Notwendigkeit von Gesprächen mit Vertretern aus der DDR hin.

Das Passierscheinabkommen für Westberliner Bürger im Dezember ist ein erstes Ergebnis einer sich abzeichnenden realistischeren Haltung der Bundesregierung gegenüber dem Status quo in Deutschland.

Neue Impulse kommen auch von den deutschen Bühnen. »Der Stellvertreter« von Rolf Hochhuth, der sich kritisch mit der Rolle der katholischen Kirche während der Zeit des Nationalsozialismus auseinandersetzt, löst heftige Diskussionen und Proteste aus. In Schweden rührt der Regisseur Ingmar Bergman mit seinem Film »Das Schweigen« an Tabus und wird wegen seiner freizügigen Szenen heftig attackiert.

Sportliche Höhepunkte des Jahres 1963 sind u. a. der Gewinn des Weltmeistertitels im Eiskunstlaufen durch das deutsche Paar Marika Kilius/Hans-Jürgen Bäumler.

Das wichtigste Ereignis für die Fußballfreunde ist die Einführung der Bundesliga im August.

Großbritannien sorgt im Jahr 1963 gleich zweimal für Schlagzeilen: Die Affäre mit dem Fotomodell Christine Keeler zwingt den Heeresminister John Dennis Profumo zum Rücktritt; und im August gewinnen die

Posträuber, die bei einem unblutigen Überfall umgerechnet 30 Millionen DM erbeuteten, weltweites Interesse. Die Aktion kann später als Mehrteiler im westdeutschen Fernsehen nachverfolgt werden.

Eigentlich wollte ich an diesem ersten Tag mit Joachim Lahmann zur Schule gehen, schließlich wohnten wir beide in derselben Häuserreihe und spielten von morgens bis abends miteinander. Joachim wurde von den Freunden im Ledaweg nur Acki genannt, um ihn nicht mit Joachim Rühmann zu verwechseln, der auch in der gleichen Straße und noch dazu in der gleichen Häuserreihe wohnte. Ich wohnte im Ledaweg 62, Acki Lahmann im Ledaweg 54 und Joachim Rühmann in der Nummer 38, also am anderen Ende des Blockes.

Am ersten Tag muss man ganz besonders pünktlich sein, hatte Mutter gesagt, das merkt sich der Lehrer. So sind wir denn schon eine halbe Stunde vor den anderen losmarschiert, den Ledaweg hinunter bis zur katholischen Kirche an der Ecke zur Vorstraße, gegenüber dem alten Luftschutzbunker. Acki behauptete, dass da Ratten drin wären, er wusste es von Rainer Zisla und der wusste es wiederum von seinem großen Bruder. Dann ging es weiter am Milchladen vorbei, wo ich morgens die lose Milch holen musste, die Frau Heuer mit einer großen Halbliter-Kelle in unsere Kanne umfüllte. Später stellte "Hänschen" - der mit den rotlackierten Fingernägeln und der weichen Stimme - die Flaschen vor der Haustür ab. Vater sagte, der Milchbringer wäre ein „weicher Bruder" und grinste dabei vieldeutig. Ich konnte mir darunter nicht viel vorstellen, möglicherweise gab es ja auch einen harten Bruder, aber was das mit seinen lackierten Fingernägeln zu tun hatte blieb mir lange ein Rätsel. Jahre später klärte mich Rainer auf, der wusste es natürlich wieder von seinem großen Bruder. "Weicher Bruder heißt schwul, das ist, wenn Männer sich küssen", er machte dabei ein Geräusch als wenn ihm schlecht wäre, sicherlich hatte sein Bruder Wilfried die Erklärung mit dem gleichen Geräusch ergänzt.

Wir gingen die Leher Heerstraße hinunter, an der Endstation der Linie 4 vorbei bis zur Zufahrt der Horner Schule.

Der Zugang zur Turnhalle, wo die Feier stattfindet sollte, lag auf der Rückseite des Gebäudes. Wir mussten erst über den Schulhof und an den Fahrradständern vorbeigehen. Wir waren natürlich viel zu früh, in die Turnhalle wurden noch Stühle hineingetragen, hinter der Bühne hörte man den Schulchor proben und die Mütter der größeren Schüler zupften noch an deren Kostümen für die Theateraufführung herum.

So ging Familie Reincke wieder hinaus auf den Schulhof, um dort zu warten. Es war angenehm warm, so dass ich eine kurze Lederhose anziehen konnte. „Die ist wenigstens nicht sofort durch", versicherte Mutter. Dazu ein weißes Hemd, weiße Kniestrümpfe und die graue Strickjacke mit der rotgrünen Kante, die Oma und Opa aus dem Allgäu mitgebracht hatten. Zu Weihnachten hatte ich bereits den neuen Schulranzen bekommen, der noch richtig kräftig nach Leder roch. Er sah fast aus wie Vaters Aktentasche, nur das die natürlich keine Schulterriemen hatte, um sie auf dem Rücken zu tragen. Acki Lahmann und Joachim Rühmann hatten nur einen kleinen Ranzen, der viel mehr nach Schule aussah. „Irgendwann, wenn du später groß bist, kannst du die Riemen abnehmen, dann hast du eine richtige Aktentasche", sagte Mutter, „ mit Ackis Ranzen geht das nicht, da sind die Riemen angenäht."

Vater sah zur Uhr, „wir haben noch eine Menge Zeit". Er hatte sich extra freigenommen, so etwas hatte man schließlich nicht alle Tage, dass der Sohn zur Schule kommt, das verstand der Chef. Ich fing an mich zu langweilen, wenn ich wenigstens einen Ball dabei gehabt hätte, dann hätte ich ein bisschen Fußball spielen können. Aber Acki Lahmann war auch noch nicht da und Fußball spielen allein ist sowieso öde. Die Turngeräte auf dem Schulhof waren heute auch tabu. Mutter sagte: „ich möchte nicht, dass du dich im letzten Moment hier noch einsaust, was soll denn dein Lehrer denken", obwohl sie gar nicht sicher war, ob ich nicht vielleicht eine Lehrerin bekommen würde.

Etta, meine kleine Schwester war erst drei Jahre alt. Sie quengelte und mochte nicht mehr auf dem Arm sitzen. Auch sie war für den großen Tag feingemacht worden, doch kam es bei ihr jetzt nicht so darauf an, ob sie sich schmutzig machte oder nicht, sie kam schließlich nicht in die Schule.

„Nun lasst uns mal hineingehen, dann bekommen wir wenigstens gute Plätze und können besser sehen", sagt Vater. Etta, die inzwischen herumlaufen durfte, wurde wieder eingefangen, auf den Arm gesetzt und dann ging es durch den langen Flur zur Turnhalle. Die Flure rochen nach Bohnerwachs, was dem Ganzen einen Hauch von „Ernst des Lebens" gab, der, wie Vater gesagt hatte, heute und hier beginnen sollte.

Die ersten beiden Stuhlreihen waren für das Kollegium reserviert, auf jedem Stuhl lag ein kleiner Zettel mit den Namen der Lehrer und Lehrerinnen.

So setzen sich die Reinckes in die dritte Reihe, wo man natürlich nicht mehr so gut sehen konnte, wenn erst einmal die Lehrer ihre Plätze eingenommen hätten.

Langsam füllte sich der Saal, auch Acki Lahmann und Joachim Rühmann waren mittlerweile eingetroffen. Die beiden hatten sich nebeneinander gesetzt, denn ihre Väter arbeiteten schließlich beide bei der Bremer Straßenbahn A.G.. Ich hielt Ausschau nach weiteren Freunden und fand weit hinten im Saal Andreas Meyer. Andreas hatte zu Weihnachten ein rotes Fahrrad bekommen, und musste nun beim Räuber und Gendarm-Spiel ständig die Rolle der Feuerwehr übernehmen, eine undankbare Nebenrolle, da es bei unseren Raub- und Mordgeschichten eigentlich nie etwas zu löschen gab.

Die Lehrerschaft hatte ihre Plätze besetzt und der Schulleiter betrat das Podium. Langsam nahm das Gemurmel in der Aula ab, ein paar Kleinkinder schrien noch auf Grund mangelnder Einsicht in den Ernst der Situation, dann wurde es fast ruhig.

„Liebe Kinder, liebe Eltern und Verwandte, mein Name ist Weyhusen, ich bin der Schulleiter und begrüße vor allem Euch, liebe Kinder, ganz herzlich zu diesem, eurem ersten Schultag. Ab jetzt beginnt für Euch der Ernst des Lebens."

„Schon wieder der Ernst des Lebens", dachte ich, „das ist ja wohl der Satz des Tages und klingt fast so, als wäre das Leben bisher nicht ernst gewesen. Das war doch wohl auch ernst, als Acki Lahmann mich mit dem Stock gehauen hat, weil er meinte ich hätte seinen Fußball kaputt gemacht, was doch Reiner Zisla gewesen war."

„Die Kinder der Klasse 2a haben für Euch ein Lied einstudiert, das sie euch jetzt gerne vortragen möchten", ich hatte gar nicht bemerkt, dass der Schulleiter seine Rede beendet hatte. Die Klasse 2a betrat das Podium unter Führung von Frau Blume, der Klassenlehrerin. Frau Blume, eine Endfünfzigerin, hat ihre besten Jahre bereits hinter sich. Sie trug einen orthopädischen Schuh um ein kürzeres Bein auszugleichen und hat weniger Haare auf dem Kopf als Herr Weyhusen. Frau Blume hatte mit ihrer Klasse das Lied „Wer will kleine Handwerker sehen" ausgesucht, vielleicht wieder ein Hinweis auf den Ernst des Lebens. In langer Reihe zogen 7 und 8 jährige Bäcker, Glaser, Tischler und Schornsteinfeger in passender Verkleidung auf die Bühne und stellen sich im Halbkreis auf. Jedes Kind hatte nun die Aufgabe, seine Strophe szenisch zu untermalen. So musste während des Satzes „der Glaser setzt die Scheiben ein" das gesamte Berufsbild des Glasers zusammengefasst werden, für Bäcker und Schornsteinfeger galt das gleiche.

Die schauspielerische Leistung war indes höher anzusetzen als die musikalische. Es gab kaum zwei Kinder die den gleichen Ton trafen, und wenn ihnen eine akustische Übereinstimmung gelang, dann höchsten einen Ton, der mit dem Lied lediglich die Tatsache gemeinsam hatte, das es überhaupt ein Ton war. Frau Blume gab sich alle Mühe, die musikalischen Mängel mit verstärkter Dirigententätigkeit auszugleichen, das heißt, sie fuchtelte kräftig mit den Armen in der Luft herum. Endlich hatte auch der Glaser, als letzter Handwerker in der Reihe seine Scheibe eingesetzt, der besseren Sichtbarkeit halber gleich ein ganzes Fenster. Doch Frau Blume wäre nicht Frau Blume, wenn sie nicht noch ein As im Ärmel gehabt hätte, ein Solo für Zwei, diesmal Birgit und Rolf aus der Klasse 4b, sozusagen zwei Profis. „Ich bin die kleine Nienburger, Nienburgerin", begann Birgit mit ihrem Teil. Doch Birgit hätte, was die Jungen betrifft, gar nicht singen brauchen. Wir alle hatten nur noch Augen für das Mädchen mit den dunklen Locken und den rehbraunen Augen. Wir waren auf den ersten Blick hoffnungslos verliebt und felsenfest überzeugt, dass es in unserem Leben keine Andere mehr geben konnte.

Entsprechend hart erfolgte der Rückfall in die Realität. „Ich rufe jetzt die Schüler einzeln auf, sie werden sich dann in die Reihe der jeweiligen Klassenlehrerin stellen," Herr Weyhusen, kurzgewachsen - dafür zum Ausgleich eher rund, hatte seine 95 Kilo Lebendgewicht wieder auf die Bühne bugsiert. „Wir beginnen mit der Klasse von Herrn Hilkenbach, das ist die Klasse 1a." Ich hörte meinen Namen erst, als er zum zweiten Mal aufgerufen wurde, ich hatte immer noch Birgit im Kopf in ihrem rosa Kleid und mit dem Lächeln eines Engels, wie ich fand. „Na ja", dachte ich, „immer noch besser als Frau Blume", sonst muss ich vielleicht nächstes Jahr auch auf der Bühne stehen und für die Erstklässler singen.

Ich stellte mich als vorletzter in die Reihe, in der bereits Acki Lahmann und Joachim Rühmann standen. Andreas Meyer hatte offensichtlich die Parallelklasse erwischt. „So dann wollen wir mal", Herr Hilkenbach schaute gequält freundlich auf seine Klasse. "Immer zwei nebeneinander und an den Händen halten, wie bei der Bundeswehr, aber die halten sich ja nicht an den Händen", Herr Hilkenbach musste selbst über seinen Witz lachen, er war schließlich auch der einzige der ihn verstanden hatte.

Unser zukünftiger Klassenlehrer war relativ groß, mager und schlaksig, seine Hosen flatterten ihm bei jeder Bewegung um seine dünnen Beine. Er trug einen dunklen, leicht glänzenden Anzug mit unpassenden braunen Schuhen dazu, hatte eine dunkle Hornbrille auf der Nase und seine Haare mit viel Pomade nach hinten gekämmt, so dass sie im Licht der Turnhalle glänzten.

„So, dann mal los, ich gehe voran", Herr Hilkenbach bahnte sich einen Weg durch die Anwesenden wie Moses dereinst bei seinem Gang durch das Rote Meer. Unser Exodus bewegte sich einen langen Flur mit hohen Fenstern entlang, die zum Schulhof zeigten. Es roch nach Bohnerwachs und Schule. Nach 50 Metern öffnete sich auf der linken Seite eine hohe Tür zur Klasse 1a. Sauber in Reih und Glied waren die Tische und Stühle angeordnet, der Linoleumboden roch ebenfalls nach Bohnerwachs, ein Geruch, der mich meine ganze Schulzeit begleiten sollte. Das Lehrerpult stand auf einem Podium, so dass Herr Hilkenbach alles unter Kontrolle haben konnte. „Sucht euch erstmal einen Platz, später überlege ich mir dann eine sinnvolle Sitzordnung". Acki Lahmann hatte sich mit Joachim Rühmann verabredet, die beiden setzten sich in die dritte Reihe. Ich hatte zu lange gewartet und nun blieb als einziger freier Platz nur noch der neben Michael Heuer, einem Jungen mit Brille und kurzen blonden Haaren. Michael Heuer sollte noch viel unter seinem neuen Klassenlehrer zu leiden haben.

Herr Hilkenbach war der festen Überzeugung, dass Papier und Bleistift für Kinder, die sowie noch nicht schreiben konnten, reine Verschwendung wäre und so hatte er mit dem für die Nachkriegsgeneration typischen Improvisationstalent graue Blechtafeln für seine Klasse besorgt. Nebenher benutzte er die Blechtafeln auch als Strafmaßnahme. So konnte er je nach Schwere eines Vergehens Tafeln in variabler Anzahl mit dem jeweiligen Besserungsvorsatz vollschreiben lassen. Herr Hilkenbach hielt das für eine pädagogisch sehr sinnvolle Maßnahme und so würde Michael Heuer - sobald er in der Lage wäre, solch komplexe Sätze zu schreiben - kaum einen Tag ohne Straftafel nach Hause gehen. Meistens waren es die gleichen Sätze, die er endlos niederzuschreiben hatte: „Ich muss mich schneller umziehen" und noch häufiger „Ich darf nicht mehr grinsen". Letzteres war ein schwieriges, wenn nicht unmögliches Unterfangen, denn je mehr Michael nicht grinsen mochte, desto mehr tat er es. Nahe am Weinen biss er die Kiefer zusammen, sah seinen Lehrer an und ließ ungewollt die Mundwinkel wieder in Richtung seiner großen Ohren wandern, wodurch sich Herr Hilkenbach wiederum provoziert fühlte und Michael mit weiteren Straftafeln beglückte.

Doch heute mussten die Tafeln - auf der Vorderseite liniert, auf der Rückseite blank - erst einmal verteilt werden. Herr Hilkenbach hatte vorausschauend auch an die Rechenaufgaben gedacht, seine Wochenendfreizeit geopfert und auf der Rückseite der Tafeln mühsam Rechenkästchen eingekratzt. Leider hatte er sich um drei Tafeln verzählt, die jetzt nachgearbeitet werden mussten, und so kratzte er mit dem Dorn seines Taschenmessers Linie um Linie in die drei fehlenden Tafeln, während die kleinen Analphabeten, die den Sinn dieser Aktion überhaupt nicht begriffen, nervös mit den Füßen scharrten.

Nach zwanzig Minuten hatte er seine entnervend quietschende Arbeit beendet. Mit der Ermahnung, am nächsten Schultag pünktlich zu sein, wurde die Klasse 1a entlassen. Die Eltern hatten mittlerweile ebenfalls die Aula verlassen und warteten mit den Schultüten vor dem Schulgebäude. Auch ich wurde von meiner Familie in Empfang genommen und bekam die obligatorische Tüte in der Variante hellblau oben mit rotem Tüll zusammengebunden. Auf eine Grundlage von Zeitungspapier hatte Mama in ökonomischer Weitsicht zunächst einmal eine anständige Lage Obst aus dem Sonderangebot von Galetzka, unserem Lebensmittelladen im Ledaweg gelegt, und so passten nicht mehr viel Süßigkeiten in die Tüte.

„So, nun komm einmal hier herüber, vor den großen Baum, wir müssen noch ein Foto machen, und stelle die Füße zusammen und mache den Mund zu, sonst kommen die Fliegen rein. Nun guck doch nicht so ernst, lächle ein bisschen aber nicht den Mund aufmachen, Herrgott das ist doch nicht so schwer," Ich versuchte ein zahnlückenruiniertes Grinsen zu vermeiden, während Papa wie immer bei seinen Porträtfotos von mir langsam zu verzweifeln begann : „Tu doch einfach so als wäre keiner hier, und... egal jetzt habe ich drei Bilder, eines wenigstens wird ja wohl etwas geworden ein."

„So und nun nach Haus", sagte Mutter und schob uns zwischen einer Isetta und einem Mercedes hindurch, die heute ausnahmsweise auf dem Schulgrundstück parken durften. „Ich muss leider wieder zum Dienst", Papa schloss sein Fahrrad los, befestigte seine Aktentasche auf dem Gepäckträger, klemmte sich die Hosen mit den Fahrradklammern fest, setzte sich seine Baskenmütze auf und radelte los in Richtung Leher Heerstraße um dann nach links Richtung Innenstadt abzubiegen. Die Sonne schien immer noch, ein leichter Wind wehte und der Rest unserer Familie bog nach rechts in die Leher Heerstraße Richtung Ledaweg ein.

An der Endstation der Linie 4 standen Reiner Zisla und sein Bruder Wilfried vor den Schaukästen des Kinos, das im ehemaligen St.Pauli Restaurant untergebracht war, einem riesigen Gründerzeitgebäude, in dem auch die Bremer Straßenbahn Büros besaß. Die Beiden betrachten aufmerksam die Fotos eines John Wayne-Westerns. Fachkundig stellte Wilfried fest: „Der hat genau so ‚nen Colt wie ich und außerdem hat er ´ne Winchester, die krieg ich zum Geburtstag, so eine mit Zündplätzchen in der Rolle wie mein Colt, die gibt's jetzt bei Severloh." Ich gesellte mich kurz zu ihnen: „Du Reiner, ich habe Herrn Hilkenbach als Klassenlehrer, wen hast du denn bekommen?" „Ich habe Frau Blume, die mit dem dicken Schuh, weiß du?" „Hilkenbach hast du?" mischte sich Wilfried ein, „den nennen wir immer Goofy, weil der so große Füße hat und immer mit Schlabberklamotten herumläuft." „Stimmt ja gar nicht", versuchte ich meinen Klassenlehrer trotz besseren Wissens schwach zu verteidigen. „Natürlich, hast du doch selbst gesehen". Wilfried kannte sich aus, er war immerhin in der dritten Klasse und insofern ein Experte für das Horner Schulwesen, davon war er zumindest selbst überzeugt. „Ich muss jetzt nach Haus", brach ich die aussichtlose Diskussion ab, "kommt ihr nachher mit ins Gebiet, nach dem Mittagessen?" Reiner schien noch unentschlossen, „vielleicht können wir ja auch mit den anderen erstmal Fußball spielen, auf dem Wendeplatz." „Okay, all right, " sagte Wilfried, er hatte die Worte von den Cowboys in den Western, sagte er und er war immerhin schon in der dritten Klasse. Ich konnte das mangels eigener Erfahrung nicht beurteilen, da wir erst im kommenden Jahr ein Fernsehgerät aus einer Haushaltsauflösung – mein Vater hatte beruflich damit zu tun – bekommen sollten. Es sollte sich um ein kühlschrankgroßes Gerät mit zunächst lediglich einem einzigen Programm handeln. Später rüsteten wir es mit einem Konverter auf, einem Zusatzgerät, das auf den Fernseher gestellt wurde. So konnten wir dann zwei Programme sehen. Doch das war im Jahre 1963 noch Zukunftsmusik. Im Moment musste ich mich an Wilfried und Reiners Erfahrungen und Vorgaben halten.

Ich lief schnell meiner Mutter hinterher, die an der Ampel auf mich wartete. Meine Schwester saß in ihrer Sportkarre und versuchte ihrer

Puppe den Kopf abzudrehen, während von rechts kommend quietschend die Linie 4 in die Kurve bog.

1965 Wettrennen zum Mond und weiter

Beide Weltmächte erreichen einen Durchbruch in der Raumfahrt. Das US-amerikanische Ziel des bemannten Mondflugs rückt mit dem ersten bemannten Flug im Orbit und dem »Gemini«-Koppelungsmanöver zweier Raumflugkörper im All näher. Der Sowjetunion gelingt der erste Ausstieg eines Astronauten aus einem Raumflugkörper im Orbit. Die technische Konkurrenz der Supermächte wird aber noch als Bestandteil und Mittel des »Kalten Krieges« gesehen – nicht als Fortschritt der ganzen Menschheit. Jeder Fortschritt der einen Seite motiviert Anstrengungen der anderen, da beide Staaten den jeweiligen sichtbaren Fortschritt in der Raumfahrt auch als Hinweis auf die Überlegenheit des gesellschaftlichen Systems deuten.

Viel weiter auf dem Weg zu fernen Sternen waren unsere Comics, vorwiegen in schwarzweiß und im langgestreckten Notizbuchformat sowie Vaters Science-Fiction Taschenbüchern, deren Abenteuer und ferne Welten sich auf dem Regal hinter dem Sofa neben den Taschenbüchern aufreihten. Flash Gordon war das Einsteigermodell und von den fortgeschrittenen Perry Rhodan Lesern, nur müde belächelt. Recht hatten sie in gewisser Weise, denn die polygalaktischen Abenteuer des Großadministrators, die Berufsbezeichnung des Namensgebers der Romane waren keine Comics und bestanden außer einem sehr phantasievollen Titelblatt nur noch aus Text und Bauanleitungen für die verschiedensten Raumschiffe.

„Wenn du in mein Alter kommst, also wenn du 12 wirst, dann kannst du mal etwas echt wissenschaftliches lesen, das bedeutet nämlich science auf Deutsch",, klärte mich Herbert auf.

Duhnen

Duhnen (von Dünen) ist ein Kurort an der niedersächsischen Nordseeküste und gehört zum Stadtgebiet Cuxhavens. Duhnen befindet sich westlich der Kernstadt Cuxhaven und ist eines der Touristenzentren im Cuxland.

Duhnen ist einer der wenigen Orte an der deutschen Nordseeküste, die nicht durch einen Deich geschützt werden müssen. Natürliche Duhnen ersetzen hier den Deich.

Onkel Friedo - bei mir hieß er anfangs Onkel Friedhof, da ich mit Friedo nichts anfangen konnte - unser Milchlieferant und Kolonialwarenladenbesitzer, der an jenem kalten 25. Februar 1956 mit seinem Dreiradlieferwagen meine Geburt im St.Jürgen Krankenhaus ermöglicht hatte, besaß nun dank des deutschen Wirtschaftswunders einen VW-Kleinbus. Diese Anschaffung war deutlich flexibler als das Vorgängerfahrzeug. So konnte er den Frischmilchtank, mit dem er wochentags das Stadtviertel mit norddeutscher Vollmilch versorgte, bei Bedarf ausbauen und durch Sitzbänke ersetzen.

So umgerüstet gab es genug Platz für 9 Personen, mehr Raum als genug für die Familien Niestedt und Reincke. Bevorzugtes Ziel für einen Wochenendausflug war die Nordsee bei Duhnen. Zu diesem Zweck wurde das Auto vor die Garage gefahren verschwand unter Unmengen von Seifenwasser, dass sich seinen Weg zwischen den Kiesel hindurch in die Erde der Arensburgstraße suchte, um schaumwiedergebohren mit salmiakwassergereinigten Scheiben und staubbefreitem Innenleben, wochenendbereit die zögernd zwischen Wolken sich hervorkämpfende Sonne zu begrüßen.

Ein Wochenendausflug nach Duhnen wollte neben wohlgeplant auch zeitig angegangen sein. 110 Kilometer Landstraße mit Nachkriegsasphalt, stabiler Belag sowie Autobahnen waren auch angesichts der weiter bestehenden militärischen Bedrohung nur für West-Ost Verbindungen angedacht - ein freiweltlicher Panzeraufmarsch in Cuxhaven würde einen russischen General wohl kaum von der Eroberung der freien Welt abgehalten haben - brauchten 2 1/2 Stunden Fahrzeit.

Um 7 Uhr standen wir stand Familie Reincke abfahrbereit auf dem Wendeplatz des Ledawegs mit einer vollbepackten Tasche Verpflegung und zwei weiteren mit Badezubehör und Kleidung zum Wechseln, falls das Wetter sich nicht an die Vorhersage von Radio Bremen halten sollte. Wir Kinder waren zusätzlich noch mit Sandschippen ausgerüstet, leicht abgerundet für meine kleine Schwester und männlich eckig für mich.

Es war noch ein wenig kühl und ich kramte aus meiner Windjackentasche das neue Siku-Auto, ein Opel-Blitz Lastwagen mit grüner Fahrerkabine und brauner Ladefläche. Der blaugelbe Baukran, ebenfalls von Siku, Opa Reincke hatte in einem Anfall von Großzügigkeit mich zwischen neuen Schuhen und dem Baustellenfahrzeug wählen lassen, wobei unschwer vorherzusehen gewesen sein musste, worauf meine Wahl fallen würde, letztendlich bekam ich die Schuhe obendrein – dieser Baukran musste aus transporttechnischen Gründen zu Hause bleiben. Der Opel-Blitz war schon Risiko genug, schließlich hatte Jutta Oerding, das Nachbarmädchen mit einem unbedachten Ausfallschritt bereits meinen Fahrzeugpark um eine Isetta reduziert. Mit den Zinkgussmodellen reduzierten sich die Totalverluste später, selbst der Test mit einem Silvesterknaller in Reiner Zislas Sandkiste konnte meinem Schützenpanzer nichts anhaben. Ich setzte mich an den Bordstein und belud meinen LKW bis an die Belastungsgrenze mit Kieselsteinen aus dem frisch geharkten Kies von Bennigsens Vorgarten, um kurvte Mutters Tasche und bremste gleichzeitig mit Onkels Friedos VW-Bus, der im Maßstab 1:1 auf dem Parkplatz einzirkelte. „Hei, guck mal, toll was, mit Uwe Seeler habe ich jetzt den HSV komplett, bei Werder fehlt mir nur noch der Trainer, aber den finde ich nicht so wichtig." Herbert, drei Jahre älter als ich zeigte mir sein Fußballalbum mit den neuesten Errungenschaften. Mir war im Grunde kein Fußballspieler bekannt, geschweige denn wichtig, ich hatte mir aber aus dem Radio ein paar Bemerkungen der Fußballkommentatoren nebst dazu gehörigen Spielernamen gemerkt, um zumindest ein wenig mitreden zu können. Herbert nickte mit Kennerblick bezüglich meiner sachkundigen Kommentare, die er wahrscheinlich genauso wenig verstand wie ich, konnte das aber selbstredend nicht zugeben.

Die Kunstledersitze waren bereits von der Morgensonne vorgewärmt, hatten aber noch keine Spiegeleierbrattemperaturen erreicht. „Die Kinder sitzen hinten, Herbert du auch, Frauen und Mütter in die zweite Reihe und Calle kommt mit nach vorn", Onkel Friedo hatte die

Logistik seines Transportunternehmens voll im Griff. Vater klappte die, im Grunde vollkommen unnötigen Straßenkarten, eigentlich müsste das Auto die einzig möglich Strecke schon fast allein finden, so zusammen, dass er die Route voll im Blick hatte, knallte die Tür unnötig laut zu, Friedo legte den ersten Gang ein, gab ein wenig Gas und der Boxermotor übertrug seine 30 PS auf die am Vortag saubergespritzten Räder.

Herbert zog aus seinem Wehrmachtsrucksack, ein Geschenk seines Großvaters, der sowohl die Ost- als auch die Westfront gesehen hatte, den neuesten Perry Rhodan Roman hervor. Auf der Titelseite prangte eine Art Dinosaurier, auf dem ein Astronaut vor dem Hintergrund einer Weltraumszene mit Ringplaneten und kugelschreiberförmiger Rakete ritt. Angeschnitten vom rechten Bildrand eine weitere Figur mit Raumhelm in Begleitung eines zweiköpfigen Wesens, eines Doppelkopfmutanten, wie mich Herbert sachkundig aufklärte. „Und das andere da das wie ein Hamster aussieht", verlangte ich nach weiteren Informationen, „was ist das". Geduldig und stolz auf sein Wissen klärte er mich auf: „Das ist Gucky, der Mausbiber, weißt du, auch ein Mutant, ein Teleporter und Telepath, das heißt, er kann sich nur mit Gedankenkraft von einem Ort zum anderen bewegen und außerdem Gedanken lesen." „Ich versuchte das soeben Gehörte zu konkretisieren, „ du könntest dann von Bremen nur in Gedanken nach Duhnen fliegen?" „Klar, und außerdem ist Gucky auch noch Telekinet, er kann also Dinge nur mit Gedanken anheben und woanders hinstellen." Meine Bewunderung für das Dreifachgenie kannte keine Grenzen mehr. „Und wo sind die da auf dem Bild?" „Tja", Herbert holte tief Luft, „das ist jetzt zu kompliziert zu erklären, die sind in einer anderen Galaxis um einen Angriff abzuwehren." Tatsächlich hatte er gerade die 35. Folge der aktuellen Geschichte am Wickel und verständlicher Weise keine Lust mir eine Zusammenfassung zu geben, für die die Fahrt nach Duhnen sicherlich auch nicht ausgereicht hätte, ganz abgesehen davon, dass er die Geschehnisse wohl selbst nicht mehr im Kopf hatte, geschweige denn die Namen der wichtigsten Protagonisten des Dramas. Um mich nicht ganz unwissend zu lassen, bot er mir an, die verpassten 35 Folgen selbst nachzulesen, die er natürlich nicht dabei hatte. Ich zog meine, durch den Schweiß auf der Kunstlederoberfläche klebenden nackten Oberschenkel mit einer Art schlürfendem Geräusch nach oben und überließ Herbert wieder seinen fernen Welten und dem Fortgang seiner Geschichte, die er unbedingt beenden musste, da am folgenden Montag bereits die Folge 36 am Kiosk auf ihn wartete. An einen Zeitvertreib für die Fahrt hatte ich nicht gedacht, und die Pixibücher, aus denen Mutter meiner langsam quengelig werdenden Schwester vor lies, kannte ich einerseits, fand sie andererseits auch spätestens jetzt tief unter meinem intellektuellen Niveau angesiedelt. „Blume, Blume, Blume", erklärte Etta meiner Mutter das Bildgeschehen im Märchenbuch „Die Blumenkinder", während sie mit spitzem Zeigefinger auf die Buchseite tippte. „Ja da sind viele Blümelein", bestätigte meine Mutter den floristischen Tatbestand diminutiv, „und was ist denn das?" schnell hatte sie, noch bevor Etta die gesamte Blumenwiese durchgetippt hatte, umgeblättert und verlangte nun Antwort bezüglich der politischen Konstellation des Blumenkinderlandes. Meine Schwester hatte das Buch natürlich nicht das erste Mal in der Hand und stellte nicht ganz so sachkundig fest: „Könii, Könii, Könii..." „Ja das ist ein König, aber das ist eine Prinzessin und das sind die Blumenkinder", versuchte Mutter vergeblich zu korrigieren, denn Etta machte unbeirrt weiter mit ihrer Monarchen Aufzählung. Mutter nahm ihr das Buch aus der Hand während Herbert, aus Sorge meine Schwester würde vielleicht das Titelbild beschreiben wollen, schnell seinen Perry Rhodan Roman in den Zweifronten-Rucksack packte. Die Sorge war jetzt unbegründet, denn der VW-Camping-Lieferwagen Bus rumpelte bereits auf die Wiese vor dem Deich, hinter dem ich die Nordsee vermutete. Onkel Friedo parkte sein Gefährt nahe einem Max Lloyd mit zugehörigem Wehrmachtszelt, ich kannte das Modell von meinem Vater, und es wurde sofort begonnen das Terrain mit Luftmatratzen, Campingstühlen und sonstigem Gedöns abzustecken.

„Ihr cremt euch bitte ein, bevor ihr an den Strand geht", Mutter wedelte mit der grünen Piz-Buin Flasche. An der Nordsee gibt es im Großen und Ganzen zwei Wasserstandvarianten, ablesbar am Tidenkalender, angetackert an dem kleinen Häuschen, an dem der Obulus für den Strandzugang, die Kurtaxe entrichtet wird, der erst den Zugang zum Strand ermöglicht. Bei Zustand eins kommt das Wasser, das ist die Flut und bei Zustand zwei geht das Wasser, das ist die Ebbe. Zustand drei:

das Wasser ist da - ist so wahrscheinlich wie eine Wettmünze, die nach dem Wurf statt auf Kopf oder Zahl auf der Kante stehenbleibt.

„Und guckt auch schon einmal, wo wir nachher die Burg bauen können", rief Vater uns hinterher, als wir mit Eimer und Schaufel bewaffnet Richtung Strand marschierten.

Kinder in Badekleidung ohne Begleitung brauchen keine Kurtaxe zu zahlen, dafür sind die Eltern zuständig, sofern sie zuzuordnen sind, und so erreichten wir pekuniär unbehelligt die Stelle, wo an anderen Stränden das Wasser beginnt. Die Münze war - bildlich gesprochen - auf dem Adler = auflaufendes Wasser - gelandet und wir konnten damit rechnen, innerhalb der nächsten zwei Stunden unsere Plastikozeanriesen schwimmen zu lassen und unsere Eimer mit Nordseewasser zu füllen. Doch jetzt dehnte sich eine Schlick- und Sandwüste vor unseren Augen bis zum Horizont, hier und da von in der Sonne glitzernden Wasserlachen unterbrochen, durchstapft von Frauen mit hochgerafften, geblümten Röcken und Badeanzügen, dazu- oder nicht dazugehörigen Männern in Shorts und nahezu winterfesten, knapp über dem Knie endenden Badehosen, Kindern mit ähnlicher Bademode, oder zumindest bei den Kleineren in selbstgestrickten, gehäkelten Wollhöschen oder sogar gänzlich ohne diese.

Verlässlich ist an der deutschen Nordseeküste nur die Unverlässlichkeit des Wetters, und so näherte sich, möglicherweise aufgrund eines celestialen Planungsfehlers noch vor der Nordseeflut das Wasser via Regenwolke dem Nordseestrand. Die Sonne verschwand hinter zunehmend dunkler werdenden Wolken, schickte nur noch durch die eine oder andere Lücke einen Sonnenstrahl auf Sandburgen und Watttümpel um sich schließlich für diesen Tag komplett zu verabschieden. Schnell bildeten sich Schlangen vor den Strandduschen, das Nordseesalz abzuspülen und den Kindern den Sand aus Po Ritze und Zähnen zu waschen. Kräftige Männerhände wrangen das Badezeug aus, legten die nassen Handtücher zusammen, stopften alles zusammen in Badetaschen und Rucksäcke und entflohen mit quengelnden Kindern, die die plötzliche Hast überhaupt nicht verstanden, Richtung Strandcafé, schnell, bevor sämtliche Tische von anderen Gästen belegt waren.

Es war inzwischen 14:30 Uhr und Vater hatte mit Onkel Friedo vorrauseilend eine der letzten Resopalplatten belegt und mit rasch organisierten Stühlen eingekreist. „Tut mir Leid, aber die Mittagsküche ist bereits geschlossen", der Kellner versuchte eine bedauernde Miene aufzusetzen, „Kuchen können sie ab 15:00 Uhr bekommen." Die Nachricht wurde von Vater erleichtert aufgenommen, da nach hartgekochten Eiern, kalten Kottelets und diversen Brotschnitten auch kein weiterer Bedarf an Mittagessen bestand. So mussten wir nur die Zeit von 14:45 Uhr, was also deutlich zu früh zum Kaffeetrinken war, bis 15:00 Uhr, immerhin immer noch eine dreiviertel Stunde vor der in Deutschland standardisierten Kaffeeeinleitungsuhrzeit liegend, überbrücken.

Ein VW-Bus ist nahezu universell verwendbar. Herbert hatte, wie es der Zufall wollte, eine Bekanntschaft aus Cuxhaven wiedergetroffen – er war schließlich nicht das erste Mal in Duhnen – und sich den Bus, die Gunst der Regenstunde nutzend, als Knutschecke auserkoren. Solange der Regen dauerte, war er vor Überraschungen sicher und das Autoradio war ein weiterer guter Vorwand, natürlich nicht für seine Eltern. „Papa, kann ich mal die Autoschlüssel haben? Ich würde gern ein bisschen im Bus lesen, hier rumsitzen ist mir zu öde." „Gut, aber mach dir die Füße vorher sauber", „und nimm dir einen Schirm mit, dass du nicht nass wirst und dich erkältest", mischte sich Tante Gerda ein, vollkommen den unmännlichen Charakter eines Regenschirms übersehend. „Ich habe meine Jacke, Mama, außerdem gibt es gleich BFBS Greatest Hits." „BFBS steht für British Forces Broadcasting Systems, das ist eine Radiostation der Engländer in Bremerhaven", ergänzte Vater, er kannte zwar nicht das Britische Radio, aber die englische Armee als Kriegsgefangener und meinte somit immer mitreden zu können, wenn es um angelsächsische Themen ging. „Ja, verstehst du das denn? Das ist doch sicherlich auf Englisch, " meldete sich Tante Gerda wieder zu Wort. „Na ja, das hilft mir doch auch für den Unterricht in der Schule." Das Argument Schule zieht immer und so erreichte er 15 Minuten später nach einem kleinen Umweg über die Duschen, wo besagte Bekanntschaft Karin auf ihn wartete, das sichere Blechdach des Niestedtschen Universal Buses.

Der Kellner hatte Kaffee für die Erwachsenen und heißen Kakao für die Kinder serviert, während Herbert seine Eroberung mit Coca Cola versorgte. Mutter schickte mir einen kritischen Blick über den Tisch, wo ich versuchte, dem Brechreiz zuvorkommend, mit einem Löffel die Haut vom Kakao zu ziehen. Es war mir unerklärlich wie man an dieser labberigen Oberfläche Genuss finden konnte, wie es Oma tat, wenn sie mit genüsslichem Gesichtsausdruck die Milchhaut abzog und sich in den Mund steckte. „Das ist doch das Beste an der Milch", sagte sie dann immer, während ich meine Augen zukniff. „Der sieht aber lecker aus, der Kakao", haute Tante Gerda in die gleiche Kerbe, „ich würde mich freuen, wenn ich so einen schönen Kakao bekommen hätte." Und warum bestellst du dir dann Kaffee? lag mir auf der Zunge und blieb auch dort, durch einen vorraussehenden Blick meiner Mutter gestoppt. Die Oberfläche des Kakaos war gereinigt, die Haut rechtzeitig in die Serviette geschmiert, bevor Mutter, wie sie es auch gern tat, die ganze Geschichte durch kräftiges Rühren in kleinste Partikel zerteilen konnte, was die Reinigungsprozedur unmöglich gemacht und das Getränk damit ungenießbar gemacht hätte.

Der Regen dachte nicht daran Pause zu machen, an einen weiteren Strandaufenthalt war nicht mehr zu denken. Meine Schwester Etta wurde wieder quengelig, die Blumen und Könige in den Bilderbüchern waren ihr egal, und so war die Stunde des Aufbruchs gekommen. „Tja, dann müssen wir wohl", mein Vater schien ein wenig dankbar zu sein, dass seine Tochter ihm die Entscheidung abgenommen hatte und somit weitere Langeweile erspart hatte. Der Kugelschreiber des Kellners huschte über den Block und hinterließ blaue Kringel und Zeichen, die wohl irgendetwas mit dem Verzehr zu tun haben sollten, aber selbst für des Lesens Kundige nicht nachvollziehbar waren. „Zwölf Mark fünfunddreißig, " gab er das Ergebnis seiner komplexen Berechnung bekannt."Ssstimmt so, " Vater zückte sein Portemonnaie, zählte zwölf Mark und fünfzig zusammen. Die großzügige Geste wurde mit einem eisigen Kellner Lächeln und einem zwischen den Zähnen herausgequetschtem „Danke" quittiert.

Herbert hatte zwar keine Coca Cola mehr, war aber trotzdem seinem erotischen Ziel noch keinen Schritt näher gekommen. Sobald seine Hand sich Karins verbotenen Zonen näherte, und das waren so ziemlich alle Bereiche, gab es was auf die Finger. „Ich bin nicht so eine", machte sie ihm dann klar ohne alternativ zu erklären, was für eine sie denn wirklich war. Nun ließ das Trommeln des Regens auf das Autodach ein wenig nach und dem jungen Niestedt wurde klar, dass er jetzt einen entscheidenden Schritt auf seinem erotischen Weg vorankommen musste, bevor die Lasterhöhle wieder zu einem Familientransportfahrzeug werden würde. „Ich muss jetzt erst einmal für kleine Mädchen, es regnet kaum noch." Karin schloss ihre Bluse wieder, um sich in Richtung Toiletten aufzumachen. Der verhinderte Verführer sollte recht behalten, denn es war nicht Karin, die nach 10 Minuten wieder vor der Tür des VW-Busses stand und im gleichen säuselnden Ton auf die Frage „Wer ist denn da?" mit „Na wer wohl?" antwortete, sondern seine Mutter Gerda. Karin hatte bereits alles von den Toiletten aus beobachtet und beschlossen, gar nicht erst etwas zu erklären, was nicht erklärt zu werden brauchte. Sie spannte ihren kleinen rosa Regenschirm mit den Herzen auf und machte sich schleunigst auf zu ihrem eigenen Clan. Eine Erklärung für ihre längere Abwesenheit wird sie sicherlich gefunden haben, nur sollte sie keiner von uns je erfahren. Herbert hütete weiter seine Jungfräulichkeit und flüchtete sich erst einmal zu Perry Rhodan um ferne Welten zu erkunden, noch weiter weg als die Nordsee, sogar noch weiter weg als Amerika und der Mond und der Mars und überhaupt.

Opa erzählt vom alten Rom (12 v.Chr.)

„Das stammt noch aus der Zeit der alten Germanen, " erklärte mir Opa Gaßmann die frühgeschichtlichen Funde im Focke Museum." Pfeil- und Speerspitzen hatte ich bisher nur den nordamerikanischen Indianern Karl Mays zugeordnet. „Nee", klärte mich Opa auf, „auch die Römer, die auch bei uns durchgezogen sind auf ihrem Weg nach Osten, sogar bis zur Elbe, hatten neben ihrem Schwert, dem Gladius auch den Speer, den Pilum. Daneben gab es die Pfeilschützen und die Schleuderer." Er war jetzt ganz in seinem Element, wo es um militärischen Kenntnisse ging. Ich befürchtete schon, er würde jetzt wieder zu seinen

Kriegserlebnissen überleiten, was immer darauf hinauslief, dass seine Schussverletzungen befühlt werden mussten und brachte ihn auf den römischen Kriegszug zurück. „Tja, das ist nun schon fast tausend Jahre her, als der UrUrUrUr und so weiter Opa von dir hier Fischer war und vielleicht auch Bernhard hieß und vielleicht gerade hier auf der noch nicht begradigten Weser Lachse fing."

Ich stellte mir vor meinem geistigen Auge vor, wie mein Urahn Bernhard vor rund 2000 Jahren mit langsamen kräftigen Bewegungen seine Netze einzog und wie das Boot leicht im kabbeligen Wasser der Weser schwankte. Bald tauchten die ersten Fische im Netz auf, es war die Zeit der Lachswanderung und bald fanden sich weitere Opfer in dem geflochtenen Netz ein. Der Fischer betrachtete zufrieden seine zappelnde Beute und freute sich auf ein üppiges Abendessen. Er lenkte das Boot an den Fuß der großen Düne und zog mit Hilfe der Dorfbewohner das Fahrzeug weit auf den Strand und sicherte es zusätzlich mit einem geflochtenen Strick an einer Weide, so dass die Flut es nicht forttragen konnte, selbst wenn das Wasser höher als gewöhnlich auflaufen sollte.

Der Fang wurde unter den Dorfbewohnern aufgeteilt und Bernhard machte sich daran, sein Netz an den dafür vorgesehenen Pfähle festzumachen, als sein Blick an etwas festhing, was er bisher noch nie hier gesehen hatte. Von der Mündung des Flusses her näherten sich Reiter dem Dorf, auf dem Wasser begleitet von Booten, wie er sie nicht kannte. Mehr und mehr Wasserfahrzeuge näherten sich der Düne, besetzt mit Männern in Uniformen, teilweise geschützt von Panzerungen. „Was sind das für Männer?" fragte ihn sein Sohn, der unbemerkt neben ihm aufgetaucht war, „und was wollen die hier im Gebiet der Chauken, es sind keine Langobarden?" „Wahrscheinlich sind das römische Krieger", flüsterte Bernhard, so als sollten die Fremden ihn nicht hören. Er hatte von langobardischen Händlern von dem mächtigen Rom gehört und die Beschreibung passte auf die Männer, die sich bereits auf Rufweite dem Dorf genähert hatten. Beruhigend wirkte auf den Chauken, dass sie keinerlei Waffen in den Händen hielten. „Ich glaube nicht, dass sie uns angreifen wollen", versuchte er seinen Sohn zu beruhigen, "möglicherweise werden sie Proviant verlangen und dann weiterziehen. Wir können gar nichts machen als abwarten. Der heutige Fang wird wohl in römischen Bäuchen landen."

Die ersten römischen Schiffe hatten das Ufer der Düne erreicht und entließen ihre Besatzungen. Nahezu gleichzeitig stiegen die Reiter von ihren Pferden und näherten sich den Dorfbewohnern, die den Fremden entgegen gingen. „Ave", grüßte ein Offizier in einer für die Sachsen unbekannten Sprache. Er rief einen Befehl und bald tauchte ein Mann in sächsischer Kleidung auf, der zwar einen anderen Dialekt als die Chauken der Weser sprach aber doch klar verständlich das römische Anliegen vorbringen konnte.

„Im Namen des Drusus, Feldherr des römischen Heeres", übersetzte er aus dem Lateinischen. „Rom bietet euch den Frieden, die Pax Romana. Wir haben alle Empörungen gegen uns niedergeschlagen, haben die Sigambrer und ihre Bundesgenossen besiegt, den Rhenus überquert, sind in das Land der Usipeter und Sigambrer eingerückt und haben große Strecken des Landes verheert als Zeichen römischer Stärke. Wir sind den Rhenus hinaufgefahren bis an den großen Ozean und haben die Friesen als Verbündete gewonnen, viele von ihnen haben uns bis hierher begleitet. Euch Chauken bieten wir auch ein Bündnis, begleitet uns bis an den Rand des großen Nordmeeres."

Er machte eine Pause und beriet sich mit den Offizieren. Sie ließen ihren Blick über das einfache Dorf mit seinen wenigen Einwohnern schweifen. Drusus selbst gab ihm die nächsten Anweisungen, dann fuhr er fort: „Zunächst reicht uns ein Führer und so viel Vorräte wie ihr entbehren könnt, das heißt was ihr noch habt außer diesem ekligen Fisch."

Bernhard freute sich, mehr als Fisch gab es bei ihnen nicht in nennenswertem Umfang und Fisch aßen Römer in der Regel nur als Gewürzsoße, ihr beliebtes Garum. Bliebe nur noch der Führer, den er dem Römer schwerlich verweigern konnte. Es musste jemand sein, der den Weg bis zur Elbe kannte und das waren außer ihm nur wenige in seinem Dorf.

Am nächsten Tag übergab er seinem Sohn die Netze und das Boot und machte sich mit den Römern auf, das Ende der Welt zu erreichen. Die Stroh gedeckten Hütten auf den Düne an der Weser blieben zurück, als letzter Gruß konnte er noch den Rauch ausmachen, der aufgrund fehlenden Rauchabzugs durch die Dächer wand, dann war auch dieses letzte Verbindung zu seinem Dorf hinter Bäumen verschwunden.

In jedem Dorf, das sie besuchten, wurde die gleiche Ansprache gehalten, so dass Bernhard sie nach einigen Tagen auswendig kannte. Sie durchquerten das Gebiet zwischen Weser und Elbe und standen endlich an der letzten Barriere. Sie ahnten, dass das Ende der Welt noch längst nicht erreicht war und zumindest in diesem Jahr auch nicht mehr erreicht werden würde. Wie ein glitzerndes silbernes Band floss die Elbe vor ihren Augen dahin.

Der Herbst kündigte den Winter an, für dieses Jahr waren sie weit genug gekommen. Im nächsten Jahr würde es vielleicht eine Möglichkeit geben, auch diesen großen Fluss zu überqueren, wenn auch nur um zu sehen, welche Völker es dahinter gäbe und sie die Macht Roms schmecken zu lassen. Über ihnen flog ein großer Schwarm Vögel südwärts, ein kalter Wind wischte Laub von den Bäumen und trieb es vor sich her. Bernhard, der die Zeichen der nordischen Natur kannte, war klar, sobald die kahlen Äste in den Himmel ragten, würde mit dem Schnee die Kälte kommen und erst die kleineren Gewässer und später vielleicht auch die Weser zufrieren. Die Herbststürme würden den römischen Schiffen die Heimreise erschweren oder sogar unmöglich machen. Alles dies war auch Drusus bewusst, er gab das Zeichen für den Rückmarsch und in wenigen Tagen hatten sie die Küste erreicht. Nur wenige wussten, das der Feldherr noch ein ganz anderes Erlebnis zu verdauen hatte, das ihn den Rückmarsch so beschleunigt in Angriff nehmen ließ. Den Fluss vor Augen überlegte er, wie lange seine Fachleute für den Bau einer provisorischen Brücke brauchen würden, wie sie derzeit schon Julius Cäsar zur Überquerung des Rheines hatte bauen lassen, als er im Nebel das Bild einer Frau gewahr wurde, die größer und größer wurde. „Wohin willst du noch, unersättlicher Drusus?" ihre

Stimme hat einen durch Mark und Bein dringenden Ton. Der Römer erschrak zu Tode, als sie ihn mit seinem Namen ansprach. Er war sich sicher, dass hier höhere Mächte im Spiel waren. Verwirrt tauchte er im Marschlager auf und befahl den Aufbruch für den kommenden Tag. Er sollte das Ende des Feldzugs nicht mehr erleben. Bereits auf der jenseitigen Rheinseite strauchelte sein Pferd, warf ihn ab und nach wenigen Tagen erlag Drusus seinen Verletzungen.

Die römischen Schiffe lagen hoch auf dem Trockenen und vor ihnen dehnte sich die scheinbar endlose Fläche des nordischen Wattenmeeres. Bernhard war sich nicht sicher, ob die Römer weiterhin meinten seiner Hilfe zu bedürfen und sich vorsichtshalber seitlich in die Büsche gedrückt, dringende Bedürfnisse vortäuschend. Er bemerkte noch, wie die Friesen den Römern halfen die Boote flott zu machen um mit Eintritt der Flut den Heimweg anzutreten, sie hatten keine Zeit mehr sich um ihn zu kümmern. Vor allem die einfachen Soldaten hatten es eilig in ihre Winterlager am Rhein zurückzukehren, dem fürchterlichen Klima Nordgermaniens zu entkommen, die Thermen zu besuchen und bei einem gut gewürzten Wein auf das Frühjahr zu warten.

Eine Windböe riss einige Blätter von den Bäumen und wirbelte sie vor ihm her. Er überquerte einen kleinen Höhenrücken und lenkte dann seine Schritte hinunter an den Fluss Visurgius, wie die Römer ihn umgetauft hatten und der später zu dem Namen Weser werden sollte. Hier war es einfacher zu gehen, doch gemeinsam mit der jetzt bereits früh einsetzenden Dunkelheit erhob sich aus dem Fluss ein feiner Nebel, der es ihm ratsam erscheinen ließ, die Nacht an einem halbwegs sicheren Ort zu verbringen. Bald fand er eine kräftig gewachsene Eiche, band sich in genügender Höhe an einem Ast fest und wartete auf den Morgen, der ihn zurück in sein Dorf bringen sollte.

Er beobachtete noch eine Weile den Himmel, die fliegenden Wolken, die ab und zu ein Fenster zu den Sternen und der Mondsichel freigaben. Es war kaum hell geworden, als er von einem schabenden Geräusch geweckt wurde. Ein Keiler, begleitet von einer Herde machte sich ausgerechnet an seinem Baum zu schaffen. Der Baum bot war genügend Schutz, doch bis der Keiler den Weg freigab, musste er weiter die Gastfreundschaft des Baumes in Anspruch nehmen. Allein konnte er gegen das Tier nichts ausrichten und selbst mit den anderen Männern des Dorfes war eine Wildschweinjagd immer eine gefährliche Sache. Das hatte sein Bruder Elmar schmerzhaft erfahren müssen als er im letzten Jahr seinen Speer zwar gut platziert hatte, aber das tödlich getroffene Tier sich noch einmal mit letzter Kraft aufraffte und auf ihn zuraste. Er stolperte über eine Baumwurzel, die Bestie war fast bei ihm und brach dann von einem zweiten Speer getroffen auf seinem festgeklemmten Bein zusammen. Der großen Erfahrung des Schamanen war es zu verdanken, dass die Knochen in seinem verdrehten und gebrochenen Bein wieder zusammenwuchsen. Für Elmar war es die letzte Saison, denn mit seinem nun steifen Bein war er für die Jagd auf Wildschweine nicht mehr geeignet.

Daran musste Bernhard jetzt denken, während er sich fünf Meter unter ihm das Schwarzwild zu schaffen machte. Stunden später hatte sich die Herde in das Dickicht verzogen und der verhinderte Jäger konnte sich endlich wieder auf den Weg machen.

Der Wind kam jetzt von vorn und wehte ihm einen feinen Nieselregen ins Gesicht. Er lenkte seinen Weg weg vom Ufer, dass jetzt durch die Nässe zu matschig und schlecht gangbar geworden war, höher hinauf, wo der sandige Boden das Wasser besser aufsaugen konnte. Er ging jetzt schneller, denn er wollte nicht noch eine Nacht unter freiem Himmel verbringen. Er kürzte eine letzte Flussbiegung ab und gewahrte auf dem Wasser in einiger Entfernung einen schwarzen Schatten. Nach einer weiteren halben Stunde Fußmarsch schälte sich aus dem Nebel ein kleines Fischerboot heraus, genau wie das, das er selbst benutzte. Er beschleunigte seine Schritte und erkannte bald sein eigenes Wasserfahrzeug und darinnen seinen Bruder Elmar, der seine Netze eingeholt hatte und sich gerade auf den Rückweg zum Dorf machen wollte. Die Brüder begrüßten sich freudig und machten sich mit gemeinsamen Kräften auf die Heimfahrt. Bernhard half seinem Bruder noch das Boot auszuladen und so hoch auf das Ufer zu ziehen, das die Flut es nicht mit sich nehmen konnte, dann machte er sich auf zu seiner Hütte und viel erschöpft auf das Lager aus Tierfellen. Die Dorfbewohner mussten trotz größter Neugier auf den folgenden Tag warten, an dem er ausführlich erzählen wollte.

Das Konzert

Herr Hilkenbach war neben seiner Tätigkeit als Klassenlehrer auch noch der Leiter des Schulorchesters, was wiederum zur Folge hatte, das jedes Kind seiner Klasse sich eine Blockflöte anzuschaffen hatte. Meine Mutter war davon überaus angetan, hatte sie doch in den „schweren Zeiten", wie Opa Gaßmann die Kriegszeit immer nannte, im KLV-Lager auch Blockflöte gespielt und sich damit sehr beliebt gemacht. Bei dem Begriff KLV-Lager hatte ich immer die Vorstellung von einem pfadfindermässig organisierten Sommerlager. Erst sehr viel später erfuhr ich, dass es sich dabei um die Kinderlandverschickung handelte, eine Maßnahme um die Kinder vor den Bombenangriffen in den Städten zu schützen.

Ich bekam deshalb zunächst Mamas alte Flöte. „Wenn du einmal richtig spielen kannst, bekommst du deine eigene", Mama nähte mir dazu noch aus einer alten Winterjacke eine Hülle.

Mit Beginn des neuen Schuljahres musste das durch die Schulabgänger gelichtete Schulorchester wieder aufgefüllt werden. Dazu hatte Herr Hilkenbach zunächst einmal seine eigene Klasse nach möglichen Talente durchsucht. Unter den musikalischen Katastrophen fand er fünf Ausnahmen, die ihm für sein Orchester brauchbar erschienen, darunter war auch ich, letzteres ließ an dem musikalischen Feingefühl meines Klassenlehrers wieder Zweifel entstehen. Doch Herr Hilkenbach machte Angebote die man nicht ablehnen konnte. Widerspruch war zwecklos, wenn man sich nicht gänzlich unbeliebt machen wollte und unbeliebt hieß immer, aus beliebigem Anlass Blechtafeln mit nach Hause zu bekommen, die vollzuschreiben waren. Michael Heuer als bevorzugtes Opfer konnte ein Lied davon singen, da es kaum einen Tag gab, an dem er ohne Tafeln nach Haus entlassen wurde.

So war ich nun Mitglied des Schulorchesters der Horner Schule, was meine Abneigung gegen die Blockflöte allerdings nicht minderte. Ich konnte die Finger noch so auf die Löcher des Instruments pressen, irgendwie kam immer noch quietschend ein zweiter Ton hinzu.

Ein Orchester ist natürlich nur dann ein wirkliches Orchester, wenn es auch öffentlich auftritt, und die Horner Schule machte da keine Ausnahme. So ein Tag war heute: im Ortsamt Horn-Lehe sollte vor den Honoratioren des Stadtviertels zum Besten gegeben werden, was Herr Hilkenbach mit seiner Truppe eingeübt hatte. Wirklich verlassen konnte er sich dabei nur auf seine eigene Tochter Elke, die als Einzige keine Flöte spielte. Elke war zu höherem ausersehen und zu diesem Zweck von ihrem Vater zum Cello verurteilt worden. Mit diesem Instrument war sie allein vertreten und saß an exponierter Stelle, wo jeder falsche Ton auffallen musste. Ich hatte es da ein bisschen besser, denn da ich kaum geübt hatte, was bei der notorischen Feindschaft zwischen den Blockflötenlöcher und meinen Fingern wahrscheinlich sowieso nichts gebracht hätte, konnte ich mich immerhin noch hinter den anderen Blockflötenspielern akustisch verstecken.

Mein Vater nahm mich also bei der Hand und wir machten uns auf ins Ortsamt Horn-Lehe, während meine Mutter die kleine Etta ins Bett brachte.

Er setzte sich in die erste Reihe, als Vater eines Orchestermitglieds stand ihm das zu, und harrte der musikalischen Dinge, die da kommen sollten.

Herr Hilkenbach hatte zur Feier des Abends eine schwarze Schlabberhose angezogen und ließ seinen prüfenden Blick über sein Orchester schweifen. Sein Hornbrillen-verstärkter Blick blieb an mir hängen und ich sah das Unheil kommen. „So Bernd", ich hörte meinen Namen wie durch einen akustischen Nebel, „spiele doch noch einmal kurz die ersten beiden Reihen von unserem ersten Stück."

Gerade das hätte nicht passieren dürfen, Herr Hilkenbach machte ein schmerzverzerrtes Gesicht, als ich versuchte, mich an die korrekte Tonfolge zu erinnern. Mit quietschenden Tönen gab ich wieder, was ich noch zu wissen glaubte und was mit der korrekten Melodie des gewünschten Liedes kaum Gemeinsamkeiten hatte. Nach meiner Katastrophenvorstellung versuchte ich mich so klein wie möglich zu machen und erwartete schuldbewusst den Urteilsspruch des Orchesterleiters, der eigentlich nicht anders als vernichtend sein konnte. Das hätte immerhin den Vorteil, redete ich mir ein, endlich das verdammte Orchester verlassen zu können. Doch Herr Hilkenbach ließ, da sowieso kein Austauschspieler vorhanden war, Milde walten: „Na ja, im Ansatz noch etwas unsauber, vielleicht hättest du ein bisschen mehr üben können, aber du spielst dich sicher gleich ein."

So konnte mein Vater denn doch noch auf die musikalischen Leistungen seines Sohnes stolz sein. Ich vermied es allerdings während des gesamten Konzerts, auch nur in die Blockflöte zu hauchen, damit nicht eventuell doch noch ein verräterischer Ton die Zuschauer auf mich aufmerksam machte. Stattdessen presste ich die Zungenspitze auf die Öffnung und versuchte, meine Finger synchron zu denen meiner Mitspieler zu bewegen. Mit angemessenem Beifall beendete das Schulorchester sein Konzert und ich meine musikalische Karriere. Es war endlich geschafft, ich konnte das Orchester verlassen.

Fräulein Kunze reist mit uns in die Eiszeit

„Fräulein Kunze, was machen sie da eigentlich, haben sie eigentlich schon einmal in den Lehrplan geschaut?" Herr Hilkenbach meinte den sozialen Status unserer neuen Klassenlehrerin durch besondere Betonung des Wortes ‚Fräulein' klarstellen zu müssen. Er wusste sie als Berufsanfängerin und Frau in der Hackordnung eindeutig unter sich, zumal er sich mit dem Schuldirektor duzte, was ihm, zumindest in seinen eigenen Augen noch mehr Status verlieh. Erschwerend kam hinzu, dass sie seinem – zumindest in seinen eigenen Augen und vielleicht in denen von Frau Blume vorhandenem – Charme nichts abgewinnen konnte oder ihn vielleicht nicht einmal wahrnahm, was noch wahrscheinlicher war und seine Avancen stoppten, noch bevor sie in Gang gekommen waren. Das verlangte Vergeltung, von so einer kleinen Lehrerin konnte sich ein altgedienter Lehrer und Frontsoldat nicht in die Suppe spucken lassen.

Elke Kunze hatte die Klasse 3A von ihm übernommen und unterrichtete uns nun unter anderem in dem Fach Sachkunde. Sie hatte mit dem Thema Bienen angefangen, was die Jungen der Klasse nicht so sehr interessierte und wollte nun, passend zur Jahreszeit uns die Eiszeit näherbringen.

Herr Hilkenbach ließ nicht locker: „Fräulein Kunze, wenn sie hier ihren eigenen Kram ohne Absprache machen wollen, müssen wir das wohl mit der Schulleitung klären."

„Tut mir Leid, Herr Kollege Hilkenbach, aber vorher machen wir noch einen Ausflug in die Eiszeit, Kinder zieht euch warm an, es geht los."

Ohne ihren Kollegen noch eines weiteren Blicks zu würdigen, betrat Fräulein Kunze den Klassenraum und schloss die Tür vor seiner Nase. Es sollte ihm erst ein Jahr später gelingen, unsere Klassenlehrerin mit Hilfe gestandener Kollegen und den Eltern einiger Schüler von der Horner Schule wegzuekeln. Doch vorher ging es noch einmal ein paar Tausend Jahre zurück, viel weiter als die Zeit wo Herr Hilkenbach geistig stehengeblieben war.

Es gelang ihr, mit viel Phantasie uns ein Bild eines Landes vor vielen tausend Jahren nahezubringen. Wir waren nun in der Eiszeit und machten uns vom Alpenvorland, unserer Höhle zurück an die deutsche Nordsee, wo zu der Zeit auf einer Tundra noch Mammuts und Antilopen ihres Weges zogen.

Der dunkle winterschwere Himmel ist einer Sonne gewichen, die schon genug Kraft hat, den Schnee tauen zu lassen. Es tropft vom Höhleneingang auf den Bereich, wo unsere Sippe ihr Feuer entfacht. Ab und zu verdecken noch ziehende Wolken das Zentralgestirn, bringen aber keinen Niederschlag mit und lassen lediglich die Temperatur für kurze Zeit sinken. Unser Clanchef schaut nach oben und gibt das Zeichen zum Aufbruch. Eingehüllt in unsere wärmende Fellkleidung, dick mit Fett eingerieben gegen die Kälte, Steinwerkzeuge und Nahrung für den Weg in Ledertaschen verstaut, die Waffen stets griffbereit, machen wir uns auf den Weg Richtung Norden.

Drei Mitglieder des Clans haben den Winter nicht überlebt. Ein Junge, keine 13 Jahre alt, ist vom einem Säbelzahn angefallen und weggeschleppt worden, eine Frau ist ins Eis eingebrochen und ertrunken und ein alter Mann hat mit seinen fünfzig Jahren bereits ein außergewöhnliches Alter erreicht, so dass niemand sonderlich verwundert ist, als er sich eines Morgens nicht mehr vom seinem Lager erhebt. Der Boden ist zu hart gefroren, um ihn zu beerdigen, sodass die Stammesmitglieder ihn in einer Nebenhöhle mit Steinen bedeckt niederlegen, nicht ohne ihn vorher mit rotem Ocker eingerieben zu haben, der Farbe des Lebens, die ihn in die andere Welt begleiten soll.

Wie jedes Jahr richten wir unseren Rückmarsch aus dem Alpenvorland zurück nach Norden an den wandernden Mammutherden aus. Sobald diese aufbrechen, packen auch wir unsere Habseligkeiten zusammen und folgen den großen Tieren in sicherem Abstand. Die erfahrenen Jäger gehen voran auf dem wochenlangen Marsch, immer mit dem Speer in der Hand, bereit den Clan gegen Raubtiere zu verteidigen. Den größeren Tieren können wir nur ausweichen, indem wir so schnell es geht versuchen sicheres Gelände zu erreichen. Dieses Jahr schaffen wir den Rückmarsch ohne Verluste. Die Mammuts sind mit ihren langen Beinen so schnell, das wir sie schon bald aus den Augen verloren haben und das extrem kurzsichtige Wollnashorn haben die Jäger frühzeitig entdeckt und einen großen Bogen geschlagen. Wölfe sind tagsüber nicht gefährlich und werden nachts vom Lagerfeuer abgeschreckt, die Säbelzähne greifen in der Regel nur Nachzügler an.

Wir haben uns die Geländemerkmale eingeprägt und finden den Weg ohne Schwierigkeiten bis wir plötzlich, noch lange vor dem Ziel, je gestoppt werden. Dort, wo wir noch im letzten Sommer unsere Fellhütten aufgebaut und gejagt haben breitet sich jetzt eine riesige graugrüne Wasserfläche aus. Nicht allzu weit entfernt trompeten auch die Mammuts staunend das neue Nordmeer an.

Baer-hart, unser Führer, hat schon seit langem das Gefühl, das es insgesamt langsam wärmer geworden ist in den letzten Jahren und dieses neue Meer wohl von geschmolzenem Schnee kommen könnte. Wenn das Wasser also so weit vorgedrungen ist, dann könnte dieser

Entwicklungsgang sich wohl noch lange fortsetzen und so beschließt er als Clanchef lieber einen gewissen Abstand zwischen die Gruppe und die Küste zu bringen. Wir machen kehrt und wandern wieder Richtung Süden um weiter im Landesinneren unser Sommerlager zu errichten, zumal die Mammutzähne und Knochen, mit denen wir unsere Fellhütten im letzten Jahr errichtet und die wir zurückgelassen haben, bereits vom Wasser bedeckt sind. So ziehen wir landeinwärts einen Fluss entlang, der tausende Jahre später einmal den Namen Weser bekommen soll, und machen schließlich an einem langgezogenen Dünenrücken halt.

Zum Schutz gegen die Mücken, die wie jedes Jahr mit steigenden Temperaturen kommen, wehren wir uns, indem wir ockrige Erde mit Fett gemischt auf die Haut auftragen. Wir haben uns diese Methode von den Mammuts abgeguckt, die sich gegen die Mückenplage mit Schlamm verteidigen, den sie sich mit ihren langen Rüsseln auf 's Fell spritzten.

Rentiere

Als am nächsten Tag der Morgen graut, schält sich unsere Gruppe aus den Fellen, in denen wir warm verpackt die Nacht verbracht haben. Die Frauen fachen das Feuer an, das sie für die Nacht mit Erde bedeckt am Brennen gehalten haben. Vom Dünenrand haben die Menschen einen guten Überblick über die Tiefebene, können von dort die Jagdtiere beobachten, ohne selbst gesehen zu werden. Aufgeregt kommt ein kleiner Junge ins Lager gelaufen, er hat von der Dünenkuppe aus eine wandernde Herde Rentiere beobachtet, das bedeutet Fleisch für die Gruppe. Die Krieger machen sich sofort fertig, greifen sich Speerschleudern sowie Pfeil und Bogen und machen sich auf den Weg.

Wild, das die Tundra liebt, findet hier ideale Lebensbedingungen. Alles an den Tieren ist bei uns Menschen begehrt: Fleisch, Geweih und Fell, selbst Knochen und Sehnen. Rentiere sind nicht einfach zu erlegen, da sie sich permanent bewegen. Die Jäger schleichen sich gegen den Wind an, um der Witterung der scheuen Tiere zu entgehen. Sobald sie nahe genug an der Herde sind, treiben sie einige von der Gruppe abgesonderte Exemplare in Richtung der versteckt wartenden Clangenossen. Diese Jagdmethode ist nicht ganz ungefährlich, denn die panischen Tiere können leicht die Jäger überrennen und ihnen schwere Verletzungen zufügen. Doch diesmal geht alles glatt: Eine Mutter will ihr Junges nicht alleinlassen und läuft deshalb nur so schnell, wie das Kleine laufen kann. Baer kann deshalb in Ruhe warten und den richtigen Moment genau abschätzen. Er gibt das Zeichen und zeitgleich fliegen drei Wurfspeere auf die beiden Tiere. Tödlich getroffen sinkt das Jungtier zu Boden, während das Muttertier schwer verwundet mit den Hinterbeinen einknickt. Die Jäger laufen zu den Tieren und geben ihnen mit ihren Steinmessern den Rest, die Horde hat genug Fleisch für die nächste Zeit.

Um 10.000 vor Christus zieht sich das Eis endgültig zurück und in Norddeutschland breitet sich allmählich Wald aus. Mit dem Rückzug der Tundra verschwinden allerdings auch die bevorzugten Jagdtiere der Menschen. Eine neue Umgebung fordert neue Jagdmethoden. Dennoch werden die Lebensbedingungen für die Menschen allmählich erträglicher, sie können jetzt auch die Winter im Norden verbringen. Doch noch immer hat Norddeutschland nicht seine heutige Gestalt, seine Küsten sind noch im Entstehen und noch weist nichts darauf hin, dass auf diesem Dünenrücken in ferner Zukunft das Zentrum der Stadt Bremen stehen wird und 15 Kilometer weiter der Stadtteil Horn mit wissbegierigen Schülern, die nun ein wenig mehr über die Vergangenheit ihrer Region wissen.

Jürgen

1965, es war Sommer geworden, vor einer Woche war ich mit vielen Ratschlägen seitens meines Klassenlehrers in die Ferien entlassen worden.

Keine Ferien hatte der Genosse Staatsratsvorsitzende Walter Ulbricht, mein Vater nannte ihn immer Zwickel, in seinem Kampf für Hammer und Zirkel im Ährenkranz.

Als Staatslenker der DDR machte er seinen ersten Staatsbesuch außerhalb des Warschauer Pakts. Er flog nach Kairo, damals noch kein Urlaubsland mit Nilkreuzfahrten, um sich dort mit General Nasser zu treffen. Die westdeutsche Retourkutsche kam prompt, die BRD stoppte die Wirtschaftshilfe für Ägypten. „Wenn die Ägypter schon kommunistisch werden wollen, dann wenigstens nicht mit reichsdeutscher, äh, mit deutscher Hilfe", sagte Großvater sich schnell korrigierend. „Dazu haben wir uns schließlich nicht in Russland" – er selbst war im Krieg gar nicht im Osten – „die Beine abgefroren, dass jetzt der Iwan in Afrika, Rommel hat das auch schon vermutet, denn schließlich... und in der Ostzone formieren sie sich auch schon wieder." Opas Kommentare machten es manchmal schwer an seine Nazigegnerschaft zu glauben, seine Mitgliedschaft im Stahlhelmbund machten sein Demokratieverständnis auch nicht gerade glaubhafter.

Tatsächlich ersetzte bei der Musterung der Wehrpflichtigen des Geburtsjahrgangs 1946 in der DDR im gleichen Jahr ein "Eignungs- und Verwendungstest" das bis dahin geltende Losverfahren zur Bestimmung der späteren Verwendung der Rekruten.

Einige Kinder aus meiner Schule waren bereits mit ihren Eltern an die Nord- oder an die Ostsee, Westdeutschland, gefahren. Auch Acki Lahmann war in den Ferien, sein Vater war Fahrer bei der Bremer Straßenbahn und so konnte die Familie verbilligte Reisen bekommen. Kinder der Familien, die sich einen Sommerurlaub nicht leisten konnten oder erst später in die Ferien fuhren, nutzten die öffentlichen Badeanstalten. Ich saß in der heißen Mittagssonne am Straßenrand und stocherte mit einem Stock im weichen Asphalt herum. Für den Nachmittag war ein Besuch im Horner Bad geplant.

„Hey, was machst du denn da?", von hinten näherte sich Jürgen. Er trug eine selbstgenähte kurze Hose und Sandalen ohne Socken, dazu ein weißes kurzärmeliges Hemd, das bis obenhin zugeknöpft war. „Okay", antwortete ich erst einmal, um dem folgenden Gespräch die nötige Weltläufigkeit zu geben, ich hatte mir den Ausdruck aus den Cowboyfilmen gemerkt. „Ich warte auf meine Mutter, dann gehen wir ins Horner Bad, gehst du auch?" Jürgen schüttelte den Kopf, „wir fahren doch morgen zu meiner Oma nach Rostock, das ist in der Ostzone." Jürgen fuhr jedes Jahr einmal zu seiner Oma in die Ostzone.

Für mich war die Ostzone eine ominöse Mischung aus umgittertem Gebiet mit exotischen Eigenschaften. Die meisten Informationen hatte ich von Opa Gaßmann und dessen Briefmarkensammlung. Die schönsten davon kommen immer aus der Zone, wie Opa sagte, aus Thüringen. Opa hatte dort einen Kriegskameraden, dem er regelmäßig schrieb und dem er zu Weihnachten alljährlich ein Paket mit Kaffee, Kakao, Schokolade, Nylonstrümpfen und all dem anderen schickte, was es "drüben" nicht gab und laut Opas Beschreibung gab es so gut wie nichts außer Briefmarken.

„Die haben ja nichts, sei der Iwan da ist", sagte Opa dann immer. Der Iwan, wieder so eine ominöse Gestalt, von der ich mir nur schwer ein Bild machen konnte, lief auf eine Mischung aus Lenin, Stalin und Juri Gagarin hinaus, die ich mir anhand Opas Briefmarken anschaulich machen konnte. Opa kannte sich aus: „Leicht verderbliche Ware darf man überhaupt nicht schicken, die lassen nämlich die Pakete extra lange in der Kälte an der Grenze liegen, damit der Inhalt verdorben beim Empfänger ankommt." Ich stellte mir einen riesigen Berg mit schneebedeckten Paketen vor einem Grenzzaun vor, offensichtlich war die DDR ein Teil Sibiriens. „Außerdem wird da aus jedem Paket noch etwas herausgenommen, geklaut, „ ergänzte Opa", die Soldaten an der Grenze haben ja auch nichts."

Aus Thüringen kam dann die Post mit den schönen Sondermarken, so zeigte sich der Kriegskamerad erkenntlich, denn „die haben ja nichts, was die schicken könnten, selbst die Weihnachtsfiguren aus dem Erzgebirge sind hier bei uns noch billiger, und die kommen von drüben, da kannst du mal sehen", ergänzte Oma Gaßmann dann meistens.

Ich begann Jürgen zu bedauern, einen ganzen Sommerurlaub ohne Schokolade und wohl auch ohne Eis und ohne Limo, eigentlich ohne nahezu allem im Sommer alimentarisch Wichtigem, das war schon hart. Schließlich tröstete ich mich mit dem Gedanken, dass wohl auch Jürgens Oma jeden Weihnachten ein Paket bekam. „Wenn du mir schreiben willst, darfst du aber nicht Ostzone sagen sondern DDR, sonst kommen wir ins Gefängnis da," gab er mir noch völlig unsinnigerweise mit auf den Weg, da ich nicht das geringste Verlangen verspürte außer den Zwangsurlaubgrüßen an die Großeltern und an Tante Christa mehr als unbedingt nötig zu schreiben. „Geht klar ey, bis nach den Ferien dann." „Ich gebe die Adresse deiner Mutter heute Abend ", rief er mir noch nach, was ich aufgrund der größer werdenden Distanz leider nicht mehr hören konnte und was glücklicherweise auch nicht eintrat.

Das Gebiet

Der Ledaweg war 1959 aus einem ehemaligen Wiesengebiet in Horn entstanden, dort wo die Leher-Heerstraße eine scharfe Rechtskurve Richtung Oberneuland einerseits und Richtung Borgfeld und Lilienthal andererseits machte. Er endete an einem Wendeplatz, der für uns Jungen je nach aktuellem Spiel gleichzeitig Bolzplatz oder Einsatzzentrale für unsere Polizeifahrräder war. Der größte Teil unseres Lebens spielte sich auf der Straße ab bzw. in einem halb verwilderten Parzellengebiet am Ende einer Querstraße, des Vorkampsweges. Dieses Ende war durch ein rot-weiß gestrichenes Geländer markiert, hinter dem sich ein schmaler Sandstreifen befand, der wiederum auf der anderen Seite durch einen Maschendrahtzaun begrenzt war. Dort fing das "Gebiet" an, zu betreten durch eine für jeden Eingeweihten bekannte Zaunlücke. Das "Gebiet" wurde mit jeder aufgegebenen Parzelle größer und für das Aufgeben sorgte die männliche Jugend der Umgebung. Sie half bei der Aufgabe durch Einreißen weiterer Zäune, ausrauben der Parzellenhäuschen, Zerstören der Beete und in seltenen Fällen auch durch kleinere Brandstiftungen. Das Sagen über das "Gebiet" hatten die größten Jungen des Ledawegs, mussten es aber wiederholt gegen die Führer der Gefkenstraße verteidigen.

Auf der einen Seite war die Gefkenstraße ein für uns verbotener Sektor, denn hier wohnten in großer Anzahl sozial Gestrandete. Auf der anderen Seite befand sich dort ein großer Spielplatz, der mit anschließender Spielwiese fast bis zur Autobahn reichte und ideal zum Steigenlassen von Drachen geeignet war. Das bedeutete aber auch, das wir Jungen vom Ledaweg uns von Zeit zu Zeit Respekt verschaffen mussten, um einen Zugang zu den besagten Plätzen zu erhalten, was natürlich nicht hieß, das wir das gleiche Recht auch den Gefkenstraßlern in Bezug auf unser "Gebiet" einräumten.

Dies führte in der Regel zu Straßenkämpfen, in denen sich die eine mit der anderen Gruppe auf halber Höhe zwischen Ledaweg und Gefkenstraße traf. Die Aufstellung sah bei beiden Gruppen gleich aus, die Größten und Kräftigsten standen in der ersten Reihe, dann kamen die weniger Starken, erst einmal die Brüder der ersteren und dann entsprechen weiter bis zu den Kleinsten ganz am Ende. Die Kleinsten waren nur dabei, um durch Masse zu imponieren. Mädchen waren bei diesen Aktionen nicht erwünscht, höchstens um beim Rückzug die tapferen Kämpfer zu bewundern und ihre Blessuren zu bedauern. Ich hielt mich in der Regel so weit hinten, wie es einerseits für meine Größe gerade noch zu vertreten war um nicht etwa in Mitleidenschaft gezogen zu werden, andererseits aber auch weit genug vorn, um als Mitkämpfer gezählt werden zu können. Die Straßenverteidigung war bei unseren Vorkämpfern in besten Händen, davon war ich überzeugt. Der wahre Grund war jedoch, dass wir regelmäßig den Kürzeren zogen und uns auf unsere Verteidigungspositionen im Gebiet zurückziehen mussten oder wenn es noch härter kam, in den Hausfluren Schutz suchten, wo wir gegebenenfalls auf die Schlagkraft unserer Mütter vertrauen konnten.

Auch heute stand wieder eine Aktion an, der Treffpunkt zur Aufstellung war natürlich im Gebiet. Unsere Bewaffnung - Knüppel und ein paar Fahrtenmesser, die allerdings nie zum Einsatz kamen - wurde kontrolliert und dann ging es los. Wir waren kaum durch den Vorkampsweg Richtung Gefkenstraße marschiert, als uns schon mit Gejohle die Anderen entgegenkamen. Wir waren somit noch in Sichtweite der Häuser des Ledawegs und was noch schlimmer für mich war, in möglicher Sichtweite von Birgit Hollweg. Birgit war das hübscheste Mädchen des Ledawegs, ich fand sie zumindest unwiderstehlich und konnte mir eine Zukunft ohne sie nicht vorstellen. Vor ihr konnte ich mir keine Blöße geben, damit hätte ich meine weiteren nupcialen Pläne ad acta legen können. Es gab also nur die Alternative, mich deutlich zu zeigen, was natürlich auch entsprechend mutige Aktivitäten in der kommenden Prügelei verlangte oder mich gänzlich unsichtbar zu machen. Letztendlich entschloss ich mich für einen Mittelweg, ich stürmte voraus, positionierte mich dabei in Richtung ihres Fensters und in ihren Blickbereich, wie ich hoffte. Mein Plan bestand nun darin, vor der Auseinandersetzung in einen kleinen Seitenweg abzubiegen, eine Ausrede dafür würde mir dann später einfallen. Ich drückte mich auf der rechten Seite vorbei, stürmte nach vorn bis auf Höhe der verdutzen Anführer und verschwand wie geplant in dem Seitenweg ohne das sonst jemand von meinem Verschwinden aus der Formation Notiz nahm. Ich schaute auf meine Armbanduhr, es waren kaum mehr als 10 Minuten vergangen, als die Ledaweg-Jugend auch schon wieder auf der Flucht war. Ich machte mich so gut es ging unsichtbar, hatte aber nicht daran gedacht, dass man mich auch von hinten sehen und identifizieren konnte. Diese Identifizierung erfolgte genau in dem Moment, als ich meinte, außer Gefahr zu sein und mein Versteck verlassen zu können. "Was machst du denn da?" Die Stimme war vertrauter als mir jetzt lieb war. In jeder anderen Situation hätte ich wer weiß was darum gegeben, diese Stimme zu hören, doch jetzt blieb mir die Antwort im Hals stecken. Birgit hatte mit ihrer Mutter die Abkürzung durch den Parzellenweg genommen und mich sofort erkannt, damit war meine Heldenrolle für diesen Tag gelaufen. Ich stammelte nur noch eine wenig gelungene Ausrede und machte mich davon.

Der Bunker

Anfang der sechziger Jahre bestand am Anfang des Ledawegs ein halb verschüttetes unterirdisches Bunkersystem. Uns Jungen war von den Eltern streng untersagt, dort hineinzugehen. Reiner Zisla wusste auch warum: „Da sind Ratten drin, so groß wie Meyers Kaninchen." Er hatte es natürlich wieder von seinem Bruder erfahren und der hatte es weiß Gott woher." Ich hatte zwar keine Ahnung, wie groß Meyers Kaninchen war, aber in Erinnerung des letzten Weihnachtsessens bei meiner Großmutter nahm es in meiner Vorstellung die Größe eines Truthahns an. Ohne lang zu überlegen, hatte ich es somit in die gleiche Größenordnung wie die gebratene Pute meiner Großeltern eingeordnet. Die biologischen Unterschiede waren in diesem Moment sekundär.

Die Vorstellung von Monsterratten in unterirdischen Gewölben fachte unsere Abenteuerlust an und jagte uns Schauer über den Rücken. Nebenbei könnte ich durch eine gelungene waghalsige Aktion vielleicht meine Scharte bei Birgit auswetzen und doch noch eine Heldenrolle übernehmen. Dazu musste unsere Aktion zumindest soweit bekannt werden, dass vor allem Birgit davon erfuhr, vielleicht konnte ich dann auf etwas Besorgnis bei ihr hoffen. Unsere Eltern durften davon natürlich keinen Wind bekommen. Ich erreichte das auf meine bewährte Art, indem ich Thomas unter dem Deckmantel der Verschwiegenheit davon erzählte. Ich war mir sicher, dass er es seiner Schwester Sabine weitererzählen würde, die wiederum nichts Besseres zu tun hätte als es ihrer besten Freundin Birgit zu erzählen.

Nach dem Mittagessen traf ich mich zunächst mit Acki Lahmann um dann gemeinsam Reiner Zisla, Andreas Meyer und Joachim Rühmann abzuholen. Mit Fahrtenmesser und Taschenlampen bewaffnet und mit den Hosentaschen voll Steinen machten wir uns auf den Weg. Aus Tarngründen gingen wir einen Umweg durch den Deichkamp und die Vorstraße.

Am halb verschütteten Eingang warteten bereits wie erhofft Sabine und Birgit. Sie machten gar keinen Hehl daraus, dass sie von unserer Aktion wussten.

Wir räumten ein wenig Schutt beiseite und zwängten uns durch den Eingang des Hauptbunkers. Es roch feucht und muffig, ich stolperte über eine Konservendose und schrammte mir das Knie an einem Betonvorsprung auf. Wir betraten einen niedrigen Seitengang, bis hierhin reichte das Licht des Einstiegsloch nicht mehr. Der Lichtkegel unserer Taschenlampen zeigt uns die nächsten paar Meter. An einigen Stellen stand zentimeterhoch Wasser. Es roch modrig und nach Verfall, eine Ratte huschte über den Weg und verschwand in einem Loch in der Wand. "Siehste", sagte Reiner, "mein Bruder hat Recht gehabt". "Aber das war nur eine ganz kleine Ratte oder vielleicht sogar nur eine Maus", widersprach ich in Erinnerung an den Vergleich mit Meyers Kaninchen. "Kann ja auch ´ne Babyratte gewesen sein und die großen gibt es trotzdem", versuchte Reiner die Aussage seines Bruders zu retten. "Du glaubst doch wohl nicht, das eine Babyratte allein herumläuft", versuchte ich wieder seine Aussage zu relativieren und zog dabei einen

Vergleich mit dem Wurf Katzen unter dem Parzellenhäuschen von Herrn Köhler.

Wir sahen ein, dass wir weder das Eine noch das Andere beweisen konnten, verschoben die fruchtlose Diskussion und platschen weiter voran über rostige Metallteile, die wir nicht einzuordnen wussten und erst einmal als Kriegsgerät definierten. Andreas war ein wenig vorausgegangen, während wir anderen noch einmal ausgiebig die Wände nach weiteren möglichen Rattenlöchern in den Wänden absuchten. Ein Krachen, ein Aufschrei und ein darauf folgendes "Scheiße" schreckten uns auf. Andreas steckte bis zum Knie in einem angegammelten Brett einer Art von Palette, die einen Schacht oder ein Abflussloch bedeckte. Er bot ein tragikomisches Bild, hatte sich die Hose eingerissen und das Bein übel aufgeschürft. Das Brett war nach dem Durchstoß zurückgeschnellt und hat sein Bein fest im Griff. Schon die kleinste Bewegung ließ ihn aufschreien. Er machte den Eindruck eines in einer Falle gefangenen Fuchses oder Bären, letzterer Vergleich war seiner Größe vielleicht angemessener. Wir setzten uns, um nach einer Lösung zu suchen, wie wir unseren Freund aus seiner Zwangslage befreien könnten. Die Eltern um Hilfe zu bitten, war natürlich kein Thema, denn dann hätten wir zugeben müssen, uns nicht an das Verbot gehalten zu haben und was noch schlimmer war, wir hätten unseren Erziehungsberechtigten Recht geben müssen, dass ihre Warnungen vor den Gefahren des Bunkers berechtigt gewesen waren. "Ich habe mal einen Film gesehen, da hat sich ein Fuchs den Fuß selber abgebissen, weil er aus einer Falle nicht herauskam", fiel Reiner ein. Wahrscheinlich hatte er die Geschichte wieder von seinem Bruder gehört und den Film gar nicht selbst gesehen. Andreas fing bei diesem Beitrag schon einmal prophylaktisch zu weinen an. "Wir könnten es ja einmal mit meinem Taschenmesser versuchen", konkretisierte er seinen Vorschlag und kramte in seiner Hosentasche. Andreas verdrehte die Augen: "Du hast se ja wohl nicht mehr alle", stieß er zwischen zwei Seufzern hervor. Unter diesen Umständen fand es er sogar noch besser, die Eltern zu benachrichtigen. Reiner steckte sein Messer wieder weg, mit dem er bei näherer Betrachtung wohl auch nicht mehr als weiche Butter schneiden konnte, und wir überlegten weiter. Auch der Vorschlag, dass Brett durchzubrennen bis der Fuß frei käme wurde verworfen, da keiner von uns Streichhölzer dabei hatte.

Es wurde klar, dass wir allein nicht weiterkamen, die Mädchen mussten uns helfen, Reiners Bruder Wilfried zu holen. Wilfried hatte eine Säge und eine Axt, damit hatte er vor kurzem im Gebiet - völlig unsinnigerweise aber beeindruckend für uns - einen Baum umgelegt. Mit diesem Werkzeug müssten wir Andreas freibekommen. Wir waren jetzt nur noch zu dritt, da Acki Lahmann bei Andreas Anblick spontan eingefallen war, dass er genau jetzt zum Abendbrot nach Haus müsste.

Ich entschloss mich den Rückweg zum Eingang anzutreten, bevor es dunkel würde und auch die Mädchen verschwänden. Reiner blieb aus humanitären Gründen bei Andreas, immerhin war er als einziger bewaffnet. Falls sich doch noch eine Monsterratte zeigen sollte, könnte er mit seinem rostigen Messer vielleicht eine Blutvergiftung bei ihr verursachen.

Ich fand den Eingang leer, die Mädchen hatten Langeweile bekommen und sich interessanteren Dingen als der Erforschung eines Bunkers zugewandt, bei dem sie sowieso nur Zaungäste waren. Ich schob mich durch das Eingangsloch und machte mich auf die Suche nach Reiners Bruder. Glücklicherweise fand ich ihn im Gebiet, er hackte mit seinem Beil wieder an einem Baum herum. "Und was krieg ich dafür?" fragte er mich ohne mit dem schnitzen aufzuhören, als ich meinen Bericht beendet hatte. Ich wühlte instinktiv in meinen Hosentaschen herum, fand aber nichts, was für ihn von Interesse sein könnte. Ich versuchte es daher mit einer anderen Strategie: "Mann, wir kommen alle zu spät nach Haus, wenn wir Andreas nicht bald frei kriegen und dann wissen auch deine Eltern, dass Reiner im Bunker war." Wilfried konnte es nicht egal sein, wenn sein kleiner Bruder erwischt wurde, nur weil er zu lange gefeilscht hatte. Schließlich wusste Reiner auch von Wilfrieds nächtlichen Streifzügen, da die beiden ein Zimmer teilten. Das durfte natürlich noch viel weniger als unser Bunkerbesuch die Ohren ihrer Eltern erreichen, wenn Reiner aus Rachegelüsten seinem Bruder ein auswischen wollte und das könnte leicht passieren.

Wilfried schob seine Pfadpfinderaxt in die Gürteltasche und wir rannten zurück zum Bunker.

Der Einstieg musste wiederum ein bisschen erweitert werden, dann schoben wir uns nacheinander hinein. Andreas saß mit dem Bein im Brett wie ein Häuflein Elend auf der Palette. Reiner stand mit gezücktem Messer an der Bunkerwand. "Mensch, das hat aber ganz schön gedauert, warum habt ihr euch nicht ein bisschen beeilt." "Wir haben uns beeilt", gab sein Wilfried zurück, „sonst wären wir ja wohl noch nicht da. Gegenüber dieser argumentativen Brillanz fiel Reiner nichts mehr ein und wir wandten uns unserem Problem Andreas zu.

"Geht mal zu Seite", Wilfried nestelte sein Beil vom Gürtel. "Alle meine ich", präzisierte er seine Anordnung. "Ich kann nicht zur Seite, mein Fuß steckt fest", sagte Andreas völlig unsinnigerweise, er hatte vollkommen vergessen, dass die Aktion ihm galt. "Dich meine ich ja auch gar nicht", sagte Wilfried und gab einen Hieb auf das Brett ab, das zurückfederte und gleichzeitig das Beil festhielt. Wilfried zerrte es wieder heraus, während Andreas zu jammern begann. "Nun stell dich nicht so an, wenn du freikommen willst, wir haben dein Bein da nicht hineingesteckt." Das war einleuchtend, selbst für Andreas. Er biss die Zähne zusammen und erwartete den zweiten Hieb. Reiners Bruder hatte dazugelernt und schlug nun im Winkel auf das Brett ein, während Reiner die gelösten Holzsplitter mit seinem Messer hochhebelte. Nach gut einer halben Stunde war das Brett durchtrennt, so dass wir es vorsichtig gemeinsam anheben und von der Querlatte lösen konnten. Andreas Bein steckte zwar immer noch fest aber er konnte sich mit dem Restbrett zumindest bewegen. Wilfried steckte nun sein Beil von vorn längs der Maserung in das Brett, das an dieser Stelle bereits beträchtlich durchgefault war und dann drückten wir es gemeinsam auseinander. Mit einem leisen Knacks brach es durch und Andreas war frei.

Inzwischen war es dunkel geworden und wir kamen selbstverständlich zu spät zum Abendbrot nach Hause. Wir hatten uns abgesprochen, das Gebiet als Grund unseres Zuspätkommens anzugeben, hatten aber wenig Hoffnung, dass Andreas sich nicht verplappern würde, wenn er die Herkunft seines lädierten Beines erklären müsste. Mutter sah mich mit vorwurfsvollem Blick an und sagte nur, "na, das wurde aber auch Zeit, wasch dir die Hände und geh´ ins Wohnzimmer, Tante Erika ist zu Besuch". Eine bessere Mitteilung konnte es kaum geben, da Tante Erika mir in regelmäßigen Abständen ein Karl May Buch schenkte und so ein Tag war wieder heute. Somit verlagerte ich mein Bunkerabenteuer in die Welt des amerikanischen Westens und ritt den Abend in der Phantasie mit Winnetou über die Prärie, wo ich ohne Ende Heldenabenteuer bestand und wilde Tiere erledigte, die noch größer als die Kaninchenratten waren.

Der Besuch der Tanten

Einmal im Jahr musste der Besuch der Tanten aus Hamburg, das waren die Schwestern meiner Großmutter väterlicherseits, abgenommen werden. Diesen Besuch hatten die fünf für den kommenden Sonntag angedroht.

Diese Tanten füllten die Bandbreite, meine Großmutter bildete da eine rühmliche Ausnahme, von "erträglich" bis "unausstehlich". Sie hatten sich für 15:30 angekündigt und das hieß in der Regel, sie standen um 15:30 auf der Matte. Meine Mutter hatte sich zur Verstärkung und moralischen Rückendeckung Tante Gesa dazu geholt und gemeinsam sahen sie nun dem entgegen, was da auf sie zurollte. Neben den üblichen Kuchenstücken vom Bäcker sollte auch eine selbstgemachte Sahnetorte auf den Tisch kommen. Diese Torte lag auf einem drehbaren Teller, den scheinbar nicht nur wir Kinder gern in Bewegung zusahen. Tante Gesa - sie konnte später selbst nicht erklären, welcher Teufel sie in jenem Moment geritten haben mochte - versetzte mit der Bemerkung " die Trommel dreht sich, jedes Los gewinnt", dem Teller einen Stoß und weil ihr die Drehgeschwindigkeit noch nicht ausreichte kurz danach einen zweiten.

Physikalische Gesetze sind eine Sache, sie zu beherrschen eine zweite. Die Fliehkraft tat, was sie immer tut und beförderte das Objekt, in diesem Fall die Torte vom Teller in die hilflos ausgebreiteten Arme meiner Mutter und von dort in kleinen Stücken durch das halbe Wohnzimmer. Um die Katastrophe komplett zu machen, klingelte es genau in diesem Moment an der Haustür und, wie nicht anders zu erwarten war, standen diesmal, sogar eine halbe Stunde zu früh, die Tanten vor der Haustür. Hintereinander aufgereiht wie die Dalton-Brüder, mit gleichen braunen Hüten und grauen Mänteln - sie hatten ein Sonderangebot bei Karstadt auf Anweisung von Tante Berta, die in unserer Sympathieliste die Position "unausstehlich" besetzte, wahrgenommen und wollten nun ihre Errungenschaften vorführen.

Tante Gesa baute sich vor der Wohnungstür auf und suchte angestrengt nach einem Motiv, die Tanten noch eine Weile vom Ort des Geschehens fern zu halten, während Mutter hinter ihr bis zum Ellbogen in Sahnetorte getaucht in die Küche huschte um die Spuren des Unglücks zu beseitigen. "Du willst uns wohl nicht reinlassen", stellte Tante Berta - im Grunde genommen ganz richtig - mit ihrem breiten Hamburger Dialekt fest und schickte einen bedeutungsschwangeren Blick zu ihren Schwestern, die ihre ebenfalls aus dem Sonderangebot bei Karstadt erstandenen cremefarbigen Handtaschen ein wenig fester krallten und auf weitere Weisungen seitens Tante Bertas warteten. Meine Tante griff geistesgegenwärtig hinter sich an die Garderobe und schnappte sich ihren Mantel, zog mit der anderen Hand die Haustür zu wobei sie weiterhin den Eingang verdeckte. "Lasst uns doch eben die Kinder vom Spielplatz holen", fiel ihr schließlich ein, „die haben sich doch so auf euren Besuch gefreut". Tante Gesa die sich später über sich selbst wunderte, dass sie bei solch einer faustdicken Lüge nicht rot geworden war, schob die Dalton-Sisters die Treppe hinunter in Richtung Spielplatz. Wir Kinder hatten natürlich alles andere vor, als die Schwestern meiner Großmutter zu ertragen. In der Regel hatten wir schon bei der Begrüßung Schwierigkeiten, die Namen, ausgenommen den der zigarrenrauchende Tante Berta und Tante Pfanni aus Großhansdorf, auseinanderzuhalten, wenn uns nicht Mutter soufflierend dabei half.

Die allerdings hatte im Moment ganz andere Sorgen, sie musste die Spuren der Tortenkatastrophe beseitigen und auf irgendeine Weise eine neue Torte beschaffen, ohne dass die Tanten Verdacht schöpften. Meiner Mutter war natürlich vollkommen klar, dass wir uns versteckt hatten, um nicht zufällig Tante Berta & Co. über den Weg zu laufen. Dieses Versteck war nicht auf dem Spielplatz, sondern im Pflaumenbaum hinter dem Haus, was meiner Mutter wohl bewusst war.

Ich erhielt also die Anweisung mit meiner Schwester und unserem Bollerwagen zum Bäcker zu fahren und eine Sahnetorte zu besorgen. Mir blieb dazu ungefähr eine halbe Stunde Zeit hatte meine Mutter kalkuliert, wenn man den Hin- und Rückweg zum Spielplatz sowie eine fingierte Kindersuche zusammenrechnete.

Die Kalkulation ging tatsächlich auf und kaum hatte ich meinen Einkauf in der Küche abgeliefert, standen die Sechs in grau-braun-beige wieder an der Tür. "Ich weiß gar nicht, wo die Kinder sind, „ log meine Tante von neuem, um dann scheinbar überrascht fortzufahren, als sie uns sah", ach da seid ihr ja, wir hatten euch auf dem Spielplatz gesucht." "Schön, das ihr da seid", schwindelte nun meine Mutter um etwaigen Risiken, wir könnten vielleicht doch noch einmal ins Fettnäpfchen treten, vorzubeugen, mit besonders lauter Stimme. "Legt doch ab und kommt herein". Ich fragte mich, wie die Tanten wohl ihre Hüte und Mäntel, von Tante Bertas Übergröße einmal abgesehen, auseinander halten könnten, die Handtaschen hatten ja zumindest noch verschiedene Inhalte, wie zu vermuten war.

Ich wurde ins Wohnzimmer gerufen und musste die Parade der Tanten noch einmal abnehmen. "Sie hatten im Sitzen die gleiche Ordnung wie im Stehen beibehalten, so dass ich mich nur einmal vertat, ich machte Tante Paula zu Tante Emmi, was mir gleich einen strafenden Blick von Tante Berta eintrug. Ernährungsbewusst uns Kindern gegenüber hatte sie den Schwestern untersagt, uns Süßes mitzubringen. "So viel Süßes ist ganz schlecht für die Zähne und überhaupt", kommentierte sie dazu. Überhaupt wurde jeder zweite Satz, zumindest die bedeutungsschwangeren, und bei Tante Berta war fast alles bedeutungsschwanger, mit "überhaupt" abgerundet.

Ganze Torten gab es bei unserem Bäcker nur nach Vorbestellung und so hatte er eine Auswahl von Sahnestücken zusammengestellt, die Mutter nun mit komplizemhaften Blick zu Tante Gesa hereintrug. Mein Lieblingstück, eine mit Sahne gefüllte Schokoladenrolle, lag genau mir gegenüber. Um nun kein Risiko einzugehen, dass eine der Tanten sich dieses Stückes bemächtigen könnte, griff ich einmal über den Teller und holte mir das erwünschte Röllchen auf meinen Teller.

"Kinder müssen nicht immer das erste Stück und schon gar nicht unteraus nehmen", konnte sich Tante Berta nicht verkneifen. "Doch, hier dürfen sie", entgegnete meine Großmutter zu aller Überraschung und bekräftigte noch einmal: „meine Enkelkinder dürfen das". Tante Berta fiel die Kinnlade herunter, sie konnte sich aber noch nicht geschlagen geben und gab zurück:" aber man kann den Teller auch in seine Richtung drehen und um dies anschaulich zu machen setzte sie den Teller in Drehbewegung. Meine Mutter und Tante Gesa, die an diesem Tag bereits einmal Bekanntschaft mit der Fliehkraft gemacht hatten, sprangen zur Seite und das zweite Sahneröllchen begleitet von einem Windbeutel und einem Himbeertörtchen hoben vom Teller ab und landeten bei Tante Paula, Tante Emmi und Tante Carla knapp oberhalb der drei Broschen - vielleicht auch aus einem Sonderangebot - auf den Blusen.

"Hast du schon einmal etwas von Fliehkraft gehört, Tante Berta?" Tante Berta schaute meine Tante wie ein begossener Pudel an und blieb die Antwort schuldig, während wir uns auf die Lippen bissen.

Weihnachten 1964

"Ich brauche kein neues Jackett", sagte Opa" mit seiner ' Ich will kein Wort mehr hören-Stimme', "mein altes ist gut genug." Dieses 'gut genug' wurde von meiner Großmutter allerdings ganz anders interpretiert, schließlich waren blank gescheuerte Ärmel und verschossene Farbe eher eine Zeichen für 'jetzt muss mal was neues her'.

Das Jackett war die erste Anschaffung meines Großvaters nach der Währungsreform und erinnerte mit seiner merkwürdig graubraungrünen Farbgebung unangenehm an Tarnkleidung, von der er ja eigentlich gar nichts mehr wissen wollte.

Oma verdrehte die Augen, ihr war klar dass alles weitere Argumentieren zwecklos war, hier musste gehandelt werden. Unter Umgehung der Bremer Kaufhäuser, denn 'da kauft man nicht' - unumstößlicher

Grundsatz und damit auch Anweisung meines Großvaters - hatte sie in einem alteingesessenen Bremer Oberbekleidungsgeschäft ein Jackett mit der gewagten Farbe 'Dunkelblau' erstanden und bei uns im Hause für das Weihnachtsfest deponiert.

Ich hingegen konnte meinen Großvater sehr gut verstehen, Kleidungsstücke galten für mich auch nicht als Weihnachtsgeschenk und hinsichtlich der Gefahr, statt der ganz oben auf meinem Wunschzettel stehenden Diesellokomotive V200 von Märklin einen Mantel unter dem Tannenbaum vorzufinden, unterstützte ich meinen Großvater mit Nachdruck, natürlich nur aus prophylaktisch egoistischen Motiven.

Der 24.Dezember begann wie jedes Jahr mit Stress. Das Wohnzimmer war abgeschlossen und als 'No go area' mit dem möglichen Verlust von Weihnachtsgeschenken bei Lausch- oder Betretungsversuchen sanktioniert. Mutter hatte die Küche mit der Vorbereitung des Weihnachtsessens belegt:" Ich habe keine Lust, abends noch am Herd zu stehen, dann muss es schnell gehen". Uns Kindern blieb somit nur das Kinderzimmer, das ich mir mit meiner Schwester teilte, wobei teilen eher ein anzustrebendes Ideal war, da meine Schwester Etta, heillos chaotisch, es immer wieder schaffte, das gesamte Zimmer zu belegen. Mir wurde hingegen ein pedantischer Ordnungssinn nachgesagt, somit waren Konflikte unausweichlich.

Solche Streitigkeiten mussten heute selbstverständlich aus bereits genannten Gründen vermieden werden, was meine Schwester taktisch klug zu nutzen wusste.

Ich hatte mir meine Kiste mit Lego hergeholt und von Etta kritisch beäugt, ein Frachtschiff zusammengesetzt. Mit dem Aufsetzen des Schornsteins und des Radargeräts, ich kannte Schiffe von den häufigen Hafenbesuchen mit meinem Vater, hatte ich mein Werk beendet und wollte ihm gerade einen Platz auf der Kommode freimachen als meine Schwester loslegte: "Das sind meine Steine, gib die sofort her, ich brauche die jetzt!" "Welche Steine?", entgegnete ich leicht verwirrt. "Siehst du doch die blauen da unten!" Blau und Gelb waren tatsächlich die Farben von ihren Legosteinen, eine clevere Idee meines Vaters, um die Baustoffe auseinanderzuhalten. Und nun hatte ich unbedachterweise gerade von diesen blauen Steinen die erste Reihe des Schiffrumpfes zusammengesetzt. Natürlich brauchte sie die Steine jetzt nicht - sie baute überhaupt mehr als selten mit Legosteinen - aber es war eine gute Gelegenheit mir eines auszuwischen für irgendeine Unbotmäßigkeit meinerseits die ich längste vergessen hatte. Ich versuchte mein Bauwerk zu retten und bot ihr von meinen Legosteinen - Rot und Weiß - an aber selbst wenn ich ihr die gleichen Steine in den gleichen Farben angeboten hätte, hätte sie natürlich genau die gebraucht, die ich verbaut hatte.

Wir hörten meinen Vater Geschenke aus dem Schlafzimmer über den Flur in das Wohnzimmer schaffen, eine geeignete Gelegenheit für meine Schwester ihrer Forderung Nachdruck zu verleihen. "Wenn du mir meine Steine, die mir gehören nicht gibst, schrei ich!" Das konnte ich selbstredend nicht riskieren, gab meinen Widerstand auf und zerlegte den Ozeanriesen in seine Bestandteile. Damit war die Angelegenheit für Etta erledigt und sie konnte sich in aller Ruhe darum kümmern ihre Puppen weihnachtsfertig zu machen. Sie hatte natürlich nie vorgehabt ihre blauen, geschweige denn irgendwelche anderen Steine zu verbauen.

Pünktlich um vier Uhr wie jedes Jahr kamen Oma und Opa Reincke aus der Tietjenstraße und verschwanden im Wohnzimmer. Kurz darauf wurden die Kerzen am Baum entzündet, während uns Mutter noch einmal einschärfte, erst beim Läuten der Glocke das Wohnzimmer zu betreten.

Dieses Ritual gehörte zu den Obliegenheiten meines Vaters, der es wiederum von seinem Vater übernommen hatte. Das Signal ertönte der Schlüssel wurde im Schloss gedreht und der Weg war frei und wir stürmten ins Wohnzimmer direkt in den Bauch vom Weihnachtsmann, flankiert von meinen Eltern auf der linken und von den Großeltern auf der rechten Seite.

"Hoho, wer seid ihr denn", sprach uns mit einer für Weihnachtsmänner untypisch hohen Stimme an, die dazu noch an unseren Nachbarn Jochen erinnerte. "Hoho, bist du vielleicht die Etta und du der Bernd?", versuchte er es ein zweites Mal mit deutlich dunklerer Stimme. Mir fiel unwillkürlich die Geschichte von den sieben Geißlein ein, vor allem die

Stelle wo der Wolf Kreide frisst und eine höhere Stimme bekommt, vielleicht gab es den umgekehrten Vorgang ja auch für Weihnachtsmänner.

Ein weiteres Detail verwirrte mich zunächst: Der Weihnachtsmann trug die gleichen Bundeswehrstiefel wie Jochen, der zurzeit seinen Wehrdienst ableistete. Dazu kam noch ein Wehrmachtsmantel von undefinierbarer Farbe und nicht etwa Rot, wie doch ein Weihnachtsmannmantel auszusehen hatte, wie jeder wusste. Auf die übliche Frage, ob ich denn auch brav gewesen sei, antwortete mein Vater vorauseilend: "Na ja meistens..." während meine Mutter weise lächelte.

Das Aufsagen eines Gedichtes war ein Selbstläufer sodass uns der Gabenbringer mit diesmal rechtzeitig tiefer Stimme aufforderte:" Da dann greift mal in den Sack!" Ich förderte eine Orange zu Tage und meine Schwester einen Apfel und ein paar Nüsse, sie hatte cleverer weise beide Hände genommen.

Die eigentlichen Geschenke lagen bereits unter dem Weihnachtsbaum, was den Sack des Weihnachtsmannes eigentlich überflüssig machte, denn für das bisschen Obst hätte es auch ein Pappteller getan.

Aber ein Weihnachtsmann ohne Sack ist wie ein Polizist ohne Mütze und so klaubten wir noch den Rest des Obstes aus der Tiefe um es auf einem Weihnachtsteller abzuladen und sofort wieder zu vergessen.

Damit war die Tätigkeit des Gabenbringers beendet und mein Vater bracht ihn zur Tür, da sein Schlitten bereits wartete um ihn zu anderen braven Kindern zu bringen.

Bevor wir nun zur Bescherung und damit zum Höhepunkt kamen, musste das obligatorische Foto vor dem Weihnachtsbaum gemacht werden. Dafür hatte mein Vater seine Kamera auf einem Hocker platziert und dirigierte nun die Abzulichtenden so vor dem Baum hin her, der mit echten Kerzen bestückt war.

"Opa du stinkst", Etta war es zuerst aufgefallen, erntete aber nur einen strafenden Blick, Opas stinken nicht. "Nun rück doch noch mal ein bisschen zusammen, das kann doch nicht so schwer sein, und Bernd, mach den Mund zu und stell die Beine zusammen, und lächle doch einmal, nein nicht grinsen, mein Gott!" mein Vater hatte seine ewiges Fotografier Problem mit mir. "Irgendwas riecht hier angebrannt", jetzt roch es auch meine Mutter, „das kommt aus deine Ecke Opa". "Stimmt", pflichtete jetzt auch meine Großmutter bei", nach angesengter Wolle oder so." Offensichtlich können Opas doch stinken, denn so schnell wie ich es bei ihm nie für möglich gehalten hätte riss sich mein Großvater das Jackett vom Leib warf es auf den Boden und trat kräftig mit dem Fuß darauf. Eine Kerze hatte ihm von hinten den Ärmel angesengt und auch das Oberhemd in Mitleidenschaft gezogen.

Mein Großvater ist den Verdacht nie losgeworden, absichtlich vor die Kerze platziert worden zu sein.

Skoedshoved

Skoedshoved ist im Jahre 1965 ein kleines Fischerdorf kombiniert mit einer Ferienhaussiedlung an der Aarhusbucht in Dänemark. Nach langem Hin- und Her-Rechnen hatten sich meine Eltern entschlossen, die Ferien des Jahres 1965 dort zu verbringen. Begleiten sollten uns dahin die Schwester meiner Mutter, Tante Heide, mit ihrer Familie, ein Freund meines Vaters aus der Segelkameradschaft mit seiner Familie sowie eine Schulfreundin meiner Mutter ebenfalls mit ihrer Familie. Alle diese Freunde und Verwandten hatten reichlich zur Erhaltung der Spezies beigetragen, so dass allein die Anzahl der Kinder Kurzweil versprach.

Die Vorbereitung der Reise erinnerte ein wenig an Auswanderung, da außer den Möbeln so ziemlich alles mitgenommen werden musste. Die Menge der zu befördernden Utensilien stand im reziprok-proportionalen Verhältnis zu dem vorhandenen Platz in unserem Auto, einer Arabella, die mein Vater aus dem Restbestand der Borgward-Werke aus der Konkursmasse erstanden hatte. Meinem Vater wurden somit logistische Meisterleistungen abverlangt, die er mit Bravour bestand. Es blieb kein Hohlraum ungenutzt und es gelang meinem Vater sogar, Platzeinschränkungen positiv zu verkaufen, so sollte uns ein Seesack platziert auf der Rückbank zwischen meiner Schwester und mir als Grenze - meine Schwester sagte immer Grense - und Spieltisch dienen.

Die komplette Bettenausrüstung für vier Personen wurde in sorgfältig gereinigte Torfmullsäcke gestopft und dann auf dem Dachgepäckträger festgezurrt. Spielzeug war beschränkt auf das, was in unsere Kinderrucksäcke passte und so fieberten wir dann dem Tag des Aufbruchs entgegen.

Vaters grüner Wecker wurde auf 5:30 Uhr gestellt und weckte auch pünktlich mit seinem Getöse das halbe Haus, das Radio tat ein Übriges. Meine Mutter weckte uns unnötigerweise ein zweites Mal und beaufsichtigte aus den Augenwinkeln die stark reduzierte Morgenwäsche - Duschen war noch nicht bekannt - füllte den Kaffee in die große gelbe Thermoskanne um, den Kindertee in die blaue Kanne und holte das Picknick aus dem Kühlschrank, um es in der blauen Reisetasche zu verstauen.

Wir Kinder hatten um diese Zeit noch keinen Hunger und so durften wir uns ins Auto setzen – "damit ihr unter den Füßen weg seid", wie mein Vater zu sagen pflegte - und dort auf die Abfahrt warten, nicht ohne vorher noch einmal die Rucksäcke kontrolliert zu haben. Mit Malutensilien, dem Autoquartett „Rennwagen", einem Karl-May-Buch (Winnetou III), Taschenmesser und Taschenlampe fühlte ich mich bestens ausgerüstet für 3 Wochen Dänemark. Meine Mutter ließ auf dem Küchentisch noch eine letzte Anweisung bezüglich der zu begießenden Blumen zurück, dann schloss sie als letzte die Wohnungstür ab, setzte sich auf den roten Kunstledersitz der Arabella, stellte ihre Tasche dort vor sich auf den Boden und gab das Startsignal. Mein Vater schob sich seine Kapitänsmütze zurecht, er war als Führer der Reise schließlich auch eine Art Kommandant, schaute auf die Uhr:" Viertel vor sechs, wie geplant", stellte den Tageskilometerzähler auf null und klemmte die Straßenkarte hinter die Sonnenblende. "Na, dann mal los, erster Stopp Parkplatz Autobahn, „ seine Anweisungen waren immer kurz und präzise, selbst wenn sie an sich selbst gerichtet waren. „Ich bin ja mal gespannt" - bei gespannt betonte er das s nach hanseatischer Sitte besonders stark -, „ob die Wöltjens einmal pünktlich sind." Damit erntete er einen strafenden Blick meiner Mutter. "Hack nicht immer auf deiner Schwägerin herum", versuchte sie ihre Schwester zu verteidigen obwohl sie natürlich wusste, dass meine Tante mit ihrer Familie permanent zu spät kam und tatsächlich auch dieses Mal wieder eine dreiviertel Stunde nach der vereinbarten Zeit am Treffpunkt auftauchte. Meist wurde dies Zuspätkommen von meiner Mutter prophylaktisch damit entschuldigt, dass Heide "ja auch eine große Familie hat", also drei Kinder statt zwei wie wir.

Wie vorherzusehen war, erreichten wir den vereinbarten Treffpunkten zur abgemachten Zeit, ohne etwas von den Wöltjens zu sehen. Erst nach einer weiteren Stunde war die Karawane komplett und so fuhren dann Reinckes in ihrer Arabella, Wöltjens in ihrem VW-Käfer, der für meinen Onkel in Bezug auf Gepäck eine noch größere logistische Herausforderung stellte als unser eigenes Auto, und Drückers mit ihrem Opel Rekord Richtung Dänemark, unserem nordischen Nachbarland.

Nach 4 Stunden rückte die deutsche Staatsgrenze, die entsprechend der Kinderschar häufig angesetzten Pinkelpausen - die ganze Karawane musste hierfür jedes Mal stoppen - hatten die Reisedauer in die Länge gezogen, langsam näher. Die letzte Tankstelle vor der Grenze wurde angekündigt und natürlich angefahren - schon um das Risiko zu minimieren, dass es in Dänemark vielleicht kein Benzin oder nur zu immens überhöhten Preisen gab.

Meine Mutter hatte bereits seit einer halben Stunde die Pässe in der Hand und auf der richtigen Seite aufgeschlagen. Mein Vater fühlt noch einmal mit der Hand nach, ob die Rumflaschen auch weit genug unter dem Sitz lagen, um nicht von einem dänischen Zöllner entdeckt zu werden, ein Vorgang der meiner Schwester Etta natürlich nicht entgangen war. So fuhren wir gemäß den Geschwindigkeitsanweisungen immer langsamer werdend auf die deutsch-dänische Grenze zu. Mein Vater ließ sich da auf kein Risiko ein: 50 km/h bedeutete für ihn, dass die Tachonadel an der 50 km/h-Marke zu kleben hatte, das gleiche galt natürlich für jede Geschwindigkeitsangabe auch wenn es im Jahr 1965 noch gar keine Radarfallen gab.

Mit nunmehr 20 km/h erreichten wir das Zollhäuschen und stoppten. Die Pässe wurden herausgereicht und für gut befunden, warum auch nicht. Die obligatorische Frage: "Haben sie etwas zu verzollen?"

wurde verneint und obwohl sie die Frage gar nicht gehört hatte, musste meine Schwester genau in diesem Moment wissen: "Warum hast du die Flaschen denn unter Sitz gepackt und was ist da überhaupt drin?" Geistesgegenwärtig mischte sich meine Mutter ein und wies Etta auf den wunderbaren Ausblick auf das exotische Land hin, dass wir uns anschickten zu betreten bzw. zu befahren. "Guck mal das ist nun Dänemark, ist das nicht schön?", obwohl überhaupt nichts zu sehen war außer der Zollstation und einer dänischen Fahne. Entweder hatte der Zollbeamte meine Schwester nicht verstanden oder es war ihm schlichtweg egal, eine vierköpfige Familie in einem bis übers Dach vollgepfropften Auto sah eben nicht unbedingt nach professionellem Schmuggel aus und so winkte er uns mit einem leicht verschmitztem Lächeln durch und wir waren in Dänemark.

Dänemark hatte im Jahre 1965 weder Autobahnen noch eigene Autofabriken, dafür Modelle die bis in die 20ger Jahre zurückreichten und so war der erste Eindruck für uns Kinder in gewisser Weise der einer Reise in die Vergangenheit. Die Landstraßen zogen sich durch eine leicht hügelige Landschaft, begleitet von weißen Kirchen, Landhäusern und kleinen Dörfern.

Nach weiterer 4 Stunden Autofahrt erreichten wir endlich ein wenig ermüdet aber hochgespannt das Ortseingangsschild von Skoedshoved, mit o/ geschrieben, was auf uns bereits einen recht exotischen Eindruck machte. Unsere Hütte, die "Martha" lag ziemlich am Ende der Siedlung, hatte dafür aber ein recht großes Grundstück, das allerdings ein wenig an Wert verlor, als wir später erfuhren, wie der Vermieter Arne Wesbjerg die vollen Toiletteneimer des Plumpsklos entsorgte, nämlich durch Eingraben hinter dem Haus. Die Zivilisation hatte "Martha", aber auch "Mina" und "Meta" nur in Form eines Wasserhahns vor dem Haus erreicht. Elektrischer Strom war noch Zukunftsmusik, gekocht wurde mit Gasflaschen und beleuchtet mit einem Petroleumleuchter, den mein Vater noch mit einer eigenen Petroleumfunzel ergänzte. Dieses Utensil war zusammen mit einem alten amerikanischen Armeezelt ein ständiger Begleiter. Beides stammte noch aus der Nachkriegszeit, als er mit seiner Segeljolle und meiner Mutter auf der Weser Urlaub machte. Auf die Frage, warum er das Boot verkauft hatte, bekam ich jedes Mal zur

Antwort:" Das ist jetzt das Schlafzimmer", was bedeutete, das er mit dem Erlös die entsprechenden Möbel gekauft hatte.

"Martha" bestand aus einem Hauptraum mit einem Doppelbett für die Eltern. Durch Holzwand und Vorhang abgetrennt war das "Kinderzimmer". Als dritten Raum gab es noch eine Küche mit Gasherd und einer aus dem Fundament ausgesparten Grube mit Holzdeckel anstelle eines Kühlschranks, der aufgrund fehlender Elektrizität auch völlig unnütz gewesen wäre.

Das Morgenbad

Der Tag begann, für meinen Vater selbstverständlich, auch im Urlaub mit dem Klingeln des Weckers, selbstredend zur gleichen Zeit wie zuhause um 6:30 Uhr. Dem folgte das obligatorische Schwimmen im Horner-Bad, einem ungeheizten Freibad, in der Regel begleitete von meiner Großmutter. Von dort fuhr er dann direkt ins Büro, während meine Großmutter zu Fuß nach Haus ging, auf dem Weg Brötchen kaufte und meinen Großvater weckte, sobald das Frühstück auf dem Tisch stand.

Sowohl meine Großmutter als auch mein Vater besaß eine Saisonkarte für das Schwimmbad, wodurch sie sich verpflichtet sahen, bei jedem Wetter ins Wasser zu steigen. Vor allem meine Großmutter konnte mir jederzeit ausrechnen, wie teuer oder besser gesagt wie billig sie ein Einzelbad kam, wenn sie die gesamte Saison ausnutzte und welchen Durchschnittstagespreis sie an dem jeweiligen Tag bereits erreicht hatte.

Für meinen Vater musste sich der Eintrittspreis durch die drei Wochen Abwesenheit von Bremen und dem Horner Bad nun zwangsweise erhöhen. Darüber hinaus konnte er auch sein Ritual schlecht unterbrechen und so marschierte er nun ebenfalls in Dänemark nach dem Wecken zum Strand und stieg spätestens um 7:00 Uhr in die Ostsee, selbstverständlich auch hier wetterunabhängig. Zurück vor der Hütte, spülte er sich das Salz mit einem kleinen Schlauch ab, den wir zu diesem Zweck auf den Wasserhahn gesteckt hatten. Spätestens um 8 Uhr war seine Morgenwaschung beendete und damit der Zeitpunkt gekommen, "Nun steht mal endlich auf, es ist schon 8 Uhr", wo auch für uns Kinder keine Ausrede mehr akzeptiert wurde im Bett zu bleiben.

Winnetou in Dänemark

In den 60er Jahren richtete sich für uns Jungen, und auch für einige wenige Mädchen, die gesamte Weltanschauung nach den Taten des edlen Apachen Winnetou aus dem gleichnamigen Romanzyklus von Karl May. Auf diesem Gebiet der einzige Experte der Kinderschar, sah ich mich verpflichtet zunächst einmal alle mit einem für den Aufenthalt in Dänemark notwendigen Grundwissen auszustatten, obwohl Skandinavien geografisch von der Heimat des Indianerhäuptlings wohl genau so weit entfernt lag, wie zeitlich gesehen die Welt Karl Mays von der unsrigen.

Winnetou hatte seine langen schwarzen Haare, laut seines Erfinders, in einer Art Schopf hochgebunden und mit eine Schlangenhaut festgebunden. Für mich versah ein breites Unterhosengummiband, das ich mit einem Schlangenmuster versah und mir um meinen kurzgeschorenen Kopf band, die gleichen Dienste. Bei den anderen Kindern war ich relativ nachsichtig, zumal mir auch nicht klar war, wie ich sie den anderen Figuren des Romans zuordnen konnte. Ein Problem bildete auch die Namensvergabe, da diese sich eigentlich nach Charaktereigenschaften und Taten der Benannten zu richten hatte. So musste die heimische Tierwelt herhalten, ergänzt allenfalls mit Adjektiven wie klein, weiß oder schnell, damit Frauke, Henning, Etta, Rolf, Norbert und Edgar in den Stamm aufgenommen und ihr weiteres Leben mit "Kleiner Geier", "schneller Fuchs" oder ganz besonders exotisch "langer Aal" fortführen konnten. Die Prozedur war recht schnell abgeschlossen, zumal den meisten Stammesmitgliedern die Angelegenheit ziemlich egal war und sie zunächst einmal den Strand mit Sandburgen bestücken wollten.

Skoedshoved liegt nahezu in der Mitte eines kleineren Ausschnitts der Aarhusbucht, jeweils begrenzt durch einen erhabenen Geländevorsprung, von meinem Vater Nord- und Südkap benannt, so wie auch der Hügel hinter der Siedlung Monte Mira getauft wurde aufgrund fehlender Kenntnis der tatsächlichen topographischen Bestimmung. Somit war auch in etwa unser Stammesgebiet umrissen, dass zu erkunden ich mir als nächste Aufgabe vorgenommen hatte. Zu meinem Stellvertreter hatte ich Frauke alias "Weiße Wolke" ausersehen, die somit auch das

Vorrecht besaß, mich auf dieser wichtigen Mission zu begleiten, zumal die anderen Stammesmitglieder sowieso besseres vorhatten. So machten wir uns dann auf, um am Strand entlang das Nordkap zu erreichen, immer auf der Hut vor dänischen Kiowas, denen bekannter Weise nie zu trauen war. Wir erreichten das Ziel unserer Expedition nach ca. 1,5 Stunden, beladen mit allerhand Dingen, die der Kattegat am Strand zurückgelassen hatte. Wir schleppten uns mit Nylontauen, Netzresten und Brettern ab, aus denen unsere Väter uns Messer und Schwerter schnitzen sollten. Mein eigener Versuch war kläglich gescheitert, ich war mit dem Taschenmesser abgerutscht und hatte mit dabei tief in den Finger geschnitten.

Mittlerweile hatte sich der Himmel bezogen und kündigte mit dunklen Wolken und kleinen Böen ein Sommergewitter an. Wir hätten mit ein wenig Beeilung auch den Rückweg geschafft, hätte uns nicht just in diesem Moment ein feindlicher Stamm den Weg abgeschnitten. Objektiv gesehen handelte es sich um eine dänische Jugendgruppe, die lediglich zum Baden an den Strand gekommen waren und sich offensichtlich bereits auf den Heimweg machten aber ich konnte selbstverständlich kein Risiko eingehen, ob nun Kiowas oder ein anderer dänischer Stamm. Diplomatische Lösungen oder taktische Rückzüge waren mir von jeher lieber und so gingen wir dann in Deckung und versteckten uns hinter einem der am Strand liegenden Boote. Der Feind hatte es offenbar nicht sonderlich eilig, möglicherweise wohnten sie ganz in der Nähe, und so verringerten sich für uns die Chancen, vor dem Gewitter die rettenden Tipis zu erreichen. Der Himmel färbte sich allmählich schwarzviolett und in der gar nicht mehr so weiten Ferne begann es gefährlich zu grollen.

Als der Strand endlich wieder begehbar war, fielen bereits die ersten dicken Tropfen auf den dänischen Strand und so machten wir aus der Not eine Tugend und gruben uns eine Öffnung um unter das Boot zu kriechen. Wir saßen somit zwar trocken in unserer Notbehausung, nur konnte ich mich an keine Szene aus dem ganzen Winnetou Zyklus erinnern, wo es auch nur eine annähernd ähnliche Situation gegeben hatte. Schiffbruch kam unserer Situation noch am nächsten und so war ich jetzt erst einmal in leichter Abwandlung der historischen Fakten Robinson Crusoe, auch wenn Frauke einen wenig glaubwürdigen Freitag abgab.

Unsere Eltern hatten derweil in verständlicher Sorge, auch wenn es außer Blitzschlag im Dänemark der 60er Jahre kaum ein Risiko gab, eine Suchaktion gestartet. Der Regen prasselte derweil auf unser Versteck und ich überlegte mir, ob ich "Freitag" nicht erst einmal überall auf mögliche Verletzung untersuchen sollte, als ich unsere Namen rufen hörte. Die Realität hatte uns wieder und um mögliche negative Konsequenzen zu vermeiden, krochen wir aus unserem Refugium. Mit Kleppermantel und Südwester standen mein Vater und Onkel Günther vor uns und herrschten uns an ohne eine Erklärung abzuwarten: "Ab nach Haus!" obwohl es sicherlich sinnvoller gewesen wäre, das Gewitter vorbeigehen zu lassen. Leider war mit unseren Vätern in einer solchen Situation nicht zu reden und so mussten wir unseren Familienhäuptlingen nachgeben und liefen durch den strömenden Regen, unsere Schätze zurücklassend, nach Haus, das wir von oben bis unten durchnässt genau in dem Moment erreichten, als das Gewitter nachließ und der Regen aufhörte.

1965 und 1967 Studenten und Schülerproteste

Auch in Bremen fanden 1965 und 1967 studentische Demonstrationen gegen den Bildungsnotstand statt. Ein Vietnamkomitee organisierte Kundgebungen und Informationsveranstaltungen gegen den Krieg. 1967 wurden dabei die Schulen in diese Protestbewegungen mehr und mehr einbezogen. Zur Verbesserung der Selbstbestimmung an den Schulen existierte die „Arbeitsgemeinschaft Bremer Schüler" (ABS) als Zusammenschluss der Klassen- und Schulsprecher aller Bremer Schulen. Es war das vom Senat anerkannte Sprachrohr der Schüler. Ein Teil der Bremer Schüler vertrat jedoch die Ansicht, dass die ABS ihrer Arbeit nur unzureichend nachkomme, und Vorwürfe wurden laut, sie teile und vertrete größtenteils die Interessen des Senats, der die ABS –

so wie auch den Landesjugendring oder den Ring politischer Jugend – finanziell unterstützte.

In Bremen-Nord gab es eine Reihe von Schülern, die Mitglieder der Deutschen Jungdemokraten und ebenfalls mit der Arbeit des ABS unzufrieden waren. Sie trafen sich deshalb ab Juni 1967 und gründeten Mitte November in der Kneipe „Marktschenke" in der Violenstraße den „Unabhängigen Schülerbund" (USB), in welchen jeder Schüler eintreten konnte. Unter den USB-Gründern waren Hermann Rademann, Jörg Streese und Christoph Köhler die herausragenden Persönlichkeiten. Die Aktivitäten richteten sich auch gegen Fälle von Zensur der Schulzeitungen, die - wie die Schüler forderten - als von ihnen selbst zu verantwortende Zeitungen betrieben werden sollten. Gegen den Redakteur der Zeitung Das Echo des Gerhard-Rohlfs-Gymnasiums in Bremen-Vegesack, Hans-Jürgen Weißbach, wurde wegen Verstoß gegen das Pressegesetz ermittelt. In vielen Fällen unterstützten linksliberale Lehrer die Aktivitäten des USB.

Ende 1967 fanden an zahlreichen Bremer Schulen Diskussionen zum Vietnamkrieg, gegen den Bildungsnotstand, für Schulreformen, für antiautoritärere Erziehung und gegen Notstandsgesetze statt. Am 27. November besuchte Rudi Dutschke, der bekannteste Vertreter der deutschen Studentenbewegung und der Außerparlamentarischen Opposition, die Stadt und hielt im Szenelokal Lila Eule vor 250 Zuhörern eine Rede und am darauf folgenden Tag eine weitere in der Aula eines Bremer Gymnasiums.

Am 23. Dezember 1967 veranstaltete man in der Stadt eine Großdemonstration gegen den Vietnamkrieg mit mehreren Tausend Teilnehmern, die Schilder mit Texten wie „In Vietnam brennen die Kinder, bei uns die Weihnachtsbäume" hochhielten. Die Demonstration zog durch die Innenstadt zum Amerikanischen Generalkonsulat. Am Nachmittag des Heiligen Abends verteilte der USB vor zwei Kirchen Flugblätter, in denen den Kirchgängern vorgehalten wurde, die „satten Andachten" zu besuchen, „während in Vietnam der Krieg tobt".

Auf´s Gymnasium

Der Sommer ging seinem Ende entgegen, Dänemark und die skandinavischen Kiowas lagen schon zwei Wochen hinter uns und auf mich wartete die 5.Klasse, die Sexta auf dem "Gymnasium an der Herrmann Böse Straße". Schulen wurden in Bremen nach dem Krieg grundsätzlich einfallslos nach den Straßen oder Stadtvierteln benannt, an denen sie lagen. Möglicherweise wollte man einer Namensänderung aus politischen Gründen vorbeugen, falls dies wieder einmal notwendig sein sollte. So hieß mein zukünftiges Gymnasium ehemals "Lettow-Vorbeck"-Schule, ein Name, der in den sechziger Jahren aus nahe liegenden Gründen nicht mehr opportun war. Passend zu diesem ehemaligen Namen stand vor der Schule in einem kleinen Park ein Denkmal, ein großer Backsteinelefant, der an die deutschen Kolonien erinnern sollte. Hier gab es offensichtlich weniger Berührungsängste und so zeigte die blaue Schulsportuniform eben diesen Elefanten und gab der Schule zusätzlich den inoffiziellen Namen "Elefantenschule", der mit stolzgeschwellter Brust von Lehrern und Schülern vertreten wurde. Herrmann Böse war hingegen ein kommunistischer Politiker gewesen und passte nun ganz und gar nicht zur stramm konservativen Grundhaltung der Schule in den sechziger Jahren.

Meine neue Schule lag hinter dem Bahnhof und so musste ich von jetzt ab die Straßenbahnlinie 4 benutzen, die von der Endstation Horn startete. Dies bedeutete, dass der Tag ab jetzt für mich mindestens eine ¾ Stunde früher begann, da ich zunächst einmal zu Fuß vom Ledaweg bis nach Horn gehen musste.

Der Tag des Schulwechsel kam und so nahm ich meine Schultasche, klingelte Michael Heuer aus dem Haus, der ebenfalls die Ehre hatte auf das Gymnasium überwechseln zu dürfen und wir machten uns mit frisch gebügelten Stoff Hosen, denn „Nietenhosen", wie meine Mutter sagte, waren jetzt nicht mehr angemessen, auf den Weg. Quietschend bog die Bahn in die Wendeschleife ein, hielt an und während der Fahrer das Zielschild auf "Arsten" weiterkurbelte, setzten wir uns auf die Holzsitze.

Belächelt von den höheren Klassen betraten wir die Aula und suchten uns einen Platz zwischen den anderen Sextanern. Anders als bei meiner Einschulung gab es hier kein Theaterprogramm, stattdessen wurde uns unserem Alter angemessen die Schule vorgestellt verbunden mit dem wiederholten Hinweis, wie stolz die jetzt bereits in Lohn und Brot stehenden Jahrgänge noch heute auf ihre Schule waren und dass sie kein Jahr das Ehemaligentreffen in der Glocke versäumten. Das Herrmann Böse Gymnasium war derzeit eine "Oberschule für Jungen", wie der Direktor Dr. Thiemann nicht müde wurde zu wiederholen. Er betonte dabei das Wort Jungen so, als handelte es sich um eine besondere Rasse, der nur eine Eliteschule wie die unsrige angemessen war.

Zusammen mit Michael Heuer wurde ich Herrn Ranck zugewiesen, "Opi Ranck" von den höheren Klassen und „Turnvater Ranck" vom Kollegium genannt. Damit waren bereits die hervorstechenden Merkmale unseres künftigen Klassenlehrers aufgelistet. Herbert Ranck stand kurz vor der Pension und war somit auch der älteste Sportlehrer der Schule. Seine sportlichen Fähigkeiten waren unbestritten, zumal er sie nahezu jede Stunde vor der Klasse vorführte, indem er sein Bein einmal im hohen Bogen über die Köpfe der vordersten Reihe schwang, meist verbunden mit "Das können nicht einmal die Jungen aus der Oberprima, da könnt ihr mal sehen." Häufig war dies Showeinlage verbunden mit einer darauf folgenden Begutachtung seiner Kriegsverletzung, wozu er sein Bein auf das Pult legte und uns Jungen der Reihe nach antreten ließ, einmal seine Schusswunde zu befühlen. „Da steckt immer noch was drin, fühlt ihr das? Das konnten die Ärzte nicht herauskriegen", ergänzte er dann meistens.

Der Buchstabe R kommt im deutschen Alphabet bekanntlich erst sehr weit hinten vor. Das hat in der Schule Vor- und Nachteile. Ein Nachteil besteht zum Beispiel darin, dass man bei der Zuteilung von Benefizien oder der Untersuchung beim Schulzahnarzt erst sehr spät an die Reihe kommt. Bei der Zuteilung der Schulbänke hatte es hingegen den Vorteil, nicht so weit vorn sitzen zu müssen und nicht permanent Herrn Rancks Bein befühlen zu müssen. Darüber hinaus kam ich nicht in Gefahr, die extrem hohe Luftfeuchtigkeit in den vorderen Reihen, hervorgerufen durch die leicht durchnässte Aussprache unseres zukünftigen Englischlehrers Herrn Dr. Graf besprüht zu werden. Die Klassenkameraden in der ersten Klasse versuchten dem, soweit es ging, mit hochgestellten Büchern oder Zurücklehnen zu begegnen. Maß aller schulischen Leistungsfähigkeit war für Otto Graf seine Tochter Monika: „Jungs, meine Monika hat in Englisch nur eine 2 geschrieben und war darüber so traurig, dass sie weinen musste! Jungs, würdet ihr weinen wenn ihr eine 2 schreibt?" worauf wir pflichtschuldigst antworten mussten:" Nein, wir würden uns darüber freuen, selbst wenn es nur eine 3 wäre." Manchmal näherte er sich bei dieser Frage einem Mitschüler, um überprüfen zu können, ob es ihm mit der Beteuerung des Neides gegenüber seiner Tochter auch wirklich ernst war und versah sein Opfer mit einer Munddusche.

Noch schwerer war es, sich unseres Physiklehrers zu erwehren. Herr Dr. von Bohl, er legte größten Wert auf eine komplette Anrede, stammte aus österreichischem Adel und hatte sein gesamtes Vermögen bei der gerichtlichen Erkämpfung seiner Titel verloren. Geblieben war ihm zwar sein "von" aber wie in Deutschland üblich, lediglich als Namenszusatz, "Freiherr Edler von" waren der deutschen Namensgesetzgebung zum Opfer gefallen. Der edle Freiherr fand es im Grunde genommen unter seiner Würde mit uns Bürgerlichen zu verkehren, eine gewisse Ausnahme machte vielleicht er vielleicht noch mit dem Nachwuchs des Bremer Geldadels sowie dem Spross eines Vertreters des diplomatischen Chors, dem Sohn des französischen Konsuls in Bremen. Ich gehörte weder dem einen noch dem anderen an, was mir in diesem Fall zum Vorteil gereichte, denn Herr Dr. von Bohl hatte die Angewohnheit, diesen Klassenkameraden, gewollt oder nicht, sein besonderes Wohlwollen kundzutun. Dafür beugte er sich tief über die Hefte seiner Opfer schaute ihnen tief in die Augen und blies ihnen einen unerträglichen Atem ins Gesicht, in etwa so ranzig wie sein Adelsdünkel. Die armen Jungen konnten sich allenfalls ein wenig zur Seite drehen um einem Brechreiz zu entgehen. Glück hatte in diesem Fall mein Freund Lutz Apel, mit dem dieser aufgrund irgendeiner Respektlosigkeit, oder was er dafür hielt, nicht mehr direkt kommunizierte. Dafür musste ein anderer Schüler als Übermittler herhalten: "Sage dem Apel, er möge mir vom Hausmeister Kreide holen und er möge sich beeilen, auf das ich mit dem Unterricht fortfahren kann." Es hätte uns auch nicht gewundert,

wenn er ihn der dritten Person angesprochen hätte: „Sage er dem Apel"
usw.

An diesem ersten Schultag waren mir diese Vorteile einer hinteren
Reihe verständlicherweise noch nicht bewusst. Wir kannten lediglich
unseren Klassenlehrer und auch das erst seit kurzem. Herr Ranck, im
Grunde genommen ein herzensguter und tiefreligiöser Mensch, hatte
sein Studium in den zwanziger Jahre absolviert, seitdem auf pädagogi-
scher Ebene nichts mehr hinzugelernt und war mit seinen Methoden in
eben dieser Zeit stehen geblieben. Er hatte seinen eigenen Maßnah-
menkatalog erstellt, den er fein abgestuft nach Vergehen anwandte.
Nach einer Ermahnung musste sich der Delinquent zunächst in die Ecke
stellen, abgestuft mit den Varianten "Gesicht zur Klasse" oder "Gesicht
zur Wand". Eine weitere Steigerung erfolgte in Form einer körperlichen
Strafe, dazu wurde der Täter nach vorn gerufen, auf die Anweisung "Bücken, bücken", musst er sein Gesäß in ideale Position bringen, um dann
mit dem Lineal je nach Vergehen einen bis drei Schläge zu empfangen.
Uns Schüler kamen derlei Strafen schon damals als antiquiert und un-
angemessen vor und wir machten uns insgeheim darüber lustig.

Ein ähnlicher Fehlschlag waren Opa Rancks Versuche an das Gewissen zu appellieren. Dabei ging es in der Regel um einen allgemein moralischen Aufbauversuch, so bückte er sich demonstrativ auf dem Schulhof um eine weggeworfene Bananenschale aufzuheben, ging dann an
uns Schülern vorbei und sagte: „So Jungs, jetzt will ich euch einmal be-
schämen, ich als alter Mann hebe euren Müll auf." Der Erfolg war bei
den Sextanern gleich null, auch wenn sein Anliegen durchaus lobens-
wert war, meist schauten wir nur kurz von unserer Autoquartett-Partie
auf, um ihn dann seine Aktion an anderer Stelle vor anderen Schülern
wiederholen zu sehen.

"So Jungs, dann wollen wir uns einmal die Schule angucken, alles
auf!" Der Befehl "Alles auf" sollte ebenso wie das morgendliche Begrü-

ßen nur bis zur bis zur Quarta reichen, ab da wurde er morgens ausgetauscht durch „Sitzenbleiben, Jungs" in der berechtigten Annahme, dass sowieso keiner mehr freiwillig aufstand.

Die Klasse 5d, zu der ich ab jetzt gehörte, bestand aus 29 Schülern, die sich nun in Zweierreihen aufstellen sollten. Ungerade Zahlen lassen sich leider schlecht durch 2 teilen, zumindest was Schüler anbetrifft. Herr Ranck löste das Problem mit viel Improvisationstalent, in dem der übrig gebliebene Schüler das zweifelhafte Privileg erhielt, direkt nehmen ihm gehen zu dürfen. So wurden wir nun durch das ehrwürdige Institut geführt, durften die höheren Jahrgänge kurz in den Fachräumen besuchen, bestaunten ehrfürchtig Physik und Chemielabor, Sporthalle mit dazugehörigem Boxring und durften als krönenden Abschluss das Allerheiligste, das Büro des Schuldirektors besuchen. Hinter einem großen eichenen Schreibtisch saß Dr. Thiemann, mühte sich ein kriegsversehrtes Lächeln ab und begrüßte uns mit den Worten "Wenn ein Schüler diesen Raum betritt, tut er es meist nicht freiwillig." Ich versuchte mir die Situation auszumalen in diesen Raum geschickt zu werden, vor dem allmächtigen Direktor zu Kreuze kriechen zu müssen und Strafen erdulden zu müssen, gegen die Herrn Hilkenbachs Blechtafeln fast ein Geschenk wären.

Sport und Geografie

Montags in der ersten Stunde hatten wir Sport bei unserem Klassenlehrer. Dazu mussten wir uns zunächst passend mit blauem Turnzeug und Elefantenlogo auf dem Hemd einkleiden. Dann mussten wir uns, wahrscheinlich aus Gründen der Ästhetik, nach Größe aufstellen. Turnvater Ranck, wie er liebevoll von den Kollegen genannt wurde, hatte sich vorgenommen, aus den vielen Weicheiern seiner Klasse ganze Jungs zu machen. So etwas geht selbstverständlich nicht ohne gewisse Härten und so gehörte zu seiner Standardausrüstung neben Trillerpfeife und Stoppuhr noch ein Tau, mit dem er denjenigen half, die nicht schnell genug bestimmte Übungen absolvierten. Zum Standardprogramm gehörte das Hochklettern an Seilen, die von der Mitte der Turnhalle heruntergelassen wurden. Mir macht diese Aufgabe keine Mühe, da mein Gewicht immer an der Untergrenze der Tabelle lag. Ralf Focken und ein paar weitere übergewichtige Mitschüler hatten bereits Mühe, sich überhaupt am Seil festzuhalten. Ihre Beine hingen kurz über dem Boden und blieben somit in der Reichweite des Sportlehrers der mit seinem Tau: "Jetzt kommen die Krokodile" nach den Beinen schlug, die mit einem Quieken weggezogen wurden, um dann doch, gefolgt vom restlichen Körper den Krokodilen zum Opfer zu fallen. Das Spiel wiederholte sich von Turnstunde zu Turnstunde ohne dass die Reptilien einmal leer ausgegangen wären.

Der Schwimmunterricht fand donnerstags im „Zenti", im Zentralbad statt. Den Weg dorthin konnten wir selbstständig machen. Dabei kamen wir an einem Illustrierten Vertrieb vorbei, der im Hof einen Container stehen hatte für überzählige nicht verkaufte Exemplare, die der Vernichtung zugeführt werden sollten. Solch eine Verschwendung möglichen sexualinformativen Materials war uns Schülern unvorstellbar und so versuchten wir auf die Schnelle das ein oder andere Heft zu retten. Leider war der Container relativ hoch, so dass wir blind fischen mussten und deshalb leider nur allzu häufig statt biologischer Information Regenbogenpresseerzeugnisse in den Händen hielten, die uns natürlich nicht die Bohne interessierten.

Das Einzige, was mich am Schwimmen störte, war das permanente Frieren. Nach dem Umkleiden mussten wir uns unter Aufsicht kalt duschen "damit ihr nicht so friert" und dann auf die Bank setzen um zunächst die Anweisungen des Schwimmlehrers anzuhören. Die Handtücher blieben in den Umkleidekabinen und so saßen wir Spargel Tarzane häufig bibbernd auf der Bank, bis wir endlich an die Reihe kamen und ins Wasser durften. Frieren und Wasser waren zwei Seiten der gleichen Medaille, seit mein Vater mit mir im Horner Bad bei 16° Celsius Wassertemperatur das Freischwimmerzeugnis gemacht hatte. Meine Schwester, noch dünner als ich, hatte sich rechtzeitig hinter der Dusche versteckt.

In der Schule stand nun der Fahrtenschwimmerausweis an und dazu musste neben einer halben Stunde Zeitschwimmen ein Kunststoffring vom Grund des Schwimmbads heraufgeholt werden. Statt nun diesen Ring einfach stehend ins Becken zu werfen, beugte sich Herr Ranck über das Becken, und mit einem Klatsch fiel der Ring begleitet von einem kleineren Klatsch ins Wasser. Dieser Begleitklatsch rührte von der Gebissprothese unseres Lehrers her, die ihm seit geraumer Zeit schon locker im Mund saß, was wir von den plötzlichen Unterbrechern seiner Schimpfkanonaden schon kannten. Er schob dann seine Zähne mit geübtem Handgriff an die dafür vorgesehen Stelle und beendete seinen Sermon. Hier im Schwimmbad hatte er dafür keine Hand frei, da er mit der einen den Tauchring hielt und sich mit der anderen am Startblock festhielt. So sanken denn Ring und Prothese nebeneinander auf den Boden des Bremer Zentralbads. Ralf Voss, erklärte sich als einziger bereit, das versenkte Esszimmer wieder ans Tageslicht zu befördern. Er konnte so zwar seine Sportnote verbessern, lief aber immer Gefahr zu vergleichbaren Aktionen herangezogen zu werden.

Zur folgenden Geografie stunde, die ebenfalls von unserem Klassenlehrer abgehalten wurde, kamen wir Anatomieinteressierten aufgrund unserer Zeitschriftenrettungsaktion häufig zu spät, so dass wir kaum Zeit fanden unsere Spickzettel zu präparieren. Der Erdkundeunterricht bei Herrn Ranck bestand nämlich zum Großteil aus Topographie, wozu zum Beginn nahezu jeder Geografiestunde eine Seite im Lehrbuch mit einer dazu bestimmten stummen Karte zu dem betreffenden Thema schriftlich abgefragt wurde. Dieses Ritual lief immer gleich ab: "Buch auf, Karte Seite 24, 5 Minuten Zeit, los", dabei schaute er auf die Uhr und gab genau 5 Minuten später das Stoppsignal: "Stifte weg, Köpfe weg", wir versteckten die Köpfe zwischen unseren Armen auf dem Tisch "Köpfe hoch und fertig, Michael Lepach und Reinhard Foremny einsammeln." Jeder, der auf die verwegene Idee kam, noch ein angefangenes Wort zu Ende zu schreiben, erhielt eine sechs, zumindest wenn er dabei entdeckt wurde.

In einer Stunde, ergänzend zum topographischen Start, sollte das Thema Südafrika bearbeitet werden. Wer sich lieb Kind machen wollte um damit seine Note zu verbessern, konnte das bei Herrn Ranck mit freiwilligen Extraaufgaben machen. Zu Südafrika gehören Diamantminen und so kam Lucien auf die glorreiche Idee einen Rohdiamanten mit in die Schule zu bringen. Dieser Edelstein bestand zwar nur aus Kandiszucker, aber präsentiert in einer wertvollen Schmuckschatulle war der

Erdkundelehrer, der noch nie einen Rohdiamanten gesehen hatte, vollkommen von der Echtheit überzeugt. "Wir können ihn ja mal durchgehen lassen, damit ihn alle sehen", und bevor Herr Ranck einschreiten konnte, der diese Aktion für viel zu risikohaft hielt, etwas dagegen sagen konnte, reichte der Besitzer den Stein nach hinten weiter. Ob er je hinten ankam oder ob auf dem anschließenden Weg nach vorn verschwand, konnte später keiner mehr sagen. Jedenfalls hielt der Geografie Lehrer mit entsetztem Blick ein paar Minuten später nur noch die leere Schachtel in der Hand, während in irgendeinem Pennäler Mund sich der Kandis langsam auflöste. "So Jungs, ich drehe mich jetzt zur Tafel um und der Dieb kann noch einmal davonkommen, wenn er nach vorn kommt und den Stein in die Schachtel legt, ich will gar nicht wissen, wer es ist. „Vielleicht waren sie es ja selbst!" Michael Lepach hatte schon immer ein vorlautes Mundwerk. Herr Ranck wurde rot im Gesicht, verlor die Kontrolle, Michael sah die Hand kommen, duckte sich und der Schlag riss seinem Nebenmann Peter Simic die Brille vom Kopf. Dieser war sich berechtigter Weise keiner Schuld bewusst, setzte sich seine am rechten Ohr hängengebliebene Brille wieder auf, während seine linke Wange sich langsam rot färbte und ihm langsam die Tränen kamen. Herr Ranck spendete Trost auf seine Art:" Gut Peter, du hast jetzt eine gut bei mir, ich schreib das auf." Peter musste diesen Kredit nie in Anspruch nehmen

Religion

Herr Ranck war ein eifriger Kirchengänger und Klingenbeutelhalter und somit mangels professionellerer Alternativen dazu auserkoren, in seiner Klasse den Religionsunterricht, in Bremen bis heute 'Biblische Geschichte' genannt, abzuhalten. Er bereitete sich darauf in der Regel mit seinem christlichen Abreißkalender vor. Jeden Tag gab es auf der Rückseite des entsprechenden Kalenderblattes einen erbaulichen Spruch, ohne den keine Stunde bei Herrn Ranck begonnen werden konnte. Die längeren Sonntagssprüche dienten der Einleitung des Biblische-Geschichte-Unterrichts. Häufig versuchte unser Religionslehrer seine eigene Erfahrung mit einfließen zu lassen, die er geschickt mit christlichen Geschichten zu verbinden versuchte.

Die Geschichte vom heiligen Martin hatte es ihm besonders angetan, wobei ich es schon beeindruckend fand, wie man lediglich durch Zerteilen eines Kleidungsstückes zum Heiligen werden konnte. Mein Einwand, ich hätte doch auch zum Heiligen werden können, als ich meinem Cousin mein zweites Paar Handschuhe schenkte, fand er überhaupt nicht nachvollziehbar. "Der heilige Martin war ein Ritter und hat seinen Umhang zerteilt, das kann man überhaupt nicht vergleichen." "Na ja, andere Zeiten, andere Berufe und andere Kleidungsstücke", versuchte ich zu erwidern", und überhaupt, warum hat er dem Bettler nicht seinen ganzen Umhang gegeben, wenn er schon einen so gut bezahlten Job hatte." Letztere Profanisierung heiligen Geschehens brachte mit zwar den Ruf eines Junghäretikers ein, jedoch auch die Anerkennung einiger Mitschüler.

Straßenbahnproteste

1968 suchte sich die studentische Revolte in Deutschland ihren Weg nach Bremen und fand ihn in Form des Widerstandes gegen Fahrpreiserhöhungen der Bremer Straßenbahn AG. Die Fahrscheine sollten 10 Pfennig mehr kosten und das Bremer Proletariat so in den Ruin getrieben werden, so sah es zumindest die Gesamtschülervertretung Bremens und begann den Widerstand zu organisieren. Als geeignetes Mittel wurde die Besetzung der Straßenbahnschienen beschlossen und so holten sich die Bremer Schüler auf der kalten Straße in heldenhaftem Kampf für das Proletariat und das eigene Taschengeld kalte Hintern, Schnupfen und Blasenentzündungen.

Die Direktion des Hermann-Böse-Gymnasium, im Schulterschluss mit den altgedienten Ostfront-Kameraden des Kollegiums, sah Bremen bereits in den Händen der Roten, der Begriff schloss bei ihnen alles von der Sozialdemokratie bis zu den sich gerade formierenden Maoisten ein. Gesetzeswidrig aber eigenhändig wurde das Haupttor verschlossen, damit die Schülerschaft der Elefantenschule sich nicht an der Demonstration beteiligen konnte. Herr Gleim, Geschichtslehrer und seines Zeichens SS-Mann im zweiten Weltkrieg klärte uns auf: "Ihr habt das nicht miterlebt Jungs, ihr könnt da nichts für, "wofür? fragten wir uns. "Ich kenne die Roten" fuhr er dann meist fort, "ich war vor Moskau und Leningrad und ich sage euch, was die wirklich wollen." Darauf folgte eine Aufzählung nahezu allen Besitzes, das der rechtschaffene Mann und wohl auch der Schüler verlieren würde, wenn wir zur Demonstration gingen und damit dem Bolschewismus Tür und Tor öffneten. Vor unserem geistigen Auge sahen wir bereits Schulranzen, Briefmarkensammlung, Plattenspieler und Schallplatten hinter rotem Stacheldraht verschwinden.

Das Gymnasium an der Hermann Böse Straße hatte allerdings noch einen zweiten Ausgang an der Turnhalle, über den ein Großteil der Schülerschaft schon den Weg ins Freie gefunden hatte, bevor Herr Gleim Tagesbefehl und Ansprache beendet hatte.

Der Erfolg der Schülerproteste wirkte sich zwar ökonomisch minimal aus, die Fahrpreise wurden geringfügiger angehoben als ursprünglich geplant, schob aber eine Politisierung der Schülerschaft an, die sich zu fragen begann, was denn ein Herr Gleim und manch weiterer Vertreter des Kollegiums in Russland überhaupt zu suchen gehabt hatten.

Diese Zweifel wurden noch verstärkt durch eine Geschichte, die uns überhaupt nicht mehr aus dem Kopf ging und die sich auch wohl tatsächlich so ereignet hatte. Um uns die Unberechenbarkeit der Roten zu verdeutlichen, erzählte uns unser Geschichtslehrer wie er in Russland ein Mädchen erschießen musste, dass ihm ein Brot bringen wollte: "Ja Jungs, so wie ihr haben meine Kameraden auch geguckt, als ich die Pistole zog und abdrückte, aber dann habe ich ihnen die Handgranate gezeigt, die die Kleine in der Hand hielt - wer nicht dabei war kann gar nicht mitreden."

KPD und Co

In den siebziger Jahren begannen die studentischen Organisationen Ableger in den Bremer Schulen, insbesondere den Gymnasien zu bilden, die ähnlich wie ihre Mutterparteien sich in erster Linie gegenseitig bekriegten. Der CDU-Ableger Schülerunion hatte die Anweisung erhalten, sich in Bremen Aktion Kritischer Schüler (AKS) zu nennen. Was nun zu kritisieren war, wurde von der christlich demokratischen Parteizentrale vorgegeben und im ebendort gedruckten "Kritiker", das einzige Blatt mit einem farbigen Einband regelmäßig vor der Schule verteilt.

Gegenüber dem Eingangsportal des HBG lag das Büro des Bremer Verfassungsschutzes und sobald auf der Treppe Flugblätter verteilt wurden, nahmen die Verfassungsschützer Witterung auf und postierten sich mit Kamera und Teleobjektiv hinter Gardine und Fenster. Von dort oben ließ sich kaum unterscheiden, was nun was war und so wurde einfach alles fotografiert, was nach Papierverteilen aussah, und sei es nur die Weitergabe der Hausaufgabe des vergangenen Tages. Auf diese Weise fanden sich die Vertreter des KOB, der Schülerorganisation des KBW, der roten Garde von der KPD/ML, die DKP-Jugend und selbst der rechtsaußen einzuordnende AKS einträchtig in den Ordnern der Bremer Verfassungshüter wieder.

Ein favorisierter Ort für Auseinandersetzungen der Schüler war die Hauptversammlung, die regelmäßig zu allen möglichen Themen einberufen wurde, die man nur irgendwie politisch systembekämpfend – was zumindest die linken Gruppen betraf – einordnen konnte.

"Die proletarischen Massen müssen unter der Führung der Partei die bürgerliche Diktatur stürzen und die proletarische Diktatur errichten", schloss Manfred Kasten von der Roten Garde seinen Redebeitrag in der auf Vollversammlung in der Aula ab. "Klar, typisch Kommunisten, Diktatur wie bei den Nazis!" rief Jens Meyer von der AKS, unbeleckt von jeglicher Kenntnis des ML, dazwischen. "CDU-Faschist", kam es aus einer anderen Ecke des Saales vom KOB. Normalerweise war es unter unserer Würde auf Äußerungen des AKS überhaupt einzugehen, als Rechtsaußen des bürgerlichen Staates, den es revolutionär zu bekämpfen galt, gehörte alles außerhalb der K-Parteien zum Unterdrückungsapparat des Staates. Eine Sonderstellung nahm die DKP-Jugend ein, als Repräsentant der DDR waren sie Revisionisten, kurz Revis und damit ebenfalls indiskutabel, was uns allerdings nicht hinderte mit revisionistischen Klassenkameraden Bier trinken zu gehen.

Später wurden aus Revis "Sozialfaschisten", ein Begriff, der von Mao Tse Tung für die Sowjetunion kreiert worden war und zu Missverständnissen geradezu einlud. Gemeint war lediglich das man sich sozialistisch nannte aber faschistisch verhielt, was wiederum bedeutete, das chinesisch-russische Konflikte nur auf die Sowjetunion zurückzuführen seien. Was für die Katholiken der Papst in Rom ist, war für uns China, das "Bollwerk der Weltrevolution", und als kleinerer Ableger Albanien, das "Leuchtfeuer des Sozialismus in Europa". Aus dem kleinen Balkanland kamen die einzig zuverlässigen Radioinformationen. Radio Tirana sendete täglich, eingeleitet durch die Internationale, um 20:30 Uhr über Kurzwelle in deutscher Sprache und informierte streng dialektisch-materialistisch über den momentanen Stand der weltweiten Revolutionen, antiimperialistischen Aktionen und Widerstandskämpfe, wogegen auch immer. Radio Peking konnten nur die Genossen aus besserem Hause mit ihren Weltempfängern hören. So sahen wir alles im Kontext der Weltrevolution und erweiterten den Satz von Karl Marx: „Der Proletarier hat kein Vaterland" auf die Bremer Schülerschaft.

Diskussion beim Abendbrot

Was geht dich denn das an, was in Chile passiert? Auch meinem Vater musste ich mal wieder auf die Sprünge helfen, was es mit der internationalen Solidarität auf sich hatte. Vor einer Woche, am 11.September war durch einen blutigen Militärputsch die demokratisch gewählte Regierung Allende in Chile gestürzt worden. Als aufmerksamen Beobachter der Tagesschau, neben den Bremer Nachrichten die einzige offizielle Informationsquelle meines Vaters, wusste dieser schon länger dass "das nicht länger gut gehen konnte". Obwohl selbst SPD-Wähler, klang für meinen alten Herrn das Wort Sozialismus zu sehr nach DDR, Sozialdemokrat hätte ja noch angehen können aber ein Sozialist war für ihn schon fast ein Kommunist.

"Du musst nicht immer alles glauben was dir dein linker Verein erzählt." "Du gibst doch selbst nur wieder was du aus dem Fernsehen hast oder deinem Weser Kurier", gab ich zurück. "Wir haben keinen Weser Kurier, wir haben die Bremer Nachrichten, das ist nicht dasselbe." "Darauf kommt es doch gar nicht an, die bürgerliche Berichterstattung ist doch sowieso manipuliert, du kannst doch gar nicht dialektisch denken." "Zumindest herrscht jetzt wieder Ordnung dort und die Leute trauen sich wieder auf die Straße, du weißt ja gar nicht wie das ist wenn man stundenlang für Brot Schlange stehen muss."

Ich hatte erwartet, dass jetzt wieder die DDR käme aber er führte stattdessen die Nachkriegszeit an, die er tatsächlich aus eigener Anschauung kannte. "Ja", ergänzte Mutter, "vieles gab es noch nicht einmal zu kaufen, die Briketts haben wir direkt vom Kohlenzug geholt. Da, wo sich die Linien kreuzen hielten die Züge regelmäßig und ich bin schnell hinaufgeklettert und habe die Briketts zu Tante Ise runtergeworfen, die sie dann in eine Tasche gepackt hat. Und ich habe noch gesagt, lege sie ordentlich rein, dann passen mehr hinein. Das musste alles schnell gehen, bevor die Züge wieder anfuhren, es hat auch eine Menge Unfälle dabei gegeben, gottseidank nie bei uns."

„Das heißt also, ihr habt illegal gehandelt?" „Das haben damals alle gemacht, so hätten wir das Haus überhaupt nicht warm gekriegt." „Aber es war Diebstahl", kostete ich meinen kleinen Triumph aus.

Tante Ise, eigentlich Louise, war die Schwester meines Großvaters und lebte seit ihrer Frühpensionierung bis zu ihrem Lebensende im Hause Gaßmann in der Arensburgstraße 18. "Ja und wenn dein Großvater nicht die Beziehungen zu den Bauern gehabt hätte", sie machte eine bedeutungsvolle Pause bevor sie fortfuhr, um uns Zeit zu geben die Konsequenzen ausmalen, was denn wohl dann gewesen wäre, "...manchmal brachte er einen ganzen Zentner Bohnen mit, die wir dann die ganze Nacht einkochen mussten. Seltener gab es Speck, den musste er dann unter seiner Kleidung verstecken, weil es immer Kontrollen der Amerikaner gab. Bremen war schließlich amerikanische Zone und Niedersachsen englisch und Opas Kunden waren meist in Ostfriesland. Manchmal sind wir auch mit Fahrrädern zu den Bauern gefahren, wir kannten da Schleichwege, wie man aus Bremen herauskam ohne Kontrolle. Wir haben eigentlich nie Hunger gehabt, wir haben noch die Nachbarn miternährt. Neulich hat unsere Nachbarin Ingelore, mit der ich damals zur Schule ging, noch zu mir gesagt, ohne euch wären wir verhungert." Damit war das Thema Chile erst einmal vom Tisch und vertagt.

Solidarität mit Chile

„Die KPD-ML ist 1968 genau 50 Jahre nach der KPD vom Genossen Ernst Aust gegründet worden, als erste revolutionäre Organisation nach dem Verbot der alten KPD und gegen die revisionistische DDR. Damit ist unsere Partei die einzig legitime Nachfolgerin der Kommunistischen Partei von Karl Liebknecht und Rosa Luxemburg." Manfred war kaum zu bremsen, zumal dieses Argument auf jeder Parteischulung auftauchte. „Bei euch im KBWuppdich gibt es doch fast nur Studenten, und dann noch mit lange Haaren, so kriegt ihr nie Kontakt zum Proletariat, „ergänzte Gerhard.

Tatsächlich war bei der einzig legitimen Nachfolgepartei der KPD Fasson Schnitt vorgeschrieben, um sich den moralischen und ästhetischen Vorstellung des Proletariats anzupassen.

„Auch beim Proletariat gibt es Spießertum, die haben sich doch mit ihren Moralvorstellungen an das Bürgertum angepasst, auch das gehört zum Kampf dazu, solche Ideen als veraltet zu erkennen. Und wollen wir mal ehrlich sein, die meisten Erfolge im Kampf kommen von den langhaarigen Studenten, " meldete sich nun Martina vom KOB – KBW zu Wort.

„Aber doch nicht bevor die proletarischen Massen auf unserer Seite stehen", Gerhard ließ sich nicht beirren. Ich schlage vor, wir beenden jetzt diese Diskussion für heute und kümmern uns um die Aktionseinheit für Chile.

Gerhard nickte, wahrscheinlich weil er das letzte Wort gehabt hatte. „Also wir müssen die revolutionären Genossen unterstützen. Das Regime in Chile kann nur durch den bewaffneten Kampf gestürzt werden und die Unidad Popular war eindeutig reformerisch."

„Aber die Genossen des Volksbündnisses sitzen doch in den Folterkellern und Konzentrationslagern, obwohl man da ja laut CDU bei Sonnenschein ganz gut leben können soll", war jetzt wieder Martina an der Reihe.

„Vielleicht könnten wir uns darauf einigen, für revolutionären Genossen der MIR und die Mitglieder der UP nicht als Genossen sondern als Antifaschisten ..." „Und wo grenzen wir uns von den Revis ab?" unterbrach Manfred meinen unvollendeten Satz, „ viele von der Unidad Popular sind doch in der DDR jetzt!"

Nach langer Auseinandersetzung einigte sich dann doch der KBW mit der KPD und der KPD/ML über die Formulierung eines Aufrufes zu einer Protestdemonstration und der KOB hängte dazu ein Flugblatt mit Plakat ans schwarze Brett der SV.

Das Problem für die K-Parteien war ideologischer Art und lag darin, dass Allende in marxistischem Sinne kein Revolutionär gewesen war, sondern lediglich Antifaschist und Antiimperialist und insofern nicht als Genosse bezeichnet werden durfte. Die Solidarität galt somit den verfolgten Antifaschisten in Chile, aber nicht der reformistischen Unidad Popular. Das sah die DKP, entsprechend den DDR-Vorgaben, nun wieder ganz anders, da die moskauorientierte KP Chiles Mitglied der Volksfrontregierung gewesen war. Mit solchen Revisionisten konnte aus K-Sicht natürlich keine Einheitsfront gebildet werden und so ergaben sich letztendlich zwei Demos an unterschiedlichen Tagen mit entsprechend kleinerer Besetzung.

Angesichts des blutigen Vorgehens der Militärjunta in Chile waren solche Diskussionen albern, denn während die Anhänger der chilenischen Regierung in Stadien und Gefängnissen zusammengetrieben, dort selektiert und vielfach umgebracht wurden, kommentierte der CDU-Generalsekretär Bruno Heck mit kaum zu überbietendem Zynismus als Beobachter in Santiago: „Bei gutem Wetter lässt es sich recht gut leben im Stadion".

Solche Auseinandersetzungen waren für die AKS indes nicht vonnöten. Unbeleckt von jeglicher Information erhielt man die Artikel fertig geschrieben oder redigiert aus der CDU-Zentrale und so erschien eben auch jener Satz des Bruno Heck als Widerlegung des Geschehens in dem südamerikanischen Land.

Herr Tallner

"Manfred Gastens, wenn sie so weider machen werden sie nicht einmal so viel wie ihr Vader", Herr Tallner, er selbst hätte es Dallner ausgesprochen, da er sämtlich Tes in Des, sowie sämtliche Kas in Ges umwandelte, war Wirtschaftslehrer und unterrichtete uns in der Oberstufe in "Freier Margdwirdschaft". Wie es sich in den 70ger Jahren gehörte, mündete der Unterricht in schöner Regelmäßigkeit in eine Diskussion über Vor- und Nachteile des Marxismus. Herr Tallner als eiserner Verfechter der Marktwirtschaft hatte lediglich rudimentäre Kenntnisse, was die aktuelle Auseinandersetzung Kapitalismus-Sozialismus betraf. Manfred gehörte wie die meisten Linken in der Klasse zum KOB und gab deshalb schon aus Prinzip Contra. In die Enge getrieben versuchte nun Herr Tallner uns abzuqualifizieren und entblödete sich nicht, auch das Elternhaus mit einzubeziehen. Mit "Mein Vater ist nur ein Kellnerlümmel, das schaff ich allemal", lies Manfred seinen Lehrer, diesen Vertreter des Monopolkapitalismus, mit einem breiten Grinsen und ohne sich im mindestens angegriffen zu fühlen, ins Leere laufen. Tatsächlich hat Manfred inzwischen eine Professur für alternative Energien und damit seinen ehemaligen Wirtschaftslehrer weit hinter sich gelassen.

Herr Tallner bezeichnete sich selbst als rheinische Frohnatur und versuchte den Unterricht gern mit einem kleinen Scherz zu beginnen, den er in der Regel nur selbst verstand. Uns Schüler amüsierte bei den Geschichten nur, dass er sich selbst über seine Scherze freuen konnte und so interpretierte er dann unser Lachen als Pointenerfolg seiner Döntjes ohne je den Verdacht zu haben, wir könnten über ihn lachen. Angestachelt von seinem scheinbaren Erfolg kamen dann weitere Scherze, deren Erzählweise uns das Wasser in die Augen trieb.

Herr Tallner brachte so gut wie nie einen Satz zu Ende, da er sich permanent selbst unterbrach. Beendete Spracheinheiten erkannte man höchstens daran, dass plötzlich ein ganz neues Thema begann. So begann er einen Satz zum Thema Geldpolitik und verheddert sich am Ende so hoffnungslos, das er selbst nicht mehr wusste, was er eigentlich sagen wollte. "Meine Herren, die Bundes ... äh die Bundes ... Bundes...Woltersdorff hören sie!..ähm die Bundeswoltersdorff...Bundesbank hat die Leitzinsen der...Meyer und Reincke!...da brauchts keinen Marxismus, denn die können äh die können die Bundesssbank....tja ohne die Leitzinsen der Bundesbank...sie sehen schon das Thema ist nicht ohne. Auch Iwan de Herstatt mit seiner Bank, eine rheinische

Frohnatur wie ich...." Damit war das Unterrichtsthema für die Stunde ad acta gelegt und wir wurden in die Pause entlassen.

Finnlandfahrt

"Die Haare müssen aber noch ab, bevor es an Bord geht!" So lange Haare können echte Seeleute gar nicht leiden. Herr Bergmann vom Personalbüro der Argo-Reederei schaute missbilligend auf meine Haartracht. "Und solch eine Haarbürste", er zeigte auf die linke Brusttasche meiner braunen Cordjacke, "ist doch wohl eher etwas für Frauen." Solche Sprüche waren natürlich nichts Neues für mich, wir konnten nur noch mitleidig lächeln, wenn wir uns innerhalb des Freundeskreises austauschten, was nun gerade der angesagteste Joke unserer alten Herrschaften war. Meine Mutter konnte nie verstehen - und wahrscheinlich versteht sie es heute noch nicht - warum "ihr euch absichtlich alle so hässlich macht, wo ihr doch so adrett aussehen könntet, Frauke" - das war meine Cousine - "hat bestimmt nicht solche Freunde," als wenn das für mich oder einen meiner Freunde ein Argument gewesen wäre, geschweige denn das Frauke sie überhaupt gekannt hätten.

Mein Vater stellte mich in der Regel mit dem ungeheuer originellen Satz: "Das ist mein Fräulein Tochter" vor, wobei meist wie abgesprochen die resignierende Antwort der anderen kam: "Lassen se man, meiner ist auch nicht besser, das gibt sich irgendwann..." mit einem verständnisvollen "da müssen se durch" ergänzt. Wobei nicht ganz klar war, wer nun wo durch musste.

Vielleicht auch um mich in die Welt der Arbeit einzuführen, hatte mein Vater mir durch irgendeine Beziehung den Kontakt zur Argo-Reederei verschafft und jetzt stand ich im Büro der Schifffahrtsgesellschaft um auf einem Frachter anzumustern und meine Ferien mit "echter Arbeit" auszufüllen.

Ich ließ die Bürste jetzt vollkommen unnötigerweise in meine Breitcordhose mit den ausgestellten Beinen verschwinden, meine Mutter hatte mir noch einen Keil hineinnähen müssen.

"Gut, dann musst du jetzt erst einmal zum Hafenamt im Überseehafen um dir dort ein Seefahrtsbuch ausstellen zu lassen und danach zum

Hafenarzt, der ist im gleichen Gebäude. Wenn das alles gut geht, kannst du am Montagabend mit der ALGENIB Richtung Helsinki ablegen. Aber zu spät kommen und dann achteraus schwimmen ist hier nicht. Wenn das Schiff weg ist, kannste gleich wieder nach Hause gehen.

Achteraus schwimmen, ich konnte es mir eigentlich schon denken, bedeutete sein Schiff zu verpassen so dass man hinterher schwimmen müsste. Wenn die Schuld dafür bei der Reederei lag, waren die Seeleute ganz dankbar, denn dann gingen Hotelkosten und Rückflugticket auf Rechnung der Arbeitgeber. Wenn hingegen die Seeleute ihr Zuspätkommen selbst verantworten mussten, konnte es entsprechend teuer werden.

So stand ich denn ganz gegen meine Gewohnheit rechtzeitig an der Pier im Überseehafen und schaffte mein Gepäck an Bord des Frachters. Mir wurde eine Kammer zugewiesen und um 17:00 Uhr legten wir ab. Es ging die Weser hinunter und in die Elbmündung hinein, wo mir von der ganzen Aufregung so schlecht wurde, dass ich den Kopf aus dem Bullauge hängte und ausgiebig die Fische fütterte. Bei Brunsbüttelkoog fuhren wir in den Nordostseekanal ein, bei den Seeleuten nur Kielkanal genannt.

Ich hatte als Decksjunge angemustert, so fiel in meinen Aufgabenbereich das Kaffeekochen für Frühstück, Pausen und Abendessen. Die Unterschiede von Land und See wurden mir schnell klar, als ich zwar pünktlich zur ersten Pause die 3 Liter Kaffee fertig hatte aber die Kanne genauso pünktlich ihren braunen Inhalt in der Mannschaftsmesse verbreitete, da ich vergessen hatte den Sicherungsbügel anzulegen und ein plötzliches Schlingern des Schiffes Flieh- und Schwerkraft kombinierte.

"Scheisse wah?" grinste mich Matthias, der Bootsmann aus Aurich, an. "Da musste wohl neuen machen." "Jooh", versuchte ich den Seemannsjargon nachzumachen," muss ich wohl."

Matthias hatte schulterlange Haare, die er zu einem Zopf zusammengebunden hatte. Ich musste unwillkürlich an Herrn Bergmann aus der Personalabteilung mit seiner Langhaarphobie denken und fühlte mich auf irgendeine Weise solidarisch mit meinem nautischen Vorgesetzten. Ich suchte nach einem Feudel, wischte so schnell ich konnte die

Messe und hatte den neuen Kaffee pünktlich zum Ende der Pause fertig. "Den kannste dann wohl wieder wegschütten, der ist ja kalt bis zur nächsten Pause", Matthias schüttelte nur den Kopf und holte sich stattdessen ein Bier aus dem Kühlschrank.

Ursache des Schlingerns war das Anlegen des Schiffes in der Schleuse gewesen, die wir nun wieder verließen um in den Nord- und Ostsee verbindenden Wasserweg einzufahren. Neben mir gab es noch einen weiteren Decksjungen an Bord, der mit seinem kurzgeschnittenen Haar sehr viel stärker Herrn Bergmanns Vorstellung von einem anständigen - echt bremisch betonte er deutlich das S - Seemann entsprach. Das wiederum rückte ihn in den Augen der Mannschaft in die Nähe der Offiziere und wurde von ihnen schon deshalb misstrauisch beobachtet. Alexander von Dietzen - so hieß der arme Kerl auch noch - musste unbedingt seine Unkenntnis nautischer Vorgänge vor Augen geführt und damit in seine - vermeintlich adligen - Schranken verwiesen werden.

Meine Aufgaben bestanden natürlich nicht nur aus Kaffeekochen und Aufwischen, sondern auch aus diversen Instandhaltungsarbeiten. Spannschrauben und Schäkel mussten eingefettet werden und sobald wir wieder auf See waren, widmete ich mich dieser Aufgabe im Kabelgatt.

"Eeh, reich mir mal ein paar Ankergewichte `rüber!" Alexander war nahezu unbemerkt von mir hereinkommen, etwas, was ich gar nicht abkonnte. Ankergewichte waren natürlich eine Erfindung für Landratten und kompletter Nonsens. Aber weil sich mein Kollege so furchtbar wissend und erwachsen gab, spielte ich das Spiel gern mit. "Welche Größe brauchst du denn?" fragte ich zurück. "Na ja", Alex konnte wollte sich keine Blöße geben, "das hat Matthias nicht gesagt." "Streck doch einmal die Arme aus," ich legte ihm solch eine Anzahl von möglichst fettigen Spannschrauben auf die Arme, das er sie gerade noch tragen konnte, öffnete ihm die Kabelgatttür und er machte sich keuchend auf den Weg in Richtung Schiffsheck.

Ich machte mich wieder an die Arbeit und fettete weiter Eisenteile ein. Knappe 15 Minuten später stand er wieder vor mir, keuchend und schwitzend. „Das war die falsche Größe, ich brauche die für den Heckanker." Letztere Bemerkung war nun wirklich eine Nummer zu groß. Wenn diese Pfeife nicht einmal wusste dass es keinen Heckanker gab, hatte er es nicht anders verdient. Ich machte ihm zwei Packen Metallteile fertig, zurrte sie mit einem Stropp fest und schickte ihn wieder los.

Diesmal brauchte er deutlich länger bis er - natürlich mit seinen "Gewichten" - schweißtriefend wieder auftauchte. "Matthias hat gesagt, er braucht die Dinger jetzt nicht mehr", er hatte offensichtlich immer noch nichts begriffen. Ich ordnete die Spannschrauben und Schäkel wieder ein und Alex verschwand um sich neue unsinnige Anordnungen abzuholen. Uns ist bis zum Ende der Reise nie klar geworden, ob er seinen Irrtum je bemerkt hat.

Sexualkunde und Ballantines

"Haste schon mal gepoppt?" Ich saß mit Matthias, dem Bootsmann und Wolfgang dem Schulabbrecher und Leichtmatrosen, unwesentlich älter als ich bei einem zollfreien Bier in der Mannschaftsmesse. Ich muss ein wenig dämlich geguckt haben, denn Wolfgang wiederholte seine Frage:"Na haste schon mal ´ne Alte gehabt?" Ich übersetzte die Frage schnell im Kopf mit Alte gleich Frau und poppen gleich Geschlechtsverkehr und speicherte die Begriffe gleichzeitig in meinem zerebralen Ordner "Seefahrt". "Du meinst so richtig mit allem?" "Ja logisch eeih, poppen, nageln, pimpern", jetzt schaute Wolfgang schon ein wenig mitleidig. Ich durfte jetzt kein Risiko eingehen, mich in etwaige Rückfragen verhakeln und antwortete wahrheitsgemäß:"Na ich habe eine Freundin, aber mehr als Petting ist im Moment nicht." "Klar, kenn ich, die deutschen Mädchen sind da noch ein bisschen zurück, aber in Finnland, da klappt das sofort. In Helsinki ist das nicht ganz so einfach aber in Hamina und Kotka gibt's ein paar Diskotheken mit geilen Weibern. Du brauchst denen nur ein Bier auszugeben und die kommen mit dir aufs Schiff und machen alles."

Erlaubt war das Anbordbringen natürlich nicht, aber der Kapitän brauchte ja nichts davon mitzukriegen, sagte Matthias. Ich stellte mir die Mannschaft von Captain Cook auf Tahiti vor, wo ein Mädchen für einen Schiffsnagel zu haben war, natürlich die skandinavische Variante mit blonden Mädchen und Bier. "Du musst natürlich ein wenig Finnisch können", ließ mich Wolfgang wohlwollend an seinen Kenntnissen teilhaben. "Schreib dir das wichtigste mal auf: ükse kakse kolme nelje wisi kusi, das sind die Zahlen von eins bis sechs, mehr brauchst du auch nicht, und Raukasie Selzmä heißt Bahnhof." Hafen wäre wahrscheinlich viel sinnvoller gewesen als Bahnhof, wir kamen ja schließlich nicht mit dem Zug an aber eine Nichterwähnung hätte Wolfgangs Finnisch-Wortschatz unnötig reduziert, möglicherweise kannte er das Wort für Hafen auch nicht.

So notierte ich mir noch einige Unnötigkeiten mehr bis er zum wichtigsten Satz kam:" Wenn du die Alte mitnehmen willst, musst du fragen: Sina mina rakastan saksa leiwa Algenib? Das heißt: du und ich Liebe machen auf deutschem Schiff Algenib? Ich meine, das ist jetzt ganz wörtlich, auf Finnisch klingt das natürlich besser." Damit hatte ich die erste (und letzte) Finnisch Lektion hinter mir, denn mehr wusste Wolfgang auch nicht. Ich notierte mir auch den letzten Satz, hatte dabei aber gelinden Zweifel ob er nun auf Finnisch tatsächlich besser klänge und steckte mir den Zettel in die Brusttasche meiner Latzhose.

Wir näherten uns jetzt Helsinki und ich ging an Deck. Auf der Steuerbordseite zogen ein paar kleine Inselchen am Fenster vorbei, von denen eine kurz davor war, unsere Reise früher als geplant zu beenden. Der Kapitän hatte in Vorbereitung des ersten Reiseziels, genau wie wir, sich inwendig mit auf dem Schiff zollfreien Spirituosen eingedeckt und seine letzte Anweisung an den Rudergänger in einer Weise erteilt, dass das Schiff einem Flugzeug gleich auf ein leuchtturmgeschmücktes Eiland zuhielt. Seemannsknoten knüpfend, die er dann irgendwie zu Untersetzern und Wandschmuck verarbeitete, kam der 2.Offizier pünktlich zur Wachübernahme auf die Brücke, fragte kurz: „Welcher Kurs liegt an," begriff mit einem Blick das Schicksal, dass dem Frachter in kurzer Zeit drohte und schrie den Rudergänger an: „Mann, bist du besoffen, wir rammen die Insel!", nicht wissend, dass er mit dieser Situationsanalyse auch in Bezug auf den Kapitän voll ins Schwarze traf. "Hart steuerbord!!" und das Schiff schlingerte in Haaresbreite an den äußersten Felsen des Inselchens vorbei. Damit blieb uns das Schicksal der Titanic erspart und die Insel blieb ohne Schiffsdekoration auf ihrem vorgelagerten Felsen. „Scheissää", kommentierte Matthias in seinem breiten Ostfriesisch, „das hätte aaauch schief gehen können."

Das Schiff war nun zurück in der Fahrrinne, an Backbord lagen fest vertäut zwei Eisbrecher, die die Aufgabe hatten, den Zugang zum Hafen im Winter freizuhalten und dann lagen wir am Kai. "Guck mal, ob du was vonne schwadde Gäng siehst", raunte mir Matthias zu. Die schwarte Gäng war die Zollkontrolle auf Suche nach Schmuggelgut, mit der man in jedem Hafen rechnen musste. Freihafengebiet war eigentlich zollfrei und dem zu Folge konnten die Seeleute in ihrer Kajüte Alkohol für den Eigenbedarf aufbewahren, aber halt auch nur dafür. Überstieg die Menge ein gewisses Maß - das auf eine für uns mysteriöse Art und Weise vom Zoll festgelegt wurde - dann handelte es sich um Schmuggelgut und konnte zumindest konfisziert werden.

In Finnland, sowie in ganz Skandinavien, war Alkohol, besonders hochprozentiger, in den 70ger Jahren extrem teuer. An Bord bekamen wir die Flasche Whisky für 8 DM und konnten sie an die Hafenarbeiter, die dafür an Bord kamen, leicht für 30 DM verkaufen, ein für die Finnen augenscheinlich noch günstiges Angebot. Die Mannschaft konnte sich so ihren Lohn einfach aufbessern. Der Maschinist Franz Eberl aus Bayern kam in guten Monaten leicht auf ein doppeltes Salär. Das Risiko lohnte sich somit, problematisch war nur das gute Verstecken, denn der Zoll kannte natürlich die typischen Verstecke. Eberl gingen dabei einmal 12 Flaschen verloren, die er in einem Netz außenbords an das Schiff gehängt hatte und aus naheliegenden Gründen natürlich nicht beim Zoll reklamieren konnte. Seit diesem Anfängerfehler bunkerte er seinen Warenvorrat in den Trinkwassertanks, wobei er lediglich das Risiko einging, dass sich beim längerem Verweilen die Etiketten ablösten, die er dann mühsam herausfischen und wieder ankleben musste. Am besten ließ sich der Ballantines Whisky an den Mann bringen, da die eckigen

Flaschen in den Blaumännern der Hafenarbeiter nicht so auftrugen, dafür gaben sie dann gern ein paar Mark mehr aus.

Diesmal hatten wir Glück, Anfängerglück sagte Matthias, sonst hätte er wohl Anfängerpech gesagt, und ich hatte meinen Vorrat, der natürlich bescheidener als der von Matthias oder Franz war, innerhalb einer Dreiviertelstunde an den Mann und auch an eine Frau gebracht. Tage später sah ich einen unserer Alkoholkunden im Stadtpark von Hamina wieder. Er saß auf einer Bank, setzte sich die Flasche an den Hals und ließ den Fusel in sich hineinlaufen. Sobald der letzte Tropfen seinen Weg gefunden hatte, rutschte ihm die Flasche aus der Hand, er selbst neigte sich anfangs langsam, dann schnellerwerdend nach links und, da er sich unvorsichtigerweise zu weit am Rand des Sitzmöbels platziert hatte, viel er mit einem Plumps neben seine Droge und rührte sich nicht mehr. Die ganze Vorstellung hatte keine Viertelstunde gedauert und es dauerte auch keine Viertelstunde, bis die Polizei, die ihre Kunden vielleicht kannte oder das ganz mitangesehen hatte, die Schnapsleiche in ihrem VW-Kleinbus verstaute, die Flasche ordnungsgemäß in den Abfallkorb neben der Bank versenkte und den Stadtpark vorbildlich zurückließ.

Mariukka Holamo

"Hier klappt das immer den Mädchen", Wolfgang ließ mich an seinem reichhaltigen finnisch-femininen Erfahrungsschatz teilhaben. Wir tuckerten mit dem Rettungsboot der Algenib, "im Hafen wird der Pott ja wohl nicht absaufen", hatte Matthias gesagt, „und so sparen wir uns das Taxi," vom Hafen in die Savilathi-Bucht und machten das Boot am Anleger in der Stadt fest. Hamina, im Jahre 1972 ein relativ kleines Städtchen mit kaum 15.000 Einwohnern, nicht allzu weit von der russischen Grenze entfernt und architektonisch geschichtsbedingt tief russisch geprägt, hatte an Sehenswürdigkeiten die orthodoxe St.Peter und Paul Kirche und ein paar Gebäude rings um einen Platz gruppiert, von dem mehrere Straßen sternförmig abgingen. Wir machten uns auf den Weg in die Disco, wo "das immer klappt." "Eigentlich ist das gar keine richtige Disco", ruderte Wolfgang jetzt ein bisschen zurück," mehr so eine Kneipe mit Musik und so." Auf das "und so" war ich am meisten gespannt.

Wir waren wohl ein wenig früh dran, denn wir hatten freie Tischwahl, das heißt, wir waren die Einzigen im Etablissement. "Das kommt noch, wir sind einfach zu früh heute", sagte Matthias, wandte sich dann an den Kellner und bestellte mit seinem exzellenten Schiffs-finnisch Bier für alle. "Show me your passport first, no alcoholic drinks if your are not 18 years old," der Kellner grinste mich an. "Sag ihm, du hast deinen Ausweis an Bord vergessen," raunte mir Matthias zu. Der Erfolg war gleich null, „no passport, no beer." Also bestellte ich eine Coca Cola. "Das kommt von deine lange Haare," grinste Matthias wieder, „aber warte mal ab, wenn es voller wird, hat der keinen Überblick mehr, wem welches Bier gehört und dann schieben wir dir einfach eins rüber.

Meine Kollegen sollten recht behalten, zwei Stunden später war die Kneipendisco gerappelt voll und auch der weibliche Anteil der Kund-schaft deutlich gestiegen. Ich hatte inzwischen selbst den Überblick über meinen Getränkekonsum verloren und traute mir demzufolge mehr zu als bei realistischer Einschätzung tatsächlich möglich oder sinn-voll gewesen wäre. Auf dem Weg zur Toilette passierte es dann: Ich hatte mir gerade ein paar Worte zurechtgelegt, um die Blondine anzu-baggern, die ich schon von meinem Tisch mindestens zwei Bier lang im Auge hatte, als es mir plötzlich bierkalt den Nacken herunterlief. Ich drehte mich um und da stand sie vor mir: "Sorry, ich habe dich nicht gesehen, meine Name ist Mariukka, möchtest du noch ein Bier?" als wenn sie mein Bier vergossen hätte. Ich steckte schnell meinen Spick-zettel weg und vergaß die blonde Traumfrau an der Bar. "Du sprichst deutsch?" fragte ich vollkommen unnötigerweise, "klar aber ich be-komme hier kein Bier, weil ich so jung aussehe." Sie lächelte nur, sagte etwas auf Finnisch zum Barmann und ich konnte mein Bier öffentlich trinken. Mariukka Holamo hieß sie, kam aus Hamina und zwei Stunden später saßen wir im Taxi mit Wolfgang und Matthias und viel zu viel Bier im Bauch auf dem Weg zum „Saksa Leiwa" Algenib. "Ähm Mariukka spricht gut deutsch", beeilte ich mich zu sagen, bevor die beiden ande-ren mit einem dummen Spruch ins Fettnäpfchen treten konnten. Wir lotsten sie an der Wache vorbei und ich schleppte meine Eroberung oder Eroberung in meine Kabine.

Meine praktischen Erfahrungen auf dem Gebiet, das jetzt gefragt war, waren altersangemessen sehr dünn. Ich bot ihr ein weiteres Bier an und holte mir selbst auch eins, um die für mich peinliche Pause zu überbrücken. Aus dem Fernsehen wusste ich, dass in solchen Situationen leise Musik angebracht war. So suchte ich eine Musikcassette von Simon & Garfunkel und hatte sofort Bandsalat. Vollkommen zerknautscht gelang es mir das Tonband aus dem Rekorder zu fummeln. Ich schob nun stattdessen eine Cassette von Led Zeppelin ein und drehte den Ton leise, um die Stimmung nicht total zu versauen. Jetzt musste es zur Sache gehen oder es würde überhaupt nichts mehr passieren. Ich machte ein weiteres Bier und Mariukkas Bluse auf, was sie widerspruchslos akzeptierte. Anstatt nun aber auf diesem Weg weiterzumachen, meinte ich mir noch einmal Mut antrinken zu müssen. Jetzt nutzte sie die Unterbrechung um sich ein wenig frisch zu machen und "für kleine Mädchen" zu gehen. Ich lehnte mich in meine Koje zurück, trank mein Bier aus und war eingeschlafen, noch bevor ich die Flasche aus der Hand stellen konnte und noch bevor sie zurückkam. Frühmorgens wachte ich auf, es war schon seit 1 Uhr morgens wieder hell, wie in Finnland zu dieser Jahreszeit üblich und neben mir lag sie. Ich hatte es verpatzt. Als ich aus dem Bad zurückkam, blinzelte sie mich an und fragte: „Wenn du willst kannst du es noch einmal versuchen, ich muss gleich nach Hause, um meinen Sohn zu wecken, er muss in den Kindergarten."

Ich schaute an mir herunter und mir war klar, dass die Geschichte für diese Nacht erledigt war. Ich musste nur noch sehen, wie ich ohne totalen Gesichtsverlust aus der Geschichte herauskam. "Ähhm, klar aber ich muss gleich arbeiten, weißt du?" Wahrscheinlich wusste sie so gut wie ich, dass ich noch gut anderthalb Stunde Zeit hatte bis zum

Schichtbeginn, aber sie ließ mir diesen Ausweg, wofür ich ihr ewig dankbar blieb.

Wenig später saßen wir bei einem Becher Kaffee in der Messe und versuchten die Zeit bis zum Abschied mit Belanglosigkeiten zu überbrücken. "Na, wie oft?", Matthias stand in der Tür und grinste herüber zu uns. Entweder hatte er schon wieder vergessen, dass Mariukka deutsch sprach oder es war ihm einfach egal. Ich wählte einen Mittelwert in der Hoffnung, dass mein Nachtbesuch mich nicht blamierte. Aber Mariukka lächelte nur, hielt mir verschwörerisch den Finger auf den Mund, gab mir einen Kuss, der mich - nun leider zu spät - doch in die Lage für ein letztes Mal gebracht hätte, zog ihre Jacke an, ging die Gangway hinunter, stieg in ein dort wartendes Taxi und war aus meinem Leben verschwunden.

"Mann, hast dich ächt verknallt, wah?" Thomas war auch in der Messe angekommen und hielt natürlich mit seinem Fachkommentar nicht hinter dem Berg, "mit der Alten bin ich auch mal angefangen, die hat´s echt drauf!" Es war natürlich idiotisch von mir anzunehmen, ich wäre der erste oder einzige, so einfach wie Mariukka mitgekommen war. "Zweimal hat er es ihr besorgt, unser Kleiner, „ musste nun auch Matthias seinen Senf an Thomas weitergeben, "hätte ich ihm gar nicht zugetraut bei der Menge Bier". So brauchte ich nicht ein zweites Mal zu lügen, grinste nur ein wenig dümmlich, zog mich auf meinen Anfängerstatus zurück und hielt den Mund, zumal sich jetzt die Messe füllte und ich meinen Decksjungenobliegenheiten nachkommen musste. Mariukka würde dichthalten, daran hatte ich keinen Zweifel und außerdem war es mir auch langsam egal.

Wir hatten in Hamina Zellulose geladen und wollten die Laderäume nun mit Holz in Turku vollmachen. Ich schwor mir, falls ich noch eine zweite Chance bekommen sollte, beim nächsten Discobesuch nur noch Coca Cola zu tanken. Dieser Entschluss sollte sich als ein weiser erweisen, denn in Turku konnte ich weder mit meinem Basisfinnisch noch mit Deutsch etwas anfangen. Maria Leena Mannonen aus Nordfinnland sprach neben Finnisch nur Schwedisch und Englisch, war aber eine hervorragenden Lehrerin was die nichtsprachliche Kommunikation betraf.

Diesmal hätte ich Matthias wahrheitsgemäß antworten können, nur hatte er diesmal nicht gefragt. Sie ging die Gangway hinunter und verschwand hinter Zelluloserollen und Baumstämmen, während ich noch über den Wahrheitsgehalt ihrer letzter Worte nachdachte: „Ich muss los, die Kinder müssen gleich in die Schule." War das nun ein Joke? Ich habe sie genau so wenig wie Mariukka je wiedergesehen und somit eine Aufklärung verpasst. Außer einem Zettel mit den jeweiligen Adressen, die ich aus Nostalgie bis heute in einer Zigarrenkiste neben anderem Krimkrams aufbewahre, gibt es keine Erinnerungen, nicht einmal ein Foto. Vielleicht gibt es ja irgendwo in Finnland jemanden mit einem unbekannten deutschen Vater, der als Decksjunge auf einem Holzfrachter dereinst nach Turku kam. Für Hamina zumindest ist diese Möglichkeit auszuschließen.

Schools Out

Die KPD/ML wurde am 31. Dezember 1968 in Hamburg gegründet. Die Gruppe entstand um den ehemaligen KPD-Politiker Ernst Aust (1923–1985). Von konkurrierenden Organisationen innerhalb der Linken wurde sie auch nach ihrem Zentralorgan „Gruppe Roter Morgen" genannt. Ihre Zentrale war in Dortmund.

Die KPD/ML lehnte die DKP als revisionistisch ab und orientierte sich zunächst am Maoismus, später nach dem Bruch zwischen Albanien und der Volksrepublik China am albanischen Sozialismusmodell. 1974 wurde Aust vom albanischen Staatsoberhaupt Enver Hoxha zum ersten Mal in Einzelaudienz empfangen. Am 1. Juni 1975 empfing das Mitglied des Zentralkomitees der KPCh Yao Wenyuan den KPD/ML-Vorsitzenden.

Im Jahre 1976 war es endlich soweit, ich hatte mein Abitur trotz qualifizierten Unterrichts mit mittelmäßigen Noten abgelegt und durfte mich nun auf meinen Wehrdienst freuen. Besser als meine Schulabgangsnoten hatte ich meinen Eingangstest mit 1 = Vollverwendungsfähig bestanden und sollte mich beim Panzerbataillon 214 in Oldenburg melden. "Dann können sie es sogar zum Panzerkommandanten bringen, ließ mich der Vorsitzende der Prüfungskommission wissen, "und das in ihrer 15 monatigen Wehrdienstzeit, na das ist doch was!"

Ich fand zwar nicht, dass das etwas war, aber den Wehrdienst verweigern kam auch nicht in Frage. Einerseits aus Bequemlichkeit, ich hätte dann einen Prozess führen müssen, um glaubhaft meine Gewissensbisse und meine pazifistische Grundeinstellung darzulegen. Andererseits musste auch gerade bei der Bundeswehr politische Überzeugungsarbeit geleistet und der Umgang mit der Waffe für die Revolution erlernt werden, so das Konzept der KPD/ML, die uns nun die Marschrichtung vorgab.

Die langen Haare hatte ich bereits der proletarischen Moral geopfert. Auf Anweisung der Partei, die bekanntlich immer Recht hat, führten lange Haare zum Kommunikationsabbruch mit den zu agitierenden arbeitenden Massen – Masse im Singular reicht nicht - und so mussten wir uns der revolutionären Klasse und deren Avantgarde, der Partei, bzw. deren Moralvorstellungen beugen. Mit dem Fasson Schnitt hatten wir Genossen Rotgardisten noch ein vergleichsweise geringes Opfer gebracht, wenn wir uns mit Lutz und Lisa verglichen. Die Beiden, schwer verliebt ineinander, konnten auf Anraten der Partei erst zusammenziehen, nachdem sie entsprechend der proletarischen Moral geheiratet hatten, - was sollen denn sonst die Arbeiter denken -, eine Heirat, die wie vorauszusehen war, auch nur knapp 1 Jahr hielt.

Unsere Einweisungen bekamen wir auf den wöchentlichen Rote Garde Sitzungen von Gerhard, der sie wiederum von der Parteiführung erhielt.

"Scheisse Erik", sagte er eines Tages im "Römer", wir trafen uns nach Demos in der Regel im "Römer", schon um die übrigen Flugblätter auszulegen und die neuesten Aufkleber an die Blechlampen zu kleben, die in der Regel sehr schnell wieder von der Konkurrenz überklebt wurden, alles wahre Vertreter der Arbeiterklasse. "Scheisse," wiederholte er, zog die fertig gerollte Zigarette über die Zunge, zupfte den überflüssigen Tabak heraus und guckte Erik mit revolutionärem Blick an, "mit der Matte nimmt dir doch keiner ein Flugblatt ab." Erik, mit schulterlangem

Haar, Student der Sozialwissenschaften und Mitglied im KBW, dem Kommunistischen Bund Westdeutschland - natürlich eine Spalterorganisation, schon weil er später als die KPD/ML gegründet worden war - hielt dem Blick stand. "Vielleicht stimmt da was mit der proletarischen Moral nicht, vielleicht handelt es sich da eher um eine bürgerliche Moral, der wir eine revolutionäre Moral entgegenstellen müssen. Auch das gehört zu einer neuen Gesellschaft Genosse, Toleranz üben. Moden ändern sich schließlich und wenn lange Haare ein Ausdruck von Widerstand gegen das herrschende System sind, dann solltet ihr das erst einmal unterstützen und euch nicht an kleinbürgerliche Vorstellungen hängen, wie ein Proletarier auszusehen hat. Ganz abgesehen davon seid ihr noch nicht einmal welche, jedenfalls die meisten nicht."

Gerhard gab sich so schnell nicht geschlagen, holte als gerade kein Kellner zu sehen war, ein neues Bier "Erntekrone" von Horten aus der Plastiktüte unter dem Tisch hervor, schenkte schnell sein Glas halbvoll, damit es nicht so auffiel und nahm den Gesprächsfaden wieder auf. "Die reden doch gar nicht erst mit dir, du gehörst dann doch zu den Hippies und Gammlern in deren Augen, die nicht arbeiten und anderen sagen wollen, wo es langgeht." Erik strich sich die Haare aus dem Gesicht:" Aber darum geht es doch gerade, das wir den Leuten ihre verbohrten Ansichten klar machen, das sie merken, wie sie manipuliert und belogen werden, das sie nicht permanent nur die Tagesschau wiedergeben und was von der Verteidigung des freien Westens in Vietnam faseln."

"Sehe ich irgendwie ähnlich Gerhard", wagte ich einzuwerfen," du bist doch fortschrittlich durch fortschrittliche Ansichten, nicht nur weil du bei Mercedes am Band klotzt. Karl Marx und Friedrich Engel waren beide bürgerlich und doch die Führer der sozialistischen Bewegung, ganz einfach weil das Proletariat noch nicht so weit war und vor allem weil es nicht die intellektuellen Möglichkeiten hatte, wobei wir alle wissen, dass das Proletariat immer noch nicht so weit ist, trotz der Partei oder der Parteien."

Jetzt meldete sich auch Anne zu Wort: "Das ist undialektisch, das Sein bestimmt das Bewusstsein, sagt Marx, aber wenn ein Arbeiter halt genau die gleichen Werte vertritt wie das Kleinbürgertum, wenn er sich

Auto, Fernseher und Mallorca Reisen leisten kann, dann kannst du ihm mit Glatze oder langen Haaren etwas erzählen, das ist ihm vollkommen Wumpe."

"Aber nur solange er seinen Job hat", versuchte es Gerhard noch einmal, „wenn er sich das nicht mehr leisten kann, kein Auto, kein Mallorca, dann wird er sich fragen warum und dann muss die Partei, die KPD/ML bereit sein." "Oder der KBW", grinste Erik.

Ich fischte mir eine Hopfenkrone aus der Tüte und füllte mein Glas unter dem Tisch wieder voll. Mir war klar, dass das Gespräch noch endlos weitergehen würde und versuchte auf ein anderes Thema überzulenken. Dabei half mir Junkie-Werner, der genau in diesem Moment an unseren Tisch schlurfte, einen Stapel Schallplatten aus einer großen Plastiktüte zog und uns unter die Nase hielt. Werner, wie sein Beiname schon zeigte, war drogenabhängig und klapperte Abend für Abend die Bremen Kneipen ab, um die weiß der Teufel woher zusammengeklauten Scheiben an den Mann oder an die Frau zu bringen. Ich blätterte die Sammlung durch und blieb an einem blauen Cover hängen. "Machine Head, die neueste von Deep Purple", gab Werner vollkommen überflüssigerweise seinen Kommentar dazu", vollkommen ungebraucht, habe ich erst heute Morgen reingekriegt, 10 Mark für dich." Mir war klar, dass die Platte im Laden mindestens das Doppelte kostete und in meiner Deep Purple Sammlung natürlich nicht fehlen durfte. Aber mit "ungebraucht" war das bei Werner immer so eine Sache, wahrscheinlich war sie nur vom ihm nicht "gebraucht", weil er auch seinen Plattenspieler schon vertickt hatte. Ich ließ die Platte aus der Hülle gleiten und hielt sie gegen das Licht um versteckte Kratzer zu entdecken. Gerhard verzog das Gesicht "Mann, das ist doch bürgerliche Musik, absolut unproletarisch." Den Makel "bürgerliche Musik hatte bei Gerhard alles, was nicht Arbeiterlied war oder was er nicht direkt bei "Guozi Shudian" in der VR China bestellte. Rockmusik, so hatte er mich erst ein paar Tage vorher an seinem Wissen teilhaben lassen, kam aus dem Blues des schwarzen Amerika, in dem sich wiederum die Schwarzen nur über Missstände beklagten, anstatt sie revolutionär unter Führung der Kommunistischen Partei der USA zu ändern. Deshalb war auch Rockmusik nur systemstabilisierend und konterrevolutionär. "Ich hätte da auch noch was von

Floh de Cologne", versuchte Werner das Verkaufsgespräch zu retten."So´n Revi-Scheiß, das fehlte noch," Gerhard wollte wieder loslegen.

Ich hatte auf der Platte zwar keine Kratzer entdeckt, aber in der Mitte stand deutlich der Name desjenigen, dem "Machine Head" seit kurzem aus der Sammlung abhandengekommen sein musste. Ich tippte mit dem Finger auf den Namenszug und Werner schaute sich die Stelle an: „Na ja, Reiner, der hat sich verkauft und mich gebeten, die Platte für ihn zu verkloppen, weil er keine Zeit dafür hat." Wir glaubten ihm natürlich kein Wort und andere Leute zu beklauen war auch etwas anderes als kapitalistische Schallplattenläden zu erleichtern. Ich schob die Platte zurück in die Hülle und Werner verschwand hinter dem Tresen mit der ausdrücklichen Aufforderung versehen, die Platte zurückzugeben, wie auch immer er das anstellen wollte.

Ich hatte keine Lust mehr auf Gerhards Belehrungen, der selbst natürlich auch von Led Zeppelin bis Pink Floyd die gesamte Palette aktueller Musik in seiner Sammlung versteckt hatte, und ließ mich von Erik zu einer Partie Tischfußball einladen. "Wer verliert, zahlt das nächste Bier, aber keine Hopfenkrone, ich möchte ein Remmer-Alt." Ich kramte prophylaktisch in meiner Hosentasche und zählte mein verbliebenes Geld zusammen, das für "Machine Head" sowieso nicht mehr gereicht hätte, verglich im Kopf meine Spielleistungen mit denen meines Gegners und war mir klar, die nächste Runde geht an mich.

Woodstock in Scheeßel

Am 8. und 9. September 1973 kam die Woodstock-Welle auch in meiner norddeutschen Heimat an. Unter dem Titel „Es rockt in der Heide" fand das erste Festival in Scheeßel statt.

Es gaben sich einige der bekanntesten Rockgrößen gegenseitig die Klinke in die Hand. Es hatten sich Chuck Berry, Jerry Lee Lewis, Chicago, Manfred Man´s Earthband und Lou Reed angesagt, daneben noch einige Lokalgrößen als Vorgruppen.

Andreas war der einzige aus der Gruppe, der ein Auto besaß, einen Max Lloyd durch dessen Bodenblech jederzeit der Straßenbelag begutachtet werden konnte, was bei trockener Straße aber kein Problem darstellte. Bei Regenwetter war es hingegen besser mit Stiefeln zu fahren. Ich hatte mich rechtzeitig angemeldet und mir einen Sitzplatz in dem abenteuerlichen Gefährt reserviert, der mir unter anderem deshalb gewährt wurde, weil ich einer der wenigen mit Zelt war. Das Eintrittsgeld hatte ich mir an der Tankstelle an der Ecke Apfelallee mit Autowäsche und Betankung verdient und so tuckerten wir mit jauligem Lloydmotor am 8.September morgens gen Scheeßel in die Heide.

Nach 4 Stunden Fahrt wurden wir von zwei Hells Angels gestoppt, die, eine allgemeine Unsitte zu der Zeit, von den Veranstaltern als Ordner engagiert waren. „Hier geht's nicht weiter, eiih, alle zugeparkt, sucht euch da vorne was." Andreas fand nach einigen vergeblichen Versuchen den Rückwärtsgang und in Zusammenarbeit mit Kupplung und Gaspedal setzte er den Max Lloyd in der Heide ab. Wir machten uns vorsichtshalber keine Gedanken, wie wir das Auto wohl am Ende wiederfinden und aus der vermatschten Heide zurück auf die Landstraße bekommen könnten. Stattdessen schnallten wir uns die, hauptsächlich mit Getränken beladenen Rucksäcken auf den Rücken, banden Schlafsäcke und Zelt oben drauf und machten uns auf Richtung Festivalgelände.

Auch am Eingang dort standen wieder zwei von den Rockern um die Karten zu kontrollieren. „Scheiße, eiih", sagte Rüdiger, „wie komme ich da nun rein?" Ich guckte ihn ein wenig irritiert an, „hast du keine Eintrittskarte?" „Nee ich dachte, wir kommen da so rein, bei Woodstock haben die auch den Zaun eingetreten." „Klar, aber gucke dir die Leute mal an", sagte ich, „die zeigen alle brav ihre Karte. Wenn du versuchst, hier was einzutreten, verplätten die Lederjacken dir einen, bevor du den zweiten Tritt machen kannst und das wär's dann mit Festival, dann können wir dich im Krankenhaus besuchen." „Wenn du Glück hast", meinte Andreas noch ergänzen zu müssen.

„Vielleicht kann ich ja mit den Jungs reden, vielleicht lassen die mich für'n Zehner rein." Andreas stellte seinen Rucksack auf die Erde. „Hör mal zu, Alter, der poliert dir sofort die Fresse, die kapieren doch überhaupt nicht, was du willst. Die kriegen ihre Knete, weil sie keinen reinlassen sollen, der nicht bezahlt hat, hier kannste nicht stürmen wie in der Stadthalle." Stürmen war ein Versuch, mit vielen gleichzeitig auf die Ordner zuzulaufen, die sich nur einige wenige schnappen konnten. Einmal in der Halle angekommen, hatte man es in der Regel geschafft und seine Eintrittskarte gespart. Oder wie Ulli, der Anarcho in der Gruppe seine Kapitalismuskritik formulierte: „Eigentum ist Diebstahl, außerdem: Schwarzhören, Schwarzsehen und Schwarzfahren, da kannste ne Menge bei sparen." Beim letzten Ten Years After Konzert hatte das auch geklappt, aber hier war weder jemand zum Stürmen bereit noch konnte man sich hinterher irgendwo verstecken. Also war ich zum Plattenladen EAR gegangen und hatte meine Eintrittskarte vollkommen kapitalismuskonform erstanden.

Rüdiger war leider nicht so einsichtig gewesen und versuchte nun tatsächlich einen der Kontrollrocker zu überzeugen. Wir sahen aus einiger Entfernung zu, wie unser Freund abwehrend die Hände hob und nach 5 Minuten unversehrt wieder bei uns war. „Der Arsch wollte nicht mal zuhören: wenne keine Karte hast mach dich vom Acker..., der Arsch..., Mann!" Wir verkniffen uns das „habe ich doch gesagt" und rieten ihm den Zaun abzugehen und vielleicht eine undichte oder leicht zu überwindende Stelle für einen Gratiseintritt zu finden. Wir wollten inzwischen das Zelt aufbauen und uns dann in 3 Stunden an den Toiletten treffen, falls der Plan funktionieren sollte.

Die besten Plätze in der Nähe der Bühne waren natürlich besetzt und so turnten wir zwischen Zeltleinen, dazwischen liegenden kiffenden Hippies hindurch, trampelten über Decken, Sitzkissen und Matten und fanden schließlich ein Stück Rasen in Sichtweite der Konzertplattform für unser Domizil.

Uns blieben noch 1 ½ Stunden und eine vage Hoffnung Rüdiger bei den Toiletten zu finden. Ich dachte, ich wäre es ihm schuldig, da ich ihn überzeugt hatte mitzufahren, natürlich in der Annahme er würde sich um eine Eintrittskarte kümmern. Also den gleichen Weg zwischen Zelten und Kiffern zurück Richtung Toilettenbereich.

„Eeeih, das gibt́s doch nicht, du auch hier?" Ich drehte mich um und sah in das grinsende Gesicht von Olaf. „Komm setz dich und zieht mal, echter Afghane, das gibt Musik hoch zwei!" Ich suchte mir ein Plätzchen auf seiner Decke, Rüdiger musste eben noch ein bisschen warten, er war ja selbst Schuld. Es muss irgendwie an dem Afghanen gelegen haben, denn plötzlich bemerkte ich noch ein weiteres bekanntes Gesicht. Wie aus dem Nichts war Britta aufgetaucht und zog genießerisch an dem Joint. Ich hätte schwören können, sie dort vor fünf Minuten noch nicht sitzen gesehen zu haben. Noch vor einer Woche hatte sie mit treuherzigem Augenaufschlag verkündet, mich leider nicht nach Scheeßel begleiten zu können, da ihre Patentante in Hannover Geburtstag hätte. Da ließe sich nun gar nichts machen, so gern sie auch zum Festival gekommen wäre. Entweder hatte ihre Patentante den Geburtstag verschoben oder Olaf hatte bessere Argumente als ich angeführt. Sie reichte mir die Tüte, rückte ganz nahe an meinen Konkurrenten, der legte einen Arm um sie und ließ seine rechte Hand auf ihrer Brust ruhen. Damit wäre die Sache wohl geklärt dachte ich bei mir und zog noch einmal so kräftig, das der selbstgedrehte Pappfilter ganz heiß wurde. „Es ist nicht so wie du denkst", müsste sie jetzt noch sagen, dachte ich bei mir und musste unwillkürlich lachen. Der Afghane zeigt Wirkung, „es ist nicht so wie du denkst!" wiederholte ich laut meinen Gedanken und lachte mich halb tot. „Nicht so wie du denkst, nicht so wie du denkst", jetzt mache ich ein Lied davon. Britta sah mich mit leicht glasigen Augen an und kapierte überhaupt nichts. Trotzdem fing sie jetzt an mitzusingen," Nicht so wie denkst, it is not what you are thinking, o no, not what you are thinking o yeah," jetzt ging es im Bluesrhytmus weiter, der ja laut Gerhard so unfortschrittlich war, weil er nur Klagen vorbrachte und keine revolutionäre Lösung anbot. Aber Gerhard war jetzt weit weg in Bremen und hörte wohl Arbeiterlieder oder revolutionäre Weisen aus Albanien, dem Leuchtfeuer des Sozialismus in Europa. Rüdiger war jetzt erst einmal vergessen, alles war nur noch witzig. Kaum wiederholte einer meinen Satz, musste ich wieder losprusten.

Inzwischen hatte das Konzert angefangen: Chuck Berry wurde von Jerry Lewis abgelöst, dann kam Chicago und als „I´m a man" ertönte, verlor ich den Kontakt zur materiellen Wert. Schuld daran war die Cola-Rum Flasche die mir jemand in die Hand gedrückt hatte und die ich bis zur Hälfte gelehrt hatte. Bei der letzten Zugabe rüttelte mich jemand wach. Ich schwor noch in derselben Stunde dem Alkohol für den Rest meines Lebens ab, reduzierte den Schwur dann auf den Verzicht von Alkohol in Kombination mit Haschisch und machte mich immer noch leicht vernebelt auf den Weg zum unserem Lager.

Am nächsten Tag erwachte ich von einem Kitzeln in der Nase, hervorgerufen durch eine blonde, vewuselte Haarsträhne. Ich lag in einem fremden Zelt, in einem fremden Schlafsack, in den Armen ein fremdes Mädchen. Ich versuchte zu rekapitulieren, wie ich hierhergekommen war, hielt es dann aber doch für das Beste, mich noch vor dem Frühstück auf den Weg zu machen, zumal die junge Dame mich nur unwillig anknurrte:"Lass mich noch schlafen."

Nach kurzer Suche fand ich mein eigenes Zelt, dass samt meinem eigenen Schlafsack belegt war. Rüdiger hatte, wie er mir später erzählte, doch noch den Weg auf das Festivalgelände geschafft, dabei aber ein Großteil seines Gepäcks zurücklassen müssen um nicht in die Fänge des Wachpersonals zu geraten. Insofern kam es ihm ganz gelegen, meinen Schlafplatz verwaist aufzuwinden. Ich holte erst einmal meinen Drum-Tabak aus der Brusttasche meines American-Stock-Parkers und drehte eine Zigarette, die leider den Bienenschwarm in meinem Kopf nicht verscheuchen konnte.

Ich machte mich auf den Weg zu den Toiletten, die ich ohne größere Zwischenfälle erreichte, da die Stolperfallen meist noch in Zelten oder Schlafsäcken durch wohl zumeist psychodelische Träume wanderten. Am Örtchen begegnete mir kurioserweise Britta, mit einer halben Rolle Klopapier in der Hand. „Hey, auch schon auf?" ich merkte sofort, das die Frage saublöd war. „Nee, ich schlaf noch, wie du siehst – war wohl ´ne rhetorische Frage?" „Eine rhetorische Frage bedeutet, dass ich in einem Exkurs einen Sachverhalt betonen möchte, den ich in Form einer Frage formuliere", dozierte ich. „Schon gut Herr Professor, wir sind hier nicht in der Schule, ich weiß auch was eine rhetorische Frage ist." „Ich weiß auch, dass meine Frage blöd war", versuchte ich ihr entgegen zu kommen, „ich war nur ein bisschen verwundert, dich plötzlich hier zu treffen." „Ich glaube, du bist immer noch sauer, weil ich nicht mir dir hier bin." „Na ja, ich fühlte mich schon ein bisschen verarscht, als ich dich da plötzlich mit Olaf zusammen sah, der kann doch wirklich nicht viel mehr als kiffen, Mann Britta, der kann dir doch gar nicht das Wasser reichen, frage ihn einmal, was eine rhetorische Frage ist." „Kann schon sein", grinste sie zurück, „aber man braucht ja nicht immer reden, es gibt auch andere Dinge, wo er besser ist. Das geht jetzt nicht gegen dich, aber da ist er einfach mehr Mann." „Das war ja wohl wortwörtlich ein echter Tiefschlag", das Grinsen war mir vergangen. „Na, nun nimm das nicht so persönlich, du hast ja dafür deine Qualitäten." „Wie soll ich das denn sonst nehmen, wenn nicht persönlich, und was nützen mir meine Qualitäten, wenn dir seine so viel wichtiger sind." „Jetzt hast du dich verraten, du bist doch noch echt sauer." „Vorher vielleicht nicht, aber mit der letzten Bemerkung hast du es geschafft, mein Ego in den Keller zu schubsen." „Vielleicht können wir ja trotzdem Freunde bleiben und uns mehr intellektuell austauschen." „Na klar, so auf platonischer Ebene, noch so ein Begriff, den Olaf hundert pro nicht einordnen könnte." „Mensch, lass jetzt Olaf in Ruhe, außerdem muss ich jetzt zurück." „Apropos müssen, du hast ganz vergessen zu pinkeln." „Du auch scheinbar", gab sie zurück und wir verschwanden beide in unseren Sektionen.

,Wir können ja Freunde bleiben' war ein Satz, den ich nicht mehr hören konnte, wenn er von Mädchen kam, da er grundsätzlich die Bedeutung hatte, du interessiert mich nicht sexuell. Es gab daneben auch noch die Variante: „Du bist doch ein echt guter Freund, ich brauche da mal einen Rat." Der Rat bezog sich dann meist auf einen meiner Konkurrenten und kam in der Regel von einem Mädchen, dass ich viel lieber für mich selbst hätte.

„Du kennst Olaf doch schon länger", wurde mein Gedankengang von jenseits der Klo Wand unterbrochen, „vielleicht könntest du, ich meine wir sind doch Freunde..." Der Rest des Satzes wurde von der Klospülung unterbrochen und wird somit wohl ewig unerhört bleiben, da ich den Rest des Festivals erfolgreich weiterer Kontakt vermeiden konnte. Ich malte mir aus, das Olaf ein Reinfall für sie werden würde, was auch wohl gar nicht so unwahrscheinlich bei dem Windhund war, und wie sie dann zu mir zurückkommen wollte. Und dann wäre da eine andere die ihren vorgesehenen Platz eingenommen hätte - aber daran musste ich noch arbeiten.

Auf dem Weg zu unserem Zelt kam mir Rüdiger entgegen und informierte mich darüber, dass er mal pissen müsste. Ein Gedanke, der mir so nahe bei den Toiletten gar nicht gekommen wäre. „Ich hau mich dann noch einmal hin", informierte ich ihn. Leider hatte mein Schlafsack Marke „BW-einfach" durch seine witterungsbeständige Kunststoffoberfläche – für Kampfeinsätze innerhalbe des NATO Gebiets - Rüdigers Ausdünstungen angenommen, die eigentlich nur durch eine mehrstündige Lüftung zu bekämpfen waren. Dafür hatte ich nun absolut keine Zeit und so drehte ich das ganze Teil auf seine nato-olive Unterseite und benutzte meine Kampfjacke als Decke. Als ich wieder erwachte, wurde es schon wieder dunkel und das Konzert war wieder im Gange. Der Kopf war einigermaßen klar und ich konnte endlich auch die Musik genießen. Erst tief in der Nacht vom diesem Montag war die letzte Zugabe gewährt und sämtliche Zuschauer in ihren Zelten und Schlafsäcken verschwunden.

Ein Festival Jahre später an der gleichen Stelle endete in einem totalen Fiasko. Der Veranstalter konnte die Bands nicht bezahlen und hatte sich mit den Einnahmen aus dem Staub gemacht, obwohl Rüdiger diesmal seinen Obolus entrichtet hatte. Es entstand ein Schaden in Millionenhöhe. Ein Teil der angekündigten Bands kam gar nicht erst nach Scheeßel, u.a. die Byrds und Nektar. Das Festival begann bei gutem Wetter mit Long Tall Ernie & The Shakers aus Holland und endete mit "Radar Love" von Golden Earring. Die wütenden Musikfans und die um ihren Lohn geprellten Ordner randalierten auf dem Festivalgelände, brannten in der Nacht die Bühne nieder, als es hell wurde, schwelten nur noch die Reste. Der Biercontainer wurde mittels der vorher abgebrochenen Stange eines Verkehrsschildes aufgehebelt. Ein Polizei-PKW musste abdrehen, nachdem es mit Bierdosen beworfen wurde. Besucher, die zu Fuß auf dem Nachhauseweg waren, wurden von abfahrenden Festivalbesuchern freigiebig mit Getränken versorgt. Und die Autofahrer wurden von den herbeigerufenen Hundertschaften kontrolliert, denn es wurde vor der Brandstiftung das gesamte Equipment geklaut. Auch diesmal waren als Ordner die für ihre Lust an der Gewalt bekannten "Hells Angels" engagiert, die ebenfalls einen Teil der Einnahmen einsackten. Dies war das vorläufige Ende der Rock-Festivals in Scheeßel.

Das Transparent auf dem Bunker

"Genossen und Genossinnen, die Partei hat einen Auftrag für uns" Gerhard macht eine rhetorische Pause um dem nun folgenden mehr Bedeutung zu geben, " wir sollen auf dem Dach des Bunkers in Walle eine Leinwand anbringen gegen den imperialistischen Krieg. Wir müssen den Scheißpazifisten klarmachen, dass der Krieg nur mit dem Krieg bekämpft werden kann." Gerhard machte eine Pause und Klaus ergänzte aus den Gesammelten Werken von Mao Tse Tung mit Zusatzband Militärische Schriften vom den Verlag für fremdsprachige Literatur Guozi Shudian, Peking: "Der imperialistische Krieg muss mit dem antiimperialistischen Krieg bekämpft werden, der konterrevolutionäre mit dem revolutionären Krieg... ." - "Der Genosse Stalin sagt zum revolutionären Krieg...", "Darüber können wir später diskutieren", unterbrach jetzt Lutz die Genossin Sabine, bevor die aus den gesammelten Werken von Josef Stalin in 24 Bänden zitieren konnte. Ich überlegte angestrengt, ob ich aus dem Gesamtwerk Bertolt Brechts noch etwas beisteuern könnte, dass ich mir entgegen dem Anraten der Zellenleitung der Roten Garde der KPD/ML Bremen angeschafft hatte, aber es viel mir so schnell nichts ein. So übernahm Gerhard wieder die Leitung und senkte verschwörerisch die Stimme, obwohl er eigentlich außer dem Zeitpunkt der Aktion schon alles gesagt hatte, wir allein in Sabines Einzimmerwohnung waren und die Räumlichkeiten sicherlich nicht verwanzt waren.

"Gut Genossen", "und Genossinnen, so viel Zeit muss sein", ergänzte Sabine obwohl sie die einzige Frau unserer Gruppe war. "Also gut, und Genossin, betonte unser revolutionärer Zellenbeauftrager, "am Dienstagabend um 20:00 Uhr treffen wir uns an der Hinterseite des Waller

Bunkers, dort wo die Leiter nach oben geht. „Eine Leiter die nach unten geht, würde ja wohl auch kaum Sinn machen", grinste Klaus. Ohne auf die Bemerkung, die offensichtlich revolutionäre Einstellung vermissen ließ, einzugehen, organisierte Gerhard weiter. Ich besorge Walkie Talkies und bringe das Plakat mit, zwei Mann außer mir sollten reichen." "Wieder Mann", mokierte sich Sabine, „Frauen taugen wohl nicht für revolutionäre Arbeit." "Am Dienstag wollten wir eigentlich ins Kino", versuchte ich einzuwerfen. Gerhard warf mir einen vernichtenden Blick zu, „Kino, Kino, es geht hier um die Revolution, Genosse! Wahrscheinlich wieder so´ne bürgerlich imperialistische Scheiße." "Nee", versuchte ich mich zu verteidigen," im Cinema läuft im Programmkino irgendeine DDR-Produktion. "Das ist ja noch schlimmer, sozialfaschistische Revischeiße. Mensch, das ist aufsteigender Imperialismus, lies doch mal was die chinesischen Genossen dazu schreiben." Ich zog meinen Einwand zurück, bevor Gerhards Sermon noch in eine Grundsatzdiskussion über die Generallinie der Kommunistischen Partei ausartete. "Also Dienstag am Bunker, ich bin da." "Mensch Genosse, „ Gerhard wurde jetzt wieder pädagogisch weich," wir sind doch Vorbild für die proletarischen Massen, die KPD/ML ist die Vorhut der Arbeiterklasse."

Der auserkorene Dienstag, an dem die Aktion starten sollte, war ein grauer Novembertag mit leichtem Nieselregen und leichtem Nordwestwind. Wir standen an der Ecke des Bunkers, hatten uns eine Zigarette gerollt und warteten auf Gerhard mit der Leinwand. Lutz wollte sich gerade eine zweite Fluppe fertigmachen, als unser Zellenbeauftragter mit einer Stoffrolle unter dem Arm erschien. Die Parteiführung hatte sich als weithin sichtbaren Punkt das Dach des Bunkers ausersehen. "Lutz geht ´rauf!" entschied Gerhard. Wir schauten uns beide ein wenig verwundert an, wir waren davon ausgegangen, dass der Chef selbst den schwierigsten Part übernehmen wollte, sozusagen als Vorbild. Dann ließen wir den Blick an der Bunkerwand nach oben wandern und blieben Beide an dem Dachvorsprung hängen, der ca. 50 cm über die Mauer hinausragte. "Scheiße", sagte Lutz, "da komme ich nie ´rauf."Ach was, „ sagte der Zellenleiter, „das sieht nur von hier unten so aus." Woher er das wusste sollten wir nie erfahren. Lutz stopfte sich die Leinwand in den Rucksack, das quäkende Walkie Talkie in die Jacke und begann die

Metallleiter hinaufzusteigen. Je näher er dem Dach kam, desto langsamer wurde er. Endlich war er unter der Dachkante angelangt und wir hörten seine Stimme aus dem Sprechgerät schnarren: „Die Leiter ist hier zu Ende, unmöglich aufs Dach zu kommen, es geht hier einfach nicht weiter." "Du musst einen Weg finden, Genosse", Gerhards Rat war nicht sonderlich hilfreich. "Außerdem bin ich nicht schwindelfrei", ergänzte Lutz aus der Bunkerhöhe. "Du darfst nicht nach unten gucken, ein Revolutionär guckt immer nach vorn", ließ sich Gerhard vernehmen. "Es geht einfach nicht, ich komme wieder herunter." Einige Minuten später stand Lutz wieder auf festem Boden und drückte Gerhard die Leinwand in die Hand. „Sieh zu, wie du das Teil da aufs Dach bekommst, so geht es jedenfalls nicht." Der Zellenleiter drehte sich zu mir um, doch ich kam ihm zuvor:" Neeh, vergiss es, wenn Lutz das nicht schafft, schaffe ich das auch nicht. Gerhard packte die Leinwand wieder in die Tasche, murmelte etwas von ´da müssen Berufsrevolutionäre ran und verabschiedete sich mit einem Rotfront bis Morgen, stieg in seinen hellblauen Renault 4, den er eigentlich aus Tarnungsgründen weiter weg hatte parken sollen und verschwand in der Novembernässe.

Eine Woche später hatten womöglich alpinerfahrene Genossen das Kunststück bewältigt und die Leinwand auf dem Bunkerdach angebracht. Die Position der Partei konnte dem Bremer Proletariat allerdings nur drei Tage lang kundgetan werden, ein Wetterwechsel mit auffrischendem Nordostwind klappte die Leinwand wie eine Pizza Calzone zusammen und ließ die Parole in ihrem Inneren verschwinden.

Revolutionäre Verteidigung

Der Revolutionär guckt nicht nur nach vorne, sondern nutzt auch jede Plattform, um sich an die Massen zu wenden. Manfred war bei der letzten Sprühaktion in die falsche Richtung und damit genau in einen Streifenwagen gelaufen. Nach Aufnahme seiner Personalien war er zwar sofort wieder auf freien Fuß gesetzt worden, musste aber mit einer Anzeige wegen Sachbeschädigung rechnen. Die Verteidigung unseres Genossen hatte ein Anwalt des KBW des Kommunistischen Bundes Westdeutschlands übernommen. Er hatte Manfred vernünftigerweise geraten, zunächst einmal alles abzustreiten, denn "in dubio pro reo" musste der Staatsanwalt ihm schließlich sein Vergehen nachweisen und nicht umgekehrt er seine Unschuld beweisen.

Manfred hatte noch Zeit gehabt, die Farbsprühdosen in einem Vorgarten hinter einer Hecke verschwinden zu lassen, wo wir sie dann sichern konnten. Ohne Corpus Delicti stand die Anzeige also auf schwachen Beinen, wäre da nicht die Anweisung des großen Vorsitzenden der Partei Ernst Aust gewesen, alles und jedes in eine Anklage gegen den bürgerlichen Staat umzuwandeln. Im Klartext hieß dies, Manfred sollte zu seiner revolutionären Arbeit stehen, politische Arbeit leisten und sich mit einer Grundsatzrede an das Prozesspublikum wenden. "Du kannst den bürgerlichen Staat mit seiner Klassenjustiz bloßstellen wie die Genossin Rosa Luxemburg" sagte Gerhard", der Kampf wird überall geführt. Damit stand die Anklage nun auf verdammt starken Beinen.

Der Tag des Gerichts kam und die "Rote Garde Bremen", Jugendorganisation der KPD/ML, als einziges Publikum im Gerichtssaal vertreten, konnte von ihrem Genossen erfahren, was sie eh schon wusste bzw. vertrat. Manfred gelang es, eine halbe Seite seines mühsam ausgearbeiteten politischen Werdegangs zum Revolutionär zu Gehör zu bringen, bevor der Richter ihn unterbrach: "Haben sie eigentlich noch etwas zur Sache zu sagen, Herr Carstens?"

Während der Staatsanwalt sowie die beiden Polizisten sich ein Grinsen nicht verkneifen konnten, der Anwalt die Augen verdrehte, versuchte Manfred den Faden wiederaufzunehmen. "Während die bürgerliche Presse im Dienste des Kapitals über ihr Monopol die Meinung der arbeitenden Massen manipuliert, müssen wir jedes Mittel nützen, dem entgegenzuwirken." Offensichtlich lagen seine Ansichten und die des Gerichtes, was seine Sachdienlichkeit betraf, weit auseinander. "Das heißt auch mit Sprühdosen an unschuldigen Hauswänden?" unterbrach ihn der Richter erneut. "Im revolutionären Kampf sind alle Mittel erlaubt", antwortete der Angeklagte, „das bürgerliche Gesetz ist in diesem Fall nicht gültig." "Das sehe ich anders", sagte der Richter." "Klar", wusste Manfred, „sie als Vertreter des bürgerlichen Überbaus müssen natürlich das Kapital verteidigen."

"Bravo, nieder mit der bürgerlichen Klassenjustiz!" jetzt fand die Genossin Anke es an der Zeit, Manfreds kämpferischer Anklage des bürgerlichen Staates Beifall zu zollen. Mir wäre es lieber gewesen, als stiller Beobachter dem Prozess zu folgen, da als Flugblattverteiler mein Konterfei mit Sicherheit bereits in den Akten des Bremer Verfassungsschutzes abgeheftet war, zumal das Gebäude der Schau und Horch - Abteilung genau gegenüber des Haupteinganges unserer Schule lag und mehr als einmal der Vorhang sachte zur Seite gezogen wurde und einem Cameraobjektiv Platz gemacht hatte. Aber da die Partei immer recht hat, selbst wenn sie nicht recht hat, wie Gerhard mit überzeugender Dialektik zu erklären wusste, folgte ich der Parteidisziplin und fing ebenfalls an zu klatschen. "Du musst nach außen immer die Linie der KPD/ML vertreten, kritisieren darfst und musst du nur innerhalb der Partei, das ist demokratischer Sozialismus. Lies das mal in der Masch oder besser noch bei Stalin nach." Gerhard hatte natürlich die Gesamtausgabe, während ich mir nur das wichtigste bei Guozi Shudian, bei den chinesischen Genossen bestellte.

"Beifallskundgebungen sind zu unterlassen, das ist keine Theatervorstellung hier, sondern ein Strafprozess", der Richter schaute missbilligend in die Runde, das Klatschen wurde schnell weniger und erstarb, so als wenn man im Konzert an der falschen Stelle applaudiert. Der Anwalt tat sein Möglichstes und redete auf Manfred wie auf einen lahmen Gaul ein, doch der blieb stur. Es kam, wie es kommen musste. Vor den feixenden Gesichtern der beiden Polizisten wurde der Genosse Rotgardist zu Schadensersatz in Kombination mit einer Ordnungsstrafe verdonnert und die Rote Garde Bremen hatte ihren ersten Märtyrer.

Oldenburg, Bümmerstede Tredde

Bümmerstede ist ein Stadtteil der niedersächsischen Großstadt Oldenburg, entstanden aus einer Bauerschaft. Bümmerstede bildet den südlichsten Zipfel der Stadt.

Einen Großteil der Fläche von Bümmerstede nimmt die Henning-von-Tresckow-Kaserne ein, in der der Brigadestab der Luftlandebrigade 31 und Teile des Luftlandeunterstützungsbataillons 272 stationiert sind.

"Soldat, darf ich sie anfassen?", die Frage war offensichtlich mehr rhetorisch gedacht, denn Stabsunteroffizier Meyer zerrte bereits an meiner Uniform herum, die ich mir soeben aus der Kleiderkammer abgeholt hatte - "beim Bund gibt's nur zwei Größen wa, zu groß oder zu klein wa, hä hä hä." Jetzt standen wir zum ersten Mal angetreten vor der Kaserne und versuchten die Füße in den neuen Springerstiefeln auszurichten, „Schuhkante bis an den Kreidestrich, Hände an die Hosennaht, Blick geradeaus, das lernt ihr noch - auch ohne Kreidestrich!"

Nach einigem Hin- und Her hatten wir endlich die Orgelpfeifenreihe fertig, ich stand wie schon in der Schule wieder im letzten Viertel, "Merken sie sich ihren linken Nebenmann, damit das das nächste Mal etwas schneller geht."

"Wenn ich jetzt sage "Stillgestanden", dann liegen die Hände an der Hosennaht, die Füße stehen in eiiiner Reihe und der Blick geht geradeaus! Dann sage ich "die Augen geradeaus" und wenn der Kompaniechef kommt "die Augen links!" Noch Fragen-keine-gut."

"Ich hätte da doch noch eine Frage, „ ließ sich mein Nebenmann vernehmen, „wenn wir schon geradeaus gucken, wie sollen wir dann noch geradeauser gucken?" "Hätten sie doch gleich fragen können, also: "Augen geradeaus" ist ein Befehl, und Befehl ist Befehl und muss befolgt werden, jetzt klar?" Für eine Rückantwort war keine Zeit mehr, denn nun trat der Ernstfall ein. Mit leicht gebremstem, aber zackig militärischem Schritt näherte sich der Kompaniechef unvorhergesehener Weise von der rechten Seite. "Stiiiiilgestanden, die Augen geradeaus, die Augen links, ähh rechts" und das Chaos war komplett. Einige hatten den Kopf nach links gedreht, einige den Befehl wörtlich genommen und nur die Augen gedreht und waren damit schon nahe am Schielen, der Rest guckte entweder nach rechts oder wartend auf mögliche weitere Änderungen wieder geradeaus. "Noch oanmoi, Herr Stabsunteroffizier, des is jo oan Sauhaufen!" der Kompanieführer, Hauptmann Huber aus Bayern war andere Ergebnisse gewöhnt. "Jawoll, Herr Hauptmann! Diiie Augään geradeaus, die Augen links!" Jetzt guckten alle links am Hauptmann vorbei, der direkt vor uns stand. "Zur Meldung an den Kompaniechef, die Augen geradeaus! Kompanie vollständig angetreten, Herr Hauptmann!" Jetzt war der Kompaniechef an der Reihe:"Kompanie, rühren!", den Befehl hatte Stuffs Meyer in der Kürze der Zeit noch nicht erklären können und so blieben die Meisten, um nichts falsches zu tun, einfach stehen. "Rühren habe ich gesagt, das heißt einen Fuß vorschieben und bequem stehen, keinen Schritt nach vorn, sie Hornochse, mein Gott, sie haben noch einen weiten Weg vor sich."

"Wie heißen sie, Herr Panzerschütze?" Ein Soldat in der Panzerkompanie ohne Rang war immer ein Panzerschütze. "Reincke heiß ich." "Reincke wie?", der Abstand zum Kompaniechef verringerte sich. "Reincke, Bernd, äh Bernd Jens." "Reincke, Herr Hauptmann!" "Jawoll", das "Jawoll" hatte ich mir schon gemerkt. "Reincke, Bernd Jens, Herr Hauptmann, jawoll!" ein weiteres Jawoll konnte nicht schaden, dachte ich mir. "Herr Panzerschütze, morgen sehe ich sie hier mit kurzen Haaren!" "Herr Hauptmann, ich komme gerade vom Friseur!", ich hatte seit meinem Eintritt in die "Rote Garde" der KPD/ML einen Fasson Schnitt mit leicht bedeckten Ohren. "Vom Hippiefriseur vielleicht, morgen sehe ich sie mit kurzen Haaren, Stuffz Meyer zeigt ihnen den Weg. Das gleiche gilt für die meisten hier."

Er ließ seinen militärisch geschulten Blick über den "Sauhaufen" gleiten und blieb an einem meckikurzem Rekrutenschopf hängen. "Kommen sie mal her, Herr Panzerschütze!" Ohne zu fragen, ob er ihn anfassen dürfe schob er Rolf Vetter vor die angetretene Mannschaft und verwies auf dessen Resthaarbestand. „Das ist eine angemessene militärische Frisur, meine Herren, Meyer notieren sie einen Tag Sonderurlaub für den Soldaten, sie können dann wieder übernehmen und mit der Ausbildung fortfahren."

„Aachtuung, " jetzt war Meyer wieder an der Reihe," iiiin die Unterkunft weggeträätäänn." Der Befehl war zumindest nachzuvollziehen, obwohl ich nicht ganz sicher war, ob jetzt zuerst mit links oder rechts, im Gleichmarsch oder gerührt oder wie auch immer der Weg auf die Stuben genommen werden sollte.

Mit dem Pfiff einer Trillerpfeife gefolgt von dem Gebrüll "Kompanie aufstehen! „des Unteroffiziers vom Dienst, kurz UvD genannt, ersatzweise auch vom GvD, dem Gefreiten vom Dienst begann für die nächsten 15 Monate der Tag für die Panzerschützen der 2. Kompanie des 314 ten Panzerbataillons in Oldenburg. Beendet wurde der Tag gern mit einem zünftigen Marschlied, ein besonderes Hobby des Kompanieführers. Auch dafür gab es natürlich ein festgelegtes Ritual. Anstatt einfach einen Vorschlag zu machen wie: "Lasst uns doch einmal "Im Frühtau zu Berge" singen", wird bei der Bundeswehr ein Lied befohlen oder besser noch gerührt. Dafür zuständig war wieder Stuffz Meyer:"Kompaniiiie, rührt euch ein Lied!" war die dafür notwendige Einleitung. Nun musste der vorn links Marschierende einen Vorschlag machen. In Frage kamen dafür nur wenige Lieder, in die engere Wahl sogar nur der Westerwald oder das Panzerlied, die einzigen Lieder, deren Text wir bis dahin auswendig gelernt hatten. "Das Panzerlied" schrie also Arno zurück, der zwar der unmusikalischste der Truppe war, aber wegen seiner Größe nun einmal rechts vorn marschierte. Jetzt wurde der Vorschlag weitergereicht bis er am Ende des Marschblocks angekommen war, was mit "Lied durch!" von dort wiederum brüllend bestätigt wurde. Nun folgte der schwierigste Teil der Prozedur, das Anstimmen des Liedes, was Arno regelmäßig an seine musikalischen Grenzen brachte.

"Ob´s stürmt oder schneit, ob die Sonne uns lacht, der Tag glühend heiß oder eiskalt die Nacht, verstaubt sind die Gesichter, doch froh ist unser Sinn, es stürmt unser Panzer im Sturmwind dahin..." Später erfuhr ich, dass mein Vater das Lied auch kannte und zwar von der Kriegsmarine, wobei dort natürlich der Panzer durch ein Schnellboot ersetzt worden war. Spätestens bei Sonne musste nun der Rest der Kompanie die Melodie aufgenommen haben, sonst ging der ganze Anstimmprozess von vorne los. Stuffz Meyer war zwar ebenfalls eine musikalische Null, aber der Kompaniechef gab erst grünes Licht für den Feierabend, sobald ein Lied mit allen Strophen akzeptabel beendet worden war. Bis zum erlösenden "Kompanie hat gut gesungen, Kompanie kann Feierabend machen!" mussten die Panzerschützen vor dem Kompaniegebäude hin- und hermarschieren.

Nach drei Monaten hatten wir schließlich unsere Grundausbildung in Schießen, Anschleichen, Tarnen und Marschliedsingen absolviert. Wir kannten die wichtigsten Militärfahrzeuge des Warschauer Paktes und vor allem der DDR, damit wir bei einem plötzlichen eintretenden Krieg, mit dem ja immer zu rechnen war nicht auf die eigenen Fahrzeuge schossen, hatten erfahren wie unmenschlich das Militär, und vor allem die Wehrpflichtigen auf der anderen Seite der innerdeutschen Grenz zu blindem Gehorsam gedrillt wurden, und waren damit reif für den zweiten der Teil der Ausbildung. Wir meldeten uns an einem schönen Sommertag wie befohlen ab und machten uns zur Kür Richtung Lützwow-Kaserne in Schwanewede auf, um uns bei der 2.Kompanie des 324. Panzerbataillons zu melden.

Gottseidank war Sommer befohlen, ein bei der Bundeswehr kalendarisch festgelegter Akt und so konnten wir in Sommerausgangsuniform bei warmen 25° Celsius - einige Tag vorher war noch Winter befohlen, dann hätten wir wahrscheinlich im Wollmantel reisen müssen - uns auf den Weg gemacht. Also die Deep Purple Cassette in den Recorder geschoben, Fenster heruntergedreht und auf Niemals Wiedersehen Bümmerstede.

Schwanewede, Lützow-Kaserne

Schwanewede ist eine östlich und nördlich von Bremen-Nord gelegene Einheitsgemeinde mit etwa 20.000 Einwohnern im Landkreis Osterholz in Niedersachsen. Einige Ortsteile befinden sich direkt an der Unterweser.

Werkzeuge jungsteinzeitlicher Siedler wurden in der Schwaneweder Gemarkung gefunden und aus der Bronzezeit (um 1800 v. Chr.) sind einige Hügelgräber im Gemeindegebiet erhalten geblieben. Die Hügelgräber in der Neegenbargsheide liegen nördlich von Schwanewede. Der Name Schwanewede wurde 1203 erstmals urkundlich als Personenname erwähnt.

Schwanewede war seit 1958 ein wichtiger Standort der Bundeswehr. Seitdem waren hier neben dem Panzergrenadierbataillon 323 und dem Panzerartillerielehrbataillon 325 auch andere Artillerie- und Instandsetzungsverbände der Panzergrenadierbrigade 32 stationiert.

"Die Parkplätze für die W15er sind dahinten gegenüber der zweiten Einfahrt zum Kasernengelände", der Wachoffizier zeigte mit dem Finger die Straße entlang. "Später bekommt ihr in eurer Einheit eine Parkmarke, damit die Wache weiß, dass ihr hierher gehört." Die 2/324 lag weit hinten auf dem Kasernengelände, so dass sich der Weg vom Parkplatz zum Eingangstor noch einmal um die gleiche Strecke verlängerte.

Wir stellten unsere Seesäcke vor der Tür des Kompaniefeldwebels ab, klopften an und öffneten die Tür ohne auf Antwort zu warten. An einem Schreibtisch hinter dem Tresen saß ein Obergefreiter und hackte mit zwei Fingern auf einer Schreibmaschine herum, durch eine halbgeöffnete Tür sahen wir den Spieß der Kompanie, Hauptfeldwebel Dech den Kopf zu uns herumdrehen. "Also, guten Tag, wir kommen aus Oldenburg und ... " "Raauuss! ziehen sich erstmal anständig an." Die Bekleidungsanalyse nahmen wir vor der Tür vor, Thomas zog seine Krawatte hoch und ich knöpfte mein Hemd zu, dann streiften wir uns unsere bundeswehrgrauen Jacketts über, trotz Sommerbefehls, und setzen unsere Barretts auf, indem wir vorschriftsmäßig mit der linken Hand das Panzeremblem festhielten und mit der rechten Hand die Kopfbedeckung Richtung Ohr zogen. Wir überprüften uns ein letztes Mal gegenseitig und dann ging es zum zweiten Versuch "Anmeldung in Schwanewede". Kurzes Anklopfen, Tür auf und hinein in die Höhle des Löwen. Diesmal versucht es Thomas: "Guten Tag Herr Hauptfeldwebel, wir sind von der 2/314 in Oldenburg und... " "Rausss und kommen sie wieder wenn sie eine anständige Meldung machen können." "Mann wie war das denn noch mit der korrekten Meldung?" wir kramten in unseren Grundausbildungserinnerungen und mussten feststellen, dass wir gerade bei dem Thema "Innere Führung" themabedingt nicht aufgepasst hatten. Also neuer Versuch auf gut Glück, jetzt war ich wieder an der Reihe. Klopfen, Tür auf, militärischer Gruß und los: „Gefreiter Reincke und Gefreiter Zirwes melden sich von der 2/314 in Oldenburg zur 2/324 in Schwanewede." "Herr Gefreiter!" - ob der Spieß wohl morgens mit Whisky gurgelte? seine Stimme hört sich verdächtig danach an - "erst einmal nehmen sie das Barrett ab, dann heißt die Meldung: ich, Gefreiter Reincke und mein Kamerad Zirwes melden sich mit Wirkung vom 1.8.1977 von der 2.Kompanie des 314 Panzerbataillons in Oldenburg zur 2. Kompanie 324 in Schwanewede zum Dienstantritt!""Jawoll, Herr Hauptfeldwebel", bellte ich zurück, ein Ton, der ihm wohl zu gefallen scheint. "In einer halben Stunde Einweisung in der Messe, bis dahin können sie Spind einräumen und Stube fertigmachen. Stuffs Krause sagt ihnen welche.""Jawoll, Herr Hauptfeldwebel, melde mich ab." Mit einer sicherlich nicht vorschriftsmäßigen Handbewegung waren wir zunächst einmal entlassen. Zirwes sah mich an, ich sah ihn an und wir wussten, dass wir beide das gleiche dachten: „Irgendwie sind wir hier im falschen Film."

Im Versammlungsraum lief der falsche Film lief weiter. Kaum war die angekündigte halbe Stunde verstrichen vernahmen wir, die wir inzwischen unserer Plätze eingenommen hatten, kurze zackige Schritte, Hauptfeldwebel Dech kam, wie angekündigt begleitet vom Kompaniewachhund - eine Art schwarzem Schäferhund mit leicht perversen Tendenzen, wie wir später feststellten - , von zwei Unteroffizieren, besagtem Stabsunteroffizier Krause und noch ein wenig unscheinbarer Stabsunteroffizier Meyer. Die beiden Stuffze nahmen rechts und links vom Kompaniefeldwebel vor uns ihre Plätze ein, der Hund legte sich vor sein Herrchen und die Show begann. „Meine Herren Panzerschützen, sä sind wohl der Meinung, sä hätten in den letzten 3 Monaten schon viel gelernt, aber sä wässen noch gar nichts! Här läuft der Hase anders", dabei wusste er gar nicht wie der Hase bisher gelaufen war. Und nun ging es eine halbe Stunde in dem Ton weiter, „wenn sä Urlaub brauchen, weil sä zum Zahnarzt müssen, gäbt äs näch! Wenn sä Urlaub brauchen, weil ihr Auto zum TÜV muss oder ihre Mutter krank ist, gäbtäsnäch! Es sei denn - er machte eine bedeutungsvolle Pause - sä verrächten ihren Dänst 100%ig von der ersten bis zur letzten Minute. Herr Panzerschütze, wenn es heißt Lederappell, was bedeutet das?" er richtete seinen Blick auf mich. Ich konnte noch gerade rechtzeitig realisieren, dass ich doch nicht im Film war und antwortete: „Das die Ledersachen sauber und eingefettet sind, Herr Hauptfeld." "Stehen sie auf, wenn sie antworten, wie sauber müssen die Ledersachen sein?" „Blitzblank Herr Hauptfeld, wie neu Herr Hauptfeld." "Dann halten sie sich ab jetzt daran, Herr Panzerschütze, ich dulde keine Schlamperei. Hab' ich Recht?" Dies war natürlich wieder eine rhetorische Frage und richtete sich an seine beiden Unteroffiziere, die jedes Mal bei dieser Frage - und diese Frage kam nach jedem 2. Satz - wie Stehaufmännchen mit einem "Jawoll Herr Hauptfeldwebel" aufsprangen.

"Will der aus uns auch solche Hampelmänner machen?", raunte mir Zirwes zu. "Wenn sie etwas zu sagen haben, melden sie sich, Herr Panzerschütze", dem Kompaniefeldwebel war der Beitrag nicht entgangen. "Jawoll Herr Hauptfeld, „ Zirwes hatte schnell gelernt und war aufgesprungen, wobei der Stuhl nach hinten kippte," blitzblank und sauber das Leder, Herr Hauptfeld, und alles Metall strahlend blank geputzt, Herr Hauptfeld, so muss es sein!"

Die Mutter der Kompanie machte eine kleine Pause und schien nicht recht zu wissen, wie der Beitrag einzuordnen wäre. Aber Zirwes blieb todernst, durfte sich wieder setzen und der Sermon ging weiter.

Nach einer guten halben Stunde durften wir uns auf unsere Stube zurückziehen. "Mann", Zirwes musste sich erstmal Luft machen, „was war denn das jetzt für eine Nummer? Das scheint ja wohl nicht nur der falsche Film zu sein, das scheint ja wohl auch das falsche Zeitalter zu sein, ist der aus einem Nazifilm ausgebrochen?"

Wir waren noch beim Einräumen, als die Tür aufflog und der Kompanieführer mit seinen drei Witzfiguren hereinpolterte. Wir knallten die Hacken zusammen und sprangen in 'Habacht-Stellung'. "Achtung!", brüllte ich, "mich dem Schwaneweder Kasernenton anpassend, "Stube drei, ääh mit acht Mann belegt, wie befohlen beim Einräumen, Herr Hauptfeldwebel!", ich hatte doch etwas in der Grundausbildung gelernt. Der Ton schien ihm zu gefallen, denn mit leichtem Grinsen fragt er mich: „Bei wieviel Grad kocht Wasser, Herr Panzerschütze?" Ich war mir nicht sicher, ob es sich hier um eine Fangfrage handelte, doch bei einer zweiten Überlegung traute ich ihm dann doch nicht so viel zu. "Bei 100° Grad Celsius, auf Meereshöhe soviel ich weiß, Herr Hauptfeld." "Na sähen sä, Abiturient was? Also mehr als Wasserkochen tun wir hier auch nicht", war der philosophische Hintergrund seiner Frage, "Fertig einräumen, dann gähen sä mit Stabsunteroffizier Kruse zur Kleiderkammer und holen sich Panzerkombi und Springerstiefel, klar Krause?" Krause machte Männchen und nickte: "Jawoll Herr Hauptfeldwebel!"

Stuffz Krause war offensichtlich kein Abiturient, und diesen intellektuellen Abstand beschlossen wir spontan zu nutzen. Das einzige Kriterium für ihn war seine Position in der Hackordnung, er war Stabsunteroffizier und versuchte sich über seinen Rang in einer in gewisser Hinsicht bemitleidenswerten Art und Weise Respekte zu verschaffen, indem er entweder einfache das wiederholte, was der Kompaniefeldweber Minuten vorher bereits erzählt hatte oder indem er versuchte zu schikanieren, wie er ebenfalls schikaniert worden war oder wurde.

Der Weg zur der ein paar Blocks weiter liegenden Kleiderkammer war leicht zu finden und bedurfte somit eigentlich keines Wegführers. Doch Stuffz Krause nahm seine Aufgaben, zumindest diejenigen, die er zu beherrschen vermeinte, ernst und so marschierten wir, mit unserem Schwaneweder Scout vorneweg die Kasernenstrasse hinunter, um unsere Ausrüstung zu ergänzen. Ob es an der Hitze an jenem Augusttag lag, der Aussicht auf baldigen Feierabend oder vielleicht auch an der Führeransprache des Kompaniefeldwebels lässt sich im Nachhinein nicht mehr feststellen. Zuerst kam Terbrack aus dem Tritt, der Bauensohn aus Westfalen, dann stolperte Meyer und trat seinem Vordermann auf die Fersen und in kürzester Zeit wurde aus dem Marschtritt ein Chaos durcheinander stapfender Panzerschützenfüße. Das Ganze ging natürlich nicht ohne Gelächter über die Bühne - mein Gott, wenn der Spieß uns jetzt sähe - Stuffz Kruse warf einen Blick über seine linke Schulter nach hinten, sah nichts und erinnerte sich schlagartig, dass er selbst links vor der Truppe marschierte, also links hinter ihm nichts sehen konnte, drehte nun den Kopf um 270 Grad in die andere Richtung, schaute rechts über die Schulter und sah das Chaos. Er drehte sich jetzt ganz um, knallte die Stiefel zusammen, was für ihn eigentlich gar nicht vorgeschrieben war und brüllte: "Kompaniiiiieee, halt! Stillgestanden! Nach hinten weggetreten, marsch, marsch!!" Nach hinten weggetreten bedeutete, dass wir einfach loslaufen mussten, bis der Pfiff kam, wir wieder stillstehen mussten und dann beim nächsten Befehl: "Angetreten, marsch, marsch!" uns wieder in Reih und Glied vor, in diesem Fall

Stuffz Kruse, aufbauen mussten. Das Procedere war somit bekannt, nur hatte Stabsunteroffizier Kruse, im Gegensatz zu seinen Panzerschützen, übersehen, wo die Truppe gerade vor ihm angetreten war, nämlich direkt vor der Offiziersmesse. So hatte er auch das vom Kasernenkommandanten neu angelegte Rosenbeet vor der Messe übersehen, über das jetzt wie befohlen die gesamte Truppe Panzerschützen hinwegtrampelte, während von den Fenstern der Messe die höheren Offiziere mit Entsetzen zusahen, wer da quer durch die Kasernenbotanik auf sie zu rannte. Kruse, nicht gerade mit höheren Geistesgaben gesegnet, erkannte zwar seinen Fehler und schrie "halt!" Doch anstatt jetzt vorsichtig zu versuchen, seine Rekruten aus dem Beet zu lotsen, um weitere Schäden zu vermeiden, kam das unvermeidliche "Angetreten, marsch, marsch!" wie er es gelernt hatte und wie es halt zu dieser Sequenz dazugehörte. Und so jagte die Horde ein zweites Mal durch die Kommandantenfloristik, die damit für diesen Sommer endgültig vernichtet war und baute sich vor Stabsfeld Kruse auf, dessen Gesichtsfarbe von Rot über Weiß zu Grün wechselte.

Kruse versuchte nie wieder einen Befehl zu geben, wenn nicht gerade der Kompaniefeldwebel in Hörweite war, fragte nur höflich nach, wenn etwas zu erledigen war, was er nicht allein schaffte. Wochen später erklärten wir ihm bei einem Bier in der Mannschaftsmesse vorsichtig seinem geistigen Alter entsprechend, dass wir am besten Miteinander auskämen, wenn keiner dem anderen ans Bein pinkelte.

Vater auf der Flucht

„Das ist doch alles nur Kriegsspielerei, da war bei uns in der HJ ja noch mehr los", sagte Vater beim Abendessen zu meinem Bundeswehrbericht. Weißt du das ich mit 17 Jahren noch eingezogen worden bin, im Jahre 1945?" „Ja und dann wäre er beinahe noch den Russen in die Hände gefallen und vielleicht nach Sibirien ins Lager gekommen, und dann hätten wir uns 1946 nicht beim Tanzen in der Munte kennengelernt, weil Vati da nicht zusammen mit meinem Bruder Ludwig – sie hatte nur einen Bruder – hingegangen wäre, um sich mit Waltraut zu treffen und die ihn dann versetzt hatte, und dann wärst du auch nicht geboren oder vielleicht von einem anderen Vater oder einen anderen

Mutter." „Okay", unterbrach ich, um die gegen Unendlich gehende Kausalitätskette ihrer Argumentation zu stoppen. Sie nahm einen Schluck aus ihrer Tasse und gab den Ball an meinen Erzeuger zurück, der noch einmal um den fernen Osten herumgekommen war. „Es klingt vielleicht verrückt, aber ich habe mich sogar freiwillig gemeldet." „Wie bitte, freiwillig zu Großdeutschlands Wehrmacht?" mir klappte die Kinnlade herunter, Vater war schließlich ein eiserner Wähler der Sozialdemokraten aber was heißt das schon, auch sein Vater war anfangs Sozialdemokrat bevor der der SA und der dazugehörigen Partei beitrat. Vater schaute mich an und machte ein bedenkliches Gesicht, er kramte in einer Schublade und holte ein vergilbtes Notizbuch hervor. Auf dem Einband konnte man noch ein eingraviertes Hakenkreuz erkennen und darunter die Zahl 1945. Hier habe ich alles notiert, von meine Einberufung bis zur Lagerhaft bei den Tommies, das heißt bei den Engländern. „Tja, das verstehe ich bis heute nicht, wenn Tante Emmi" – ein Schwester meiner Großmutter – „dir damals in Hamburg Zivilklamotten gegeben hätte nach der Entlassung, dann hätten die Engländer dich nicht als Soldat erkannt und du wärst vielleicht nach Hause durchgekommen ohne Kriegsgefangenschaft in Bergen, in dem Lager mit den Läusen und den SS-Leuten."

Vater schob mir ein Foto rüber, „so sah ich damals aus, in dem Monat in dem ich eingezogen wurde." „Ich denke du hast dich freiwillig gemeldet", gab ich zu bedenken. „Ja, aber nur um das Schlimmste zu vermeiden, an Endsieg hat doch damals - außer Hitler und seine Paladinen vielleicht – kein Mensch mehr geglaubt, wir wollten doch nur das der ganz Mist vorbei ist, wie auch immer. Klar gab es noch ein paar verbohrte, indoktrinierte und belogene in meinem Alter, so wie in dem Film ‚Die Brücke', den habt ihr doch neulich in der Schule gesehen?" - ich nickte – „aber die Meisten fühlten das der Karren im Dreck saß. Bei mir sah das so aus:

Papa erzählt: 1944 freiwillig gemeldet

Seit dem 8.Januar 1944 war ich 16 Jahre alt. Der Sommer hatte Einzug gehalten und in weniger als einem halben Jahr würde ich meinen

17. Geburtstag feiern. Mit 17 Jahren war ich wehrpflichtig, was wiederum bedeutete, dass meine Einberufung zur Wehrmacht bevorstand.

Wenig später sollte die Großdeutsche Regierung im Rahmen des Volkssturms sogar noch die Kinder des Jahrgangs 1929 mit in den Krieg treiben.

Wenn es auch keiner offen zu sagen wagte, so waren doch selbst langjährige Parteimitglieder wie mein Vater davon überzeugt, dass der Krieg nicht mehr allzu lange dauern konnte. Ich hatte mir mit meinem Freund Werner die Frontlinie auf dem Schulatlas angeschaut und die Orte der letzten Kampfhandlungen gesucht. Es war nicht zu übersehen, dass der Krieg bereits die Reichsgrenzen überschritten hatte und sich die Schlinge unaufhaltsam zusammenzog. Das Großdeutsche Reich war auf dem besten Weg ein kleindeutsches Reich zu werden oder vielleicht sogar ganz von der Landkarte zu verschwinden.

Als ich am Abend des 15. Augustes nach Haus kam, fing mich Mutter schon an der Treppe ab. Der Eigentümer des Hauses in der Tietjenstraße 24 schob wie immer die Gardine vor seiner Haustür ein wenig zur Seite, in der Hoffnung irgendetwas in die Hand zu bekommen, womit er uns bei irgendeiner Behörde diskreditieren könnte - bisher erfolglos. Ich schloss die Eingangstür zu unserer Wohnung auf und wir stiegen ein paar Stufen die Treppe hinauf. „Vater ist bereits von der Arbeit gekommen und sitzt in der Wohnstube, er sagt, er hätte etwas Wichtiges mit dir zu besprechen." Mutter machte dabei ein etwas ängstliches Gesicht, er hatte sie offensichtlich nicht eingeweiht. Ich ging im Kopf kurz die letzten Ereignisse durch, konnte aber nichts finden, was ein Donnerwetter hätte rechtfertigen können. So hängte ich meine Jacke an den Haken der Garderobe und betrat das Wohnzimmer. Hinter einer Wolke aus Zigarrenqualm, die sich vom Stammplatz meines Vaters am Fenster aus langsam im Raum verteilte, sah ich meinen alten Herrn sitzen. Er hatte noch seine grüne Uniformjacke an, wodurch die Situation einen etwas offiziellen Charakter bekam. Vielleicht wollte mein Vater wollte damit aber auch die Wichtigkeit betonen, die er dem Folgenden beimaß. Ich zog einen Sessel heran und nahm an der anderen Seite des Wohnzimmertisches Platz, direkt unter dem Bild des Führers. „Du wolltest mich sprechen, Vater?", fiel ich mit der Tür ins Haus. „Ja, es geht um deine Einberufung", mein Vater verschränkte die Arme, legte seine Zigarre im Aschenbecher ab und lehnte sich im Sessel zurück. Er hatte Recht, meine Musterung stand kurz bevor. Eine Einberufung konnte mich überallhin verschlagen und das bedeutete auch die Möglichkeit zur Waffen SS zu kommen. Ich wusste nicht genau warum, aber irgendwas sagte mir, dass ich letzteres unbedingt vermeiden sollte. Mein Vater war als Parteimitglied der ersten Stunde natürlich besser informiert. Er war bereits sehr früh der NSDAP beigetreten, hatte als SA-Mann aktiv an der Pogromnacht, verniedlichend auch Kristallnacht genannt, teilgenommen und sich seine weitere Karriere in der Hansestadt nur vermasselt, weil er der Überzeugung war, auch seine privaten bzw. beruflichen Angelegenheit nach SA-Manier per Faust erledigen zu müssen. Er hatte seinem direkten Vorgesetzten mangels Argumenten einen technischen K.O. verpasst, was schließlich zu seiner Versetzung nach Bremen führte. Und so wohnten wir jetzt bereits 8 Jahre in der Tietjenstraße in Bremen Horn. Seine körperliche Argumentationsnachhilfe hatte sich dadurch allerdings nicht geändert, er schaute jetzt nur genauer hin, bevor er zulangte.

„Hör zu Carl-Joachim!" mein Vater sah mir direkt in die Augen, "Ich habe mir folgendes überlegt: Wenn du dich als Reserveoffiziersanwärter bei der Marine bewirbst und wenn du angenommen wirst, ist der ganze Zinnober hier vorbei, bevor du deine Ausbildung beendet hast." Vorsichtshalber fügte er noch hinzu: "Ich meine natürlich den Endsieg", wobei sein Gesicht einen ganz leicht sarkastischen Ausdruck annahm. Diese Vorsichtsmaßnahme war nicht zuletzt für unseren Vermieter und Nachbarn, Herrn Bruns gedacht, bevor der vielleicht etwas gefunden hätte, uns am Zeug zu flicken. Frau Bruns stand ihrem Mann in nichts nach und so herrschte in unserem Haus stets ein latenter Kriegszustand, den ich noch angestachelt hatte, als ich unserem Vermieter einen Eimer Wasser über den Kopf gestülpt hatte, als er mich nicht in den Kohlenkeller lassen wollte. Diese Aktion war natürlich ganz im Sinne meines Vaters und so hatte ich als Auszeichnung eine Kinokarte bekommen.

„Was denkst du? Sag mal was." Bei meinem Vater, dem Wachtmeister Heinrich Reincke klangen solche Ratschläge eher wie Befehle. Meine

Mutter war mit einem Tablett in der Wohnzimmertür aufgetaucht und nickte wie gewöhnlich stumm. Mein Bruder Manfred stand mit einem Schulbuch in der Hand hinter ihr, er war mit seinen 14 Jahren noch zu jung um sich um derlei Dinge zu kümmern.

Der einzige Weg also, eine Einberufung zur SS zu vermeiden, war der Empfehlung meines Vaters zu folgen und mich freiwillig bei der Deutschen Wehrmacht zu melden. Vater war bereits seit 1930 Parteimitglied und hatte offensichtlich auch ein ungutes Gefühl die SS betreffend – oder war es mehr als das, wusste mein Vater vielleicht mehr als er sagte?

Ich war bereits seit 1942 bei der Marine-HJ und dort zum Oberscharführer aufgestiegen. Für mich stand fest, wenn ich mich schon freiwillig meldete, dann auf jeden Fall zur Marine.

„Wenn sich dann tatsächlich die SS noch einmal melden sollte, kannst du denen das Papier von der Marine unter die Nase reiben, das sollte genügen, so und jetzt will ich endlich Abendbrot essen." Mutter verschwand wieder in der Küche, während mein Vater endlich die Uniformjacke mit seiner Strickjacke tauschte, ein Zeichen dafür, dass für unser Familienoberhaupt nun der Feierabend begonnen hatte.

Weihnachtsfeier im Bunker

Der 17. Dezember 1944, ein Sonntag, war ein kalter und regnerischer Tag, graue Wolken zogen über den Bremer Himmel hin und luden ihre Mischung aus Regen, Schnee und Hagel über der bereits stark durch Bomben heimgesuchten Hansestadt ab. Seit Freitag hatte ich keinen Alarm mehr in meinem Tagebuch notiert. Diese Einträge hatten die früher notierten Wetterberichte der letzten beiden Jahre verdrängt, seit auch Bremen Opfer der englischen und alliierten Luftangriffe wurde und seitdem der Ministerpräsident Göring eigentlich Meier heißen müsste, da er großspurig im Radio getönt hatte, er wollte sich so nennen, wenn die erste Bombe auf reichsdeutsches Gebiet fiele.

Ich, seit diesem Jahr Lehrling im Ausbesserungswerk der Reichsbahn, holte mein Fahrrad aus dem Schuppen der Tietjenstraße 24 in

Bremen-Horn, um mich mit den Kameraden der Marine-Hitlerjugend zu treffen.

Dieses Jahr sollte die Weihnachtsfeier im Zwinglibunker in Findorff stattfinden, weil unser HJ-Vereinsheim an der Weser durch einen Bombenvolltreffer auf Streichholzgröße zerlegt worden war. Nicht auszudenken was mit uns passiert wäre, wenn wir uns dort getroffen hätten. Der Bunker war zwar kein sehr anheimelnder, doch dafür recht sicherer Ort. Ich bog rechts in die Achterstraße ein, fuhr die Eisenbahnlinie entlang, an der Schranke und dem Jan-Reiners Bahnhof vorbei bis zum Bürgerpark.

"Ich habe mich freiwillig zur Marine gemeldet, Leute!" Mein Freund Ludwig schaute mich an, als ob ich nicht ganz bei Trost wäre. Er war in etwa gleichaltrig und musste somit auch über kurz oder lang mit seiner Einberufung rechnen. Zwei seiner drei Schwestern mit der Kinderlandverschickung, kurz KLV genannt, in bombensichere Städte ausquartiert worden, nur die kleine Etta war aufgrund ihres Alters zu Haus geblieben. Hanno schien den Grund für meinen Entschluss zu kennen: "Wahrscheinlich wirst du noch in der Ausbildung sein wenn" - er machte eine Pause - "der ähm Endsieg da ist." "Na ja, durchaus möglich", ich musste zurückgrinsen. Kommt, darauf trinken wir einen. Er holte aus seinem Rucksack eine Flasche Schnaps mit dieser unbestimmten grüngrauen Farbe, die mich an meinen Kater von letztem Sylvester erinnerte. Na dann "Frohe Weihnachten und so weiter", ich nahm ein wenig widerwillig einen Schluck, ich wollte mir nichts anmerken lassen. Der Geschmack entsprach der Farbe. Großzügig reichte ich die Flasche weiter, schließlich sollte jeder etwas bekommen. Glücklicherweise gab es nur diese eine Flasche, sodass ich nur noch einen zweiten Schluck ertragen musste.

"Im Blockland ist eine Lancaster abgeschossen worden", sagte ich, "ganz in der Nähe der verlängerten Vorstraße. Ich habe mir ein paar Teile organisiert, das Größte musste ich leider wieder wegbringen, meine Mutter wollte es nicht im Haus haben, auch die scharfe Munition musste ich wieder wegbringen, schon allein wegen Manfred. Vor ein paar Tagen, sagte mein Vater, wurde einem Jungen die halbe Hand abgerissen, weil so ein Ding hochgegangen ist."

"Geht mir genauso, "sagte Hanno, "meine Mutter haut mir das Zeug um die Ohren, wenn ich damit nach Haus komme. „Deshalb habe ich alle meine Schätze bei Friedo in der Garage."

Ludwig meldete sich: "Bei uns in der Arensburgstraße ist eine Bombe durchs Dach bis in den Keller gefallen, ohne zu explodieren und bei den Nachbarn hat eine Brandbombe das ganze Haus abgefackelt, bevor die Feuerwehr da war."

Meine Großeltern sind zu uns gezogen, weil deren Haus auch nicht mehr steht, das heißt nahezu die ganze Straße ist weg. Wahrscheinlich versuchen die Engländer die Hafenanlagen zu bombardieren und zu zielen so schlecht. Mein Vater sagt, die wollen die Arbeiter demoralisieren um das System zu destabilisieren. Aber das klappt nicht, die kämpfen nur noch verbissener für den Endsieg. Dabei betonte er das Wort Endsieg so merkwürdig, als ob auch er nicht mehr so überzeugt davon wäre. Sein Vater hatte schon seit langer Zeit den Glauben an das "Tausendjährige Reich" verloren, trotz Parteimitgliedschaft und aktiver Teilnahme am Stahlhelmbund, der inzwischen allerdings in die SA eingegliedert worden war. Ich hatte ihn häufig genug bei meinen Besuchen gegen das Regime fluchen hören, wenn irgendwelche Propagandanachrichten im Radio kamen, die nichts mehr mit der Realität zu tun hatten. Seine Frau, Ludwigs Mutter, versuchte dann schleunigst zu beschwichtigen: "Denk an die Kinder und halt deine Meinung für dich." Sie hatte natürlich Recht, ich wusste aus meiner Klasse, dass einfach durch Weitertratscherei die Gestapo vor der Tür eines Klassenkameraden gestanden und die Eltern abgeführt hatte. Das war vor fast einem Jahr passiert und sie waren bis heute noch nicht wieder aufgetaucht.

Insofern meine ich Ludwig richtig interpretiert zu haben. Es war kälter geworden und der Schnee in Regen übergegangen. Die Schneedecke wurde langsam dichter und ich musste mich beeilen, nach Haus zu kommen. "Wir sehen uns dann, Leute!" ich bestieg mein Fahrrad und versuchte das Licht einzuschalten aber der Dynamo rutschte durch die Feuchtigkeit nur über das Gummi des Reifens. Ich hatte das Licht vorne mit Isolierband aus der Werkstatt abgeklebt, so dass wie bei den Autos nur ein schmaler Schlitz blieb, der zum Sehen natürlich viel zu klein war. Aber Fahrradbeleuchtung ist schließlich zum Gesehen werden da, und so meinte ich, die Verdunklungsregelung angemessen zu befolgen. Einzig der Schnee erleuchtete mir nun den Heimweg, die Gebäude waren vorschriftsmäßig abgedunkelt und die Straßenbeleuchtung ebenfalls abgeschaltet.

Rostock

Der Bremer Bahnhof war wie immer zugig, da er als Durchgangsbahnhof auf beiden Seiten offen war. „Zugig klingt wie Züge" dachte ich, „das passt ja auch irgendwie zum Bahnhof". Seit ich die Ausbildung im RAW begonnen hatte, war alles was mit der Eisenbahn zusammenhing zu meinem Fachgebiet geworden. Häufig konnte ich vom RAW mit einem Zug Richtung Innenstadt mitfahren und am Haltesignal vor der Brücke an der Schwachhauser-Heerstraße abspringen. Das war zwar nicht erlaubt, wurde aber stillschweigend geduldet. Von dort brauchte ich nur noch die Böschung hinabzuklettern und mit der Straßenbahnlinie 4 bis zur Endstation Horn zu fahren, vorausgesetzt die Straßenbahn fuhr, was jetzt im Jahr 1944 nicht immer sicher war.. Gab es keine Straßenbahn, musste ich die 5 Kilometer bis Horn halt zu Fuß gehen. Straßenbahnfahrer und Schaffner in Bremen waren jetzt meist weiblich, da immer mehr wehrfähige Männer an die Front mussten.

Ich hatte den Brief von der Reichsmarine in der Manteltasche. Am 15.November war ich gemustert worden und hatte meinen Wehrpass erhalten. Am 5. Dezember hatte ich in Stralsund die Eignungsprüfung zum Dienst in der Flotte erfolgreich bestanden, der Annahmeschein für die Reichsmarine lag am 20. Dezember im Briefkasten und den Wehrpass erhielt ich am 23. Dezember vom Wehrbereichskommando. Pünktlich zu Sylvester wurde Bremen schwer bombardiert, somit viel die Silvesterfeier dieses Jahr ins Wasser und rettete mich möglicherweise vor einem schweren Kater wie Ende 1943. Den ersten Januar 1944 hatte ich mit schwerem Kopf und Übelkeit im Bett verbracht, Schuld war der elendige Fusel, den Ludwig besorgt hatte.

Nun war ich wiederum auf dem Weg nach Stralsund, um dort meinen Dienst anzutreten. Es war Anfang März und lausig kalt. Laut Einberufungsbefehl hatte ich mich am 5. März in der SSTA, der Schiffsstammabteilung der Kaserne „Schwedenschanze" zur Rekrutengrundausbildung einzufinden. Mutter hatte mir ein paar Stullen und eine Thermoskanne mit Tee für die Fahrt in meinen Rucksack gepackt. Die Fahrkarte hatte ich von der Wehrmacht bekommen und stand nun am Bahnsteig 2 wartete auf meinen Zug nach Stralsund über Hamburg. Pünktlich um 7 Uhr 30, trotz wiederholter Bombardierungen der Gleise, fuhr der Zug ein und 10 Minuten später verließ ich den Bremer Hauptbahnhof Richtung Hamburg. Die männlichen Fahrgäste im Zug waren zumeist entweder alte Männer oder sehr junge Leute in Uniform. In meiner Zivilkleidung fiel ich richtig auf. Es war deutlich, dass dem deutschen Reich langsam der militärische Atem ausging.

In Hamburg musste ich in den Zug nach Güstrow umsteigen. Meine Heimatstadt sah verheerend aus. Seit meinem letzten Besuch war sie kaum noch wiederzuerkennen. Zerstörte und ausgebrannte Ruinen zeugten wie in Bremen von furchtbaren Luftangriffen.

Um 13 Uhr 30 lief der Zug in Güstrow ein und 14 Uhr 15 kam ich in Rostock an, für heute das Ende meiner Reise. Mein Freund, Peter Voge hatte mir für die Nacht Unterkunft bei seiner Großmutter besorgt, doch zuvor wollte ich mir die Stadt anschauen und ein Kino suchen. Auch Rostock hatte arg unter den Angriffen der Amerikaner und Engländer gelitten, doch hatte zumindest der UFA-Palast überlebt, es gab wie so häufig in letzter Zeit leichte Filmkost. Mit „Glück bei Frauen" sollten die Volksdeutschen für 1 ½ Stunden das Nahen der Front vergessen und sich wie in Friedenszeiten fühlen, wenn man denn das Glück hatte den Film bis zu Ende ansehen zu können ohne dass die Vorführung wegen Luftangriffen unterbrochen werden musste.

Bis zum Beginn des Filmes blieb mir noch über eine Stunde. Ich ging die Bahnhofsstraße entlang und fand eine kleine Kneipe. Vor dem Fenster hing eine vergilbte Gardine, die von innen von einer schwarzen

Blechlampe angestrahlt wurde. Ich hatte zwar mit meinen 17 Jahren noch nichts in einer Kneipe zu suchen, in Bremen gingen wir höchstens ins Vereinsheim, aber ich fühlte mich mit meinem Einberufungsbefehl schon ganz erwachsen. Die Tür öffnete sich mit einem kleinen Knarren und wurde von einem Türschließer wieder automatisch zugezogen. Als die ins Schloss knackte, drehten sich fünf Gesichter in meine Richtung. Hinter der Bar bediente ein blondes Mädchen mit Zöpfen, mit Sicherheit nicht viel älter als ich. Davor saß ein Mann, dem offensichtlich ein Arm fehlte und an einem kleinen Tisch neben dem Ausgang zur Toilette saßen drei weitere Personen beim Kartenspiel.

Ich versuchte meinem Gesicht einen Ausdruck von Erwachsensein zu geben und bestellte ein Bier. Das Mädchen schaute mich einen Moment an und fragte dann leicht schnippisch: ein Bier oder vielleicht doch besser ein Alsterwasser für den jungen Mann?" „Ein Bier hätte ich gern oder haben sie nicht mehr genug?" Statt einer Antwort nahm sie ein feuchtes Bierglas und hielt es profihaft schräg unter den Zapfhahn, den sie mit der linken Hand öffnete. Als der Schaum den Rand des Glases erreicht hatte, setzte sie es auf der Stahlplatte vor dem Zapfhahn ab und schaute wieder in meine Richtung. Sie nickte mit dem Kopf in die Richtung meines Rucksacks: "Auf der Durchreise zum Iwan?" „Ich habe mich bei der Reichsmarine beworben, muss aber vorher nach Stralsund und eine Eignungsprüfung ablegen." Mir kamen leichte Bedenken, ob ich damit nicht vielleicht schon ein Militärgeheimnis ausgeplaudert hätte, aber ich war noch nicht einmal Mitglied der deutschen Wehrmacht. „Aha, ein Retter des Vaterlands, dann bist du natürlich auch alt genug für ein Bier." Mich störte ein wenig, dass sie mich von vornherein duzte und beschloss ab jetzt genauso zu verfahren. „Wo kommst du denn her? Süßwassermatrose vom Bodensee?" „Nein, aus Bremen und damit du klar siehst, ich bin gewissermaßen schon eine ganze Weile bei der Marine, genauer gesagt bei der Marine-HJ. Außerdem kommt meine Familie aus Hamburg und Mecklenburg, das heißt ich kenne die Nord- und die Ostsee." Sie schien sich nicht daran zu stören, dass ich sie nun ebenfalls duzte, sie lächelte sogar. „Ein weitgereister Mann mit Seeerfahrung, was kann die Marine mehr wollen." Der einarmige Mann am Tresen hatte bisher zu unserer Unterhaltung geschwiegen. Er nahm einen kräftigen Schluck aus seinem Glas wischte sich mit der Rückseite seiner Hand den Mund und sah das Mädchen hinter der Theke kopfschüttelnd an. „Elke, Elke, du redest dich mit deinem losen Mund noch einmal um Kopf und Kragen. Denk dir deinen Teil, aber behalt das Ergebnis für dich. Der Krieg kann noch eine ganze Weile dauern, die Zeit bis zum Endsieg" – er betonte das Wort ähnlich wie mein Vater, so als käme es auch ihm unangebracht vor – „kann noch eine verflucht lange Weile dauern."

Elke schob mir das nun volle Glas herüber, zog die Augenbrauen nach oben aber sagte erst einmal nichts. „Ich war übrigens auch bei der Marine", jetzt schaute der Mann in meine Richtung, „vor sechs Monaten bin ich diesem leeren Ärmel zurückgekommen, „ein Arm fürs Vaterland, damit bin ich immer noch besser dran als Tausende meiner Kameraden, die alles verloren haben."

Jetzt schüttelte Elke ihren Kopf: „ Deine Bemerkungen sind auch nicht unbedingt geeignet, den Durchhaltewillen zu stärken, Dieter." Ich betrachtete Elke genauer, sie kam mir jetzt älter vor, möglicherweise war es ihre vorwitzige Ausdrucksweise oder die Art und Weise wie sie mit älteren Menschen von Gleich zu Gleich sprach. Sie wurde dadurch in meinen Augen reifer und hübscher, was den nachteiligen Effekt hatte, dass ich mich jetzt ein wenig unterlegen fühlte. Ich war mir plötzlich sicher, dass hinter dieser Reife eine ganze Menge Erfahrungen und Erlebnisse steckten. Erlebnisse, die ich für mein Leben gern von ihr erfahren hätte. Ich wagte einen weiteren Schritt: „Ich heiße übrigens Carl-Joachim, mit C." „Was mit C, Carl oder Joachim?" sie lächelte. „Sag einfach Calle, wenn du möchtest." „in Ordnung Calle mit C", – sie lächelte immer noch – „du hast sicherlich schon gehört, ich bin Elke."

Das Eis war gebrochen. Obwohl ich noch nicht einmal die Aufnahmeprüfung für die Marine bestanden hatte, fühlte ich mich bereits wie ein Weltkriegsveteran, der nun von seiner Liebsten Abschied nehmen musste, wobei ich von dieser Liebsten kaum mehr wusste, als das sie Elke hieß, blond war und kein Blatt vor den Mund nahm.

Ich stellte mir Elke als Ehefrau vor. Sie würde mit Sicherheit keine Ehefrau wie meine Mutter abgeben, die sich sofort wegduckte, wenn mein Vater den Mund aufmachte. Meine Mutter war zwar immer auf der Seite ihrer Söhne und tat ihr Möglichstes alles zu verbergen, was meinem Vater missfallen könnte – Teddys und oder was mein Vater für Weiberspielzeug hielt mussten schon vor ihm versteckt werden als ich noch nicht einmal zur Schule ging – aber offen gegen unseren alten Herrn Position zu beziehen wagte sie nicht. Meine Mutter Ella war als jüngste von 7 Schwestern in der alteingesessenen hanseatischen Familie Jörges in Hamburg groß geworden, in einer Familie in der jeglicher Widerspruch gegen den Vater, egal von welchem Familienmitglied undenkbar war. Die Familie Jörges führte ihren Namen auf einen Ritter Georg zurück, der irgendwann in fernen mittelalterlichen Zeiten gelebt haben sollte. Obligatorisch war für Vater Jörges der sonntägliche Spaziergang um die Binnenalster herum, ein Ort wo er sicher sein konnte auch von den für ihn wichtigen Personen gesehen zu werden. Lediglich seine volljährigen Töchter hatten die Sondererlaubnis in Zweiergruppen in entgegengesetzter Richtung um das Gewässer zu spazieren.

Elke war da offensichtlich ganz anders. Sie hatte, das war mein Eindruck, – vielleicht auch durch ihre Arbeit in der Kneipe – eine gehörige Portion Selbstbewusstsein. Man konnte sich an ihr reiben, und das war es wohl, was mir so imponierte. Elke hatte etwas, was ganz und gar nicht in das von der Reichsführung so propagierte Bild der Mutter und Gebärerin von Heldensöhnen passte. „Auf den Endsieg", Elke hielt mir ein Glas mit Korn hin, „der geht auf Rechnung des Hauses", der Einarmige hatte ebenfalls ein Glas in der Hand und prostete mir zu. Ich nahm das Glas mit zwei Fingern und kippte es mit einem Ruck in meinen Rachen, wie ich es von meinem Vater kannte. Ein kurzes Schütteln und ein zackiges Absetzen des Glases auf der Theke beendete das Ritual. „Ich glaube, ich muss mal schnell die Blumen gießen", sagte der Einarmige, rutschte von seinem Barhocker und verschwand hinter einer Tür mit Aufschrift „Herren". Auf diesen Moment hatte ich gewartet, um ein wenig mit Elke allein zu sprechen. „Um zwölf Uhr mache ich den Laden hier dicht", sie schien meine Frage erahnt zu haben, "wenn…", sie brachte den Satz nicht mehr zu Ende, denn genau in diesem Moment begannen die Sirenen zu heulen.

Die drei Kartenspieler sprangen von ihren Stühlen auf, der Einarmige kam mit halb zugeknöpfter Hose von der Toilette zurück, Elke schnappte sich einen kleinen Koffer, den sie offensichtlich schon unter der Theke für den Fall des Falles bereitgestellt hatte, knipste das Licht aus und stand schon in der Tür. Dies alles war so schnell passiert, dass ich kaum Zeit gehabt hatte, meinen Rucksack zu nehmen und hinter der Wirtin herzueilen. In weniger als fünf Minuten standen wir auf der Straße. „Nun komm schon, du hast doch keine Ahnung wo der nächste Luftschutzbunker ist", sie nahm mich bei der Hand und gemeinsam eilten wir die Straße hinab.

Der Bunker war bereits mehr als halbvoll, wir fanden dennoch in einer Ecke einen Platz für uns. Elke zitterte ein wenig." Du weißt halt nie, ob du nach so einem Angriff dein Haus noch findest oder nur einen Schuttberg, " raunte sie mir zu. Ich legte einen Arm um sie und zog sie ein wenig an mich, sie ließ es willig geschehen. „Komisch dachte ich, vor einer Stunde wusste ich noch nicht einmal, dass sie existiert und jetzt scheint beinahe alles möglich zu sein." Ich sah mich um, in der trüben Beleuchtung saßen die Menschen eng gedrängt nebeneinander, ihre wenigen Utensilien in fester Umklammerung. Einige hatten Volldecken dabei, ein kleines Mädchen hielt mit beiden Händen ein blaues Kissen und eine Puppe fest. Die Wände glänzten feucht, am Eingang hing ein Plakat mit der Aufschrift „Volksgenosse denke daran...". Woran der Volksgenosse denken sollte, konnte man von unserer Ecke aus nicht erkennen. Meine neue Bekanntschaft schaute mich an und zog die Brauen ein wenig nach oben. „Und nun?", schien sie zu fragen. Als Antwort auf ihre ungestellte Frage beugte ich mich eine wenig zu ihr herab und gab ihr einen langen Kuss. Sie drückte sich noch ein wenig enger an mich und sagte: „Bilde dir bloß nichts darauf ein." „Tu ich auch nicht", sagte ich, fühlte mich aber doch ein wenig stolz auf meine Eroberungskünste.

Der Luftangriff dauerte ungefähr 3 Stunden. Als die Bunkertür geöffnet wurde, gingen wir hinaus. An vielen Stellen flackerten Feuer und gaben der Stadt eine gespenstische Beleuchtung. „Du weißt nie, ob hinterher dein Haus noch steht. Das ist für mich immer das schlimmste, bemerkte Elke", dabei drückte sie meine Hand ein wenig fester, so als ob ihr das Sicherheit geben würde. An einer Hauswand stand zu lesen: „Unsere Mauern brechen, aber unsere Herzen nicht", ergänzt auf der nächsten Mauer mit „Endsieg". Die Mauer hatte einen Treffer abbekommen, sodass von dem „Endsieg" nur noch „Ends" zu lesen war. Mit schien das den Wünschen der Menschen auch viel näher zu kommen: ein Ende, egal wie. Inzwischen waren wir wieder an der kleinen Kneipe angekommen, die dieses Mal Glück gehabt hatte. Vor dem Haus lag eine abgeknickte Straßenlaterne und ein Fenster war zu Bruch gegangen. Sonst schien, von außen gesehen, alles in Ordnung zu sein. „So, ich glaube das war genug Programm für heute, " Elke hatte wieder diesen leicht ironischen Gesichtsausdruck, „Es war nett, dich kennen gelernt zu haben aber du solltest jetzt besser gehen. Schreib mir mal von der Front, wenn du es bis dahin schaffst, meine Adresse kennst du ja." Sie gab mir die Hand und war blitzartig im Haus verschwunden.

Stralsund

Stralsund empfing mich am nächsten Tag mit einem der Situation angemessenen Wetter, es regnete und hagelte was der Himmel hergab. Um 13 Uhr hatte ich mich in der Kaserne zu melden, ich hatte noch 3 Stunden Zeit. Ich rettete mich vor dem Wetter wie üblich ins Kino. Das Kino war halbleer und nicht geheizt, so dass ich meinen Mantel anbehalten musste. Ich hatte nur kurz beim Eingang auf das Filmplakat geschaut. Es erwartete mich „Der gebieterische Ruf", ein Titel mit dem ich überhaupt nichts anfangen konnte. Bezeichnenderweise hatte ich den Inhalt des Films auch schon kurz nach dem Verlassen des Kinos wieder vergessen.

Kaserne Schwedenschanze

Den Weg zur Kaserne musste ich zu Fuß gehen, es gab weder Straßenbahn noch Bus. Der Posten am Tor sah sich missmutig meinen Einberufungsbescheid an und winkte mich dann in Richtung des Hauptgebäudes, wo mich der UvD, der Unteroffizier vom Dienst in Empfang nahm. „Bring erst mal dein Gepäck auf die Stube, " er schaute auf seine

Liste", du bist in 104 eingetragen, das ist auf diesem Stockwerk. Um 14:00 Uhr kommt ihr runter in den Gemeinschaftsraum zur Einweisung, danach werdet ihr eingekleidet, noch Fragen?" Fragen hatte ich schon, jedoch keine Lust sie jetzt zu stellen, so nahm ich mein Gepäck wieder auf suchte die Stube 104. Ich war der Meinung, der erste zu sein, sah mich aber sehr bald eines Besseren belehrt.

Der Versammlungsraum war bereits zur Hälfte gefüllt. Ich war mir nicht sicher, ob ich hier mit Heil Hitler grüßen musste wie uns bei der HJ beigebracht worden war, oder ob hier vielleicht noch andere Regeln galten. So murmelte einen möglichst unverständlichen Gruß in Richtung auf die Nächststehenden und setzte mich möglichst weit nach hinten. So konnte ich eine weitere Unsicherheit vermeiden, mir war nämlich nicht klar, ob man beim Hereinkommen eines Ranghöheren, also quasi bei jedem außer uns, automatisch aufzuspringen oder auch hier auf dem Befehl zu warten hätte. In der Schule war das „Auf!" und „Setzen!" als Anweisung hinlänglich bekannt. So konnte ich mich wie in der Kirche nach den anderen richten.

Keine zehn Minuten später war diese Überlegungen vollkommen nebensächlich. Ich stand in eine Reihe mit den andern Neuankömmlingen und hörte einem Sermon zu, wie ich ihn aus schlechten Filmen über das deutsche Militär - die meisten Filme der letzten Jahre in Deutschland waren schlecht - zu kennen glaubte. In diesen Filmen gab der Spieß, der Kompaniefeldwebel, in der Regel ein Bild ab, das zwischen Gefangenwärter, Polizist und Lehrer und gleichzeitig wie eine Parodie auf diese drei Institutionen angelegt war. In diesem Fall, davon war ich überzeugt war der schlechteste der Filme Realität geworden oder der Spieß hatte sich an diesen Filmen orientiert, um so zu sein, wie es sich für einen Kompaniefeldwebel gehörte, oder ich war einfach noch nicht wach und alles was ich sah war ein böser Traum. Vor uns stand der Kompaniefeldwebel Däch, rechts von ihm ein Unteroffizier und links von ihm ein Stabsunteroffizier, der es im Zivilleben zu nichts gebracht hatte und sich bald auch als Niete in jeder anderen Beziehung erweisen sollte. In der Kaserne konnte er sich das erste Mal überlegen fühlen, zumindest uns jungen Rekruten gegenüber. Entsprechend den Verlusten an der Front beschleunigte sich einerseits das Tempo der Beförderungen, entsprechend nahm die Qualität der Ansprüche an die verschiedenen Dienstgrade ab, so dass selbst einem Unteroffizier wie dem vor uns stehenden gelingen konnte seine Streifen zu bekommen. Hauptfeldwebel Däch nahm theatralisch vor uns Platz, rechts und links von ihm seine Adjutanten. Um das Bild noch ein wenig beeindruckender zu gestalten, hatte er zu allem Überfluss auch den Kompanieköter mitgebracht, ein strohdummes Tier wie sich bald herausstellen sollte, das aber durch seine Größe zunächst einen gewissen Eindruck machte. Das Tier war von den Unteroffizieren so abgerichtet, das es auf die Frage:" Was macht die Frau vom Spieß, wenn der Hauptmann kommt?" sich auf den Rücken legte und die Pfoten nach oben streckte, was jedes Mal durch eine Kleinigkeit belohnt wurde, so dass der Hund meist auch ohne Aufforderung zeigte, was die Frau des Spieß beim Besuch des Hauptmanns anstellte. Es blieb mir stets ein Rätsel, wie der Kompaniefeldwebel dergleichen übersehen konnte, wenn er es denn übersah.

„Mein Name ist Hauptfeldwebel Däch das solltet ihr euch als erste merken. Ich bin Kompaniefeldwebel und sozusagen die Mutter der Kompanie. Bis eben wart ihr noch Zivilisten, jetzt seid ihr Soldaten. Hab´ich recht?" Diese Frage war nicht an uns sondern an die beiden Unteroffiziere gerichtet, die nahezu gleichzeitig aufsprangen und „Jawoll Hauptfeld!" brüllten. Diese Frage kam nach jedem zweiten Satz, so dass ich heute nicht mehr sagen kann, ob die beiden während der Ansprache mehr standen oder mehr saßen. Ich ließ den weiteren Wortschwall über mich ergehen und merkte erst, dass ich nicht im Kino saß, sondern das die großdeutsche Wirklichkeit mir gegenüber stand und saß und wieder stand und saß, als sich nach einem letzten „Weggeträätään!" meine neuen Kameraden oder Leidensgenossen schnellen Schrittes aus dem

Raum bewegten. Das letzte was ich in Erinnerung behielt, war der Befehl, uns vor der Kleiderkammer einzufinden. Meine Zivilkleidung sollte ich nach der Einkleidung nie wieder sehen.

Grundausbildung

Am nächsten Tag, um 5 Uhr morgens begann mit einem durchdringenden Pfiff und dem Ruf „Kompanie aufstehen!" die Rekrutenausbildung. Schlaftrunken torkelte ich zusammen mit meinen Leidensgenossen in den Waschraum. Auf dem Rückweg stieß ich mit dem U.v.D. zusammen. Mir war klar, dass jetzt wieder ein Spruch kommen musste und ich wurde nicht enttäuscht:" in fünf Minuten ist Antreten, bis dahin sind die Betten gebaut. Ich wollte ihn erst fragen ob er nun Betten bauen oder Betten machen meinte, verkniff mir aber denn doch wohlweislich die Frage.

Bald konnte ich meine Kenntnisse um zwei kriegsentscheidende Ausbildungsinhalte erweitern. Ich lernte, wie man ein Bett und einen Kampfstuhl baut – bei letzterem handelt es sich um einen Stuhl, auf dem die Kleidung und die Ausrüstung so geordnet werden, dass der Soldat sich im Alarmfall möglichst schnell anziehen kann.

Die nächsten Tage verbrachten wir mit exerzieren, wir lernten die Handhabung der Braut des Soldaten kennen, dem Gewehr und wir legten Schützengräben an. Ich vermied tunlichst die Frage, wo wir denn bitteschön später auf einem Schiff, auf das ich ja kommen wollte, Schützengräben anlegen sollten, obwohl mir dir Frage permanent im Kopf herumging.

Wir waren zunächst mit der blauen Marineuniform eingekleidet worden, die nun durch das sogenannte Marinefeldgrau ersetzt wurde.

Im April 1945 nahmen die Verwundetentransporte deutlich zu. Die Schiffe liefen dazu den Hafen von Stralsund an und von dort ging es dann mit dem Zug weiter nach Westen. Ich hatte zwar schon viele Kriegsversehrte in Bremen gesehen, doch derartige Wunden, blutdurchtränkte Verbände und permanentes Stöhnen waren neu und schockierend für mich. Hier zeigt sich der Krieg von seiner schlimmsten Seite.

Im Hafen lag an diesem Apriltag die „Rügen" und wir waren abkommandiert die Verwundeten an Land zu bringen, damit sie mit dem Zug weitertransportiert werden konnten. In Wahrheit standen wir mehr im Wege, als uns nützlich zu machen, denn sämtliche Tragen mussten über den Engpass der Gangway an Land gebracht werden. Ein leichter Wind wehte von der Ostsee herüber und trieb graue Regenschwaden in Richtung Südost. Zwischen der Kaimauer und dem Schiff schwappte das Wasser hin und her und trieb dabei Holzreste, Kork und Taumaterial vor sich her.

„Wie alt bist du?", aus tiefliegenden Augenhöhlen schaute mich ein beinamputierter Soldat an. „Neunzehn Jahre", ich wusste selbst nicht warum ich log, vielleicht weil es sich für einen Jungen für mich nicht gehörte auf Augenhöhe mit einem Frontsoldaten zu sprechen. „Baah, du siehst nicht viel älter aus als sechszehn oder siebzehn und vielleicht feierst du deine 18ten schon wieder zu Haus, der Iwan ist bald da". Als ich ihn zu seinem Waggon humpeln und darin verschwinden sah, wusste ich noch nicht wie recht er haben sollte. Später erfuhr ich, dass dieser Zug kurz hinter Stralsund von den Russen gestoppt worden war.

Die sowjetische Armee hatte zu diesem Zeitpunkt bereits die Oder überschritten und die Stadt eingekesselt, was zumindest den deutschen Offizieren längst bekannt war.

Flucht

Der Tag begann in der Nacht. Mit einem markdurchdringenden Pfiff und einem nachfolgenden „Kompaniiie Alaaaaarm!" wurde ich kurz nach dem Schlafengehen unsanft aus meinen Träumen gerissen. Dieser Pfiff war mir schon unter normalen Umständen zuwider, umso mehr mit diesem nachfolgenden Gebrülle. Ich stolperte aus dem Bett, stieß gegen alles was sich zwischen Kampfstuhl und Bett befand, wobei sich ersterer jetzt bewähren konnte und stand innerhalb von 5 Minuten vor der Kaserne in einer Reihe mit meine Kameraden.

Die Zugführer machten ihre Meldung an den Kompaniefeldwebel und dieser gab den Spruch leicht verändert an den Kompanieführer weiter: "Melde gehorsamst Herr Hauptmann: Kompanie in voller Stärke angetreten!" Der Kompanieführer legte die Hand an die Mütze und dankte und wandte sich an die Soldaten:" Kompanie stillgestanden!", die Stiefel knallten aneinander und die Hände wurden an die feldgraue Hosennaht gelegt. „Kompanie rühren!" bedeutete nun, dass der linke Fuß etwas nach vorn gesetzt werden konnte und die Hände wieder durchhängen durften. Ich überlegte was das Wort „rühren" wohl mit der damit gemeinten Aktionen haben könnte, zudem das Wort auch noch für Liede anstimmen benutzt wurde.

„Soldaten", die Stimme des Hauptmanns brachte mich von meinen Überlegungen ab und zurück zur Kaserne „Schwedenschanze". „Feindlichen Einheiten ist es am 16.4. gelungen, die deutsche Verteidigungslinie an der Oder zu durchbrechen, damit ist Stralsund vom Rest des Deutschen Reiches abgeschnitten. Wir sind daher gezwungen, uns zurückziehen. Dazu setzen wir nach Altenufer auf Rügen über und marschieren dann Richtung Saßnitz, von wo wir mit Schiffen der Kriegsmarine Richtung Westen gebracht werden. Abmarsch in 20 Minuten, Kompanie auf die Stuben weggetreten!"

Rügen

Zur Deckung unseres Rückzugs sprengen deutsche Truppen den Rügendamm. Die Stadt Stralsund wird in einer dramatischen Aktion kampflos an die Russen übergeben und entgeht so knapp der vollständigen Zerstörung durch die Rote Armee. Für mich hatte der deutsche Rückzug den Verlust meiner Zivilkleidung zur Folge, die in meinem Marschgepäck keinen Platz mehr gefunden hatte, ich sollte sie nie wiedersehen.

Saßnitz, wo uns die Schiffe der deutschen Kriegsmarine aufnehmen sollten, lag auf direktem Wege ungefähr 50 Kilometer entfernt. Unserer Kompanie war auf diesem Wege aber noch ein Pferdewagen mit Munition zugeteilt, der aufgrund fehlender Pferde geschoben werden musste. So kamen wir in dieser Nacht nur wenige Kilometer voran. Es begann bereits zu tagen, als wir keuchend und schwitzend diesen Wagen einen Hügel hinaufschoben. Von der Anhöhe aus konnten wir im Tal ein Gehöft liegen sehen und schoben unseren Wagen nun bergab darauf zu.

Wir hatten den Hof noch nicht alle erreicht, als wir ein dröhnen am Himmel vernahmen, das rasend schnell näher kam. Kurz darauf konnte ich vier russische Mig-Flugzeuge ausmachen, die scheinbar brannten. Schnell wurde ich eines Besseren belehrt, als eine Maschinengewehrsalve neben mir den Boden aufspritzen ließ, ich hatte das Mündungsfeuer der MG's gesehen. Noch bevor der Befehl „Tiefflieger!! Deckung !!!" bei mir ankam, lag ich bereits mit dem Kopf nach unten auf dem Acker, eng an einen Zaun gepresst. Die Flugzeuge flogen jetzt einen Bogen und kamen wieder zurück, diesmal mit einer Ladung Bomben. Ich hörte die Einschläge und hob den Kopf ein wenig und sah den Munitionswagen nur wenige Meter von mir entfernt. Glücklicherweise war dieser scheinbar aus der Luft nicht als solcher zu erkennen, so dass die Piloten sich andere Ziele für ihren Angriff aussuchten. Eine der Bomben fand ihr Ziel in einem Getreidesilo, das mit ohrenbetäubendem Knall auseinander flog und seine Bestandteile sowie die der hinter ihm Schutz suchenden Soldaten in weitem Umkreis verstreute. Mit einem klatschenden Geräusch landete das oberhalb des Knies abgetrennte Bein eines Obermaats der Kompanie wenige Meter vor mir auf dem Boden, er starb noch in der folgenden Nacht. Bei dem Anblick wurde drehte sich mir der Magen um und mir wurde schlecht.

In diesem Moment war der Angriff vorbei, so schnell wie sie gekommen waren, waren die Flugzeuge auch wieder Richtung Osten verschwunden.

Das Gehöft

Als erste Reaktion auf den Angriff befahl der Kompanieführer das Ausheben von Gräben, da jederzeit mit weiteren Attacken zu rechnen war. Unterhalb des braunen Boden stößt man in dieser Gegend leicht auf weißen Sand, der sich wunderbar von dem dunkelbraunen Boden abhebt. Das heißt, unsere Gräben sahen auf dem dunklen Grund wie leuchtende Straßen aus, so dass die Flieger sich leicht daran orientieren konnten. Glücklicherweise blieben uns weitere Angriffe erspart, so dass unser selbst angelegtes Fadenkreuz von den russischen Fliegern nicht genutzt werden konnte.

Zwei Tage wurden wir hier vom Gehöft versorgt. In der zweiten Nacht marschierten wir bis zum Bahnhof von Rambin, einem kleinen Ort im Westen von Rügen, wo ein endlos langer Güterzug auf uns wartete, der noch in derselben Nacht Richtung Saßnitz abfuhr. Um uns den Marsch zu erleichtern, hatten wir noch am Gehöft unsere Rucksäcke auf einen Wagen geladen, mein Kochgeschirr hingegen, halb voll Bohnen halb voll Fett in meiner Manteltasche verstaut. Die Trennung von meinem Rucksack sollte sich jetzt am Bahnhof als Fehler erweisen, da keine Zeit mehr blieb, diesen vor Besteigen des Zuges aus den anderen wieder herauszufinden. So wurde auch der Verlust meines Rucksacks ein endgültiger.

Saßnitz

Am frühen Morgen lief der Zug in Saßnitz ein. Wenn ich geglaubt hatte, dass das Umsteigen der Schiffe so vor sich gehen würde, wie ich es gewohnt war, so wurde ich schnell eines Besseren belehrt. Die Schiffe fuhren langsam die Kaimauer entlang, von wo wir direkt auf das Deck springen mussten. Jeweils zwei Züge waren einem Schiff zugeteilt. Ich landete sicher auf dem Deck, hatte dabei aber nicht an mein Kochgeschirr gedacht, das sich noch in der Manteltasche öffnete und seinen Inhalt dort verteilte. Das Fett wurde schnell hart und bildete mit den Bohnen eine feste Masse. Das Boot, ein Torpedoboot ohne Torpedos aus dem 1.Weltkrieg, nahm sofort wieder Fahrt auf, während wir unter Deck geschickt wurden, was zumindest den Vorteil hatte, dass wir nun im Trockenen saßen.

Von Saßnitz aus nahmen wir Kurs auf Kopenhagen, das noch deutsch besetzt war. Mir ging das Schicksal der Wilhelm Gustloff durch den Kopf, ich hatte bei der Einschiffung bereits fehlenden Rettungsboote bemerkt und ich stellte mir die Situation bei einem Treffer mitten in der Ostsee vor, als über uns der Lautsprecher zu schnarren begann.

„Kameraden, ich muss ihnen die Mitteilung machen, dass unser Führer Adolf Hitler sich in der Reichskanzlei das Leben genommen hat. Die

Regierung des deutschen Reiches liegt nun in den Händen von Großadmiral Dönitz. Wir werden in wenigen Stunden Kopenhagen erreichen. Dort liegen Truppentransporter bereit, mit denen sie so bald wie möglich zurück in die Heimat gebracht werden." „Das war's dann wohl, Herbert aus Hannover grinste mich an, Führer tot – Krieg aus". „Er hat noch nichts von Kriegsende erzählt", gab ich zurück, „noch ist Deutschland nicht am Ende". Ich stellte mir Deutschland auf der Landkarte vor und glaubte im selben Moment schon nicht mehr an meine Worte. Hatte nicht sogar mein Vater - und der war sogar in der Partei - durchblicken lassen, dass der Krieg nicht mehr lange dauern könnte?

Deutschland war am Ende und es war tatsächlich nur noch eine Sache von 2 Tagen. Am 5. Mai kam bei uns die Mitteilung vom Tode Adolf Hitlers an, der sich bereits am 30. April „in treuer Pflichterfüllung" umgebracht hatte und schon 7.Mai die Mitteilung von der bedingungslose Kapitulation durch die Reichsregierung unter Admiral Dönitz aus Flensburg, seit dem 3.Mai die Hauptstadt Deutschlands. Aus dem Radioempfänger schepperte die Stimme des Großadmirals Dönitz: „Deutsche Männer und Frauen, in meiner Ansprache vom 1.Mai, in der ich den Tod des Führers und meine Bestimmung zu seinem Nachfolger mitteilte, habe ich es als meine erste Aufgabe bezeichnet, das Leben deutscher Menschen zu retten. Um diese Ziel zu erreichen, habe ich dem Oberkommando der Wehrmacht den Auftrag gegeben, die bedingungslose Kapitulation zu erklären. Am 8.Mai 23:00 Uhr schweigen die Waffen."

Jetzt war der Krieg tatsächlich offiziell beendet, Herbert hatte Recht behalten. Damit waren wir aber weder aus der deutschen Marine entlassen noch wieder zuhause. Später sollten wir erfahren, dass der Marinefunker Alfred Gehr nach der Bekanntgabe der Teilkapitulation am 5. Mai mit zwei Kameraden seine Einheit verlassen hatte, von dänischen Wachen festgenommen worden war und nach der Kapitulation in der Geltinger Bucht, am Himmelfahrtstag zusammen mit ihnen hingerichtet wurde. In einem Brief an seine Mutter hatte er sich als das letzte unnütze Opfer dieses Krieges bezeichnet.

Von Kopenhagen nach Neustadt

Den 7. und den 8.Mai verbrachten wir in der dänischen Hauptstadt, die hier an der „langen Linie" durch die Präsenz der deutschen Schiffe mehr den Eindruck einer deutschen Hafenstadt machte. An der Kaje lagen die „Scharnhorst" und die „Nürnberg", dahinter der Transporter, der uns zurück bringen sollte, ein ehemaliger Reisfrachter. Alle Schiffe hatten bei Bekanntmachung der Kapitulation die Flagge eingezogen.

Zwei Tage nach Ankunft in Kopenhagen waren wir bereits wieder auf See, diesmal Richtung Schleswig-Holstein mit der Hoffnung, dort aus der deutschen Wehrmacht entlassen zu werden.

Das Schiff legte am späten am Nachmittag des nächsten Tages in Neustadt/Holstein an und hier hatte ich das erste Mal wirklich den Eindruck, dass der Krieg beendet war. Im Hafen liefen KZ-Häftlinge ohne Bewachung und deutsche Soldaten ohne Waffen herum. Kaum hatten wir das Schiff verlassen, wurden wir von englischen Soldaten derbe aufgefordert, auch unsere Waffen abzugeben.

Meine Manteltasche hatte aufgrund der Bohnen-Fett-Befüllung in noch eine ungewöhnlich ausgebeulte Form, was einen englischen Soldaten bewog, dort nach etwaigen Waffen zu suchen. Mit einem leicht angeekelten Gesicht und einem „Scheisse!" konnte ich mich zu den anderen Soldaten begeben.

Wir verließen den Hafen unter den verwunderten Blicken der ehemaligen KZ-Insassen und den verständnislosen der Engländer mit martialischen Gesängen: „Es zittern die morschen Knochen ..." Wir konnten allerdings von Glück sagen, das die Engländer des Deutschen nicht mächtig und darüber hinaus offensichtlich unmusikalisch waren.

Gegen Abend kamen wir auf einem Bauernhof an, wo wir am nächsten Tag vom Kompanieführer aus der deutschen Wehrmacht „wegen Mangel an Nahrung und Unterkunft" entlassen wurden. Mit diesen offiziellen Entlassungspapieren in der Tasche, mit denen das Problem der Nahrung und Unterkunft natürlich nicht besser wurde, hatte ich vor, in Begleitung von vier Kameraden zunächst nach Hamburg zu marschieren, mich dort kurz bei Verwandten auszuruhen und dann weiter nach Bremen zu fahren.

Der Hof

Ich verbrachte die Nacht auf der Ladefläche eines zerschossenen Wehrmacht-LKWs. In der Ferne hörte ich vereinzelte Schüsse, schlief aber dann doch bald ein. Gegen Mitternacht erwachte ich von Stimmen, die zu einer Gruppe polnischer Zwangsarbeiter gehörten. Sie hatten die Gunst der Stunde genutzt und strichen nun marodierend und auf der Jagd nach allem Verwertbaren durch das Land. Ich schlug die Plane des LKWs zurück und sah sie auf dem Hof nach Nahrung suchen. Meine Kameraden waren nirgendwo zu sehen und auch ich machte mich möglichst unsichtbar. Der Lastwagen konnte für sie nicht von Interesse sein, da seine Fahruntüchtigkeit offensichtlich war. Stattdessen bewegten sie sich jetzt Richtung Wohnhaus, wo eine Lampe angezündet worden war. Ich zählte 5 Mann, die sich jetzt Zutritt verschafften und alle Vorsicht außer Acht lassend, in das Haus stürmten. Ich sprang von der Ladefläche herunter und rannte hinüber zu dem Haus. Mir war klar, dass ich allein gegen diese fünf Männer nichts ausrichten konnte und hoffte inständig, dass meine Kameraden endlich auftauchten. Ich warf einen Blick durch das Fenster und erkannte den Bauern blutend auf dem Boden liegend. Der Kopf war blutüberströmt und in seinem Bein steckte eine Mistgabel. Auf dem Bett lag einer der Männer auf der Frau des Bauern, die verzweifelt versuchte, ihren Kopf zur Seite zu drehen.

Im gleichen Moment packte mich jemand an der Schulter und ich erkannte meinen Freund Paul, der mich nach Bremen begleiten wollte sowie fünf weitere Kameraden. „Los rein da, " flüsterte er mir zu, " wir sind zu siebt und können sie fertig machen, außerdem rechnen sie nicht mit uns". Er drückte mir eine Eisenstange in die Hand und war schon im nächsten Moment im Flur des Hauses, stürmte in das Schlafzimmer der Familie und hieb dem Mann auf dem Bett noch ehe der sich umdrehen konnte, mit einem schweren Knüppel auf den Kopf. Der Mann sackte mit einem leisen Stöhnen über der Frau zusammen. Mir fiel nichts Besseres ein, als einem weiteren Mann die Eisenstange vor die Kniescheibe zu schlagen, der daraufhin mit einem Aufschrei zusammensackte. Er wollte nach meinem Bein greifen, worauf ich ein zweites Mal zuschlug, diesmal auf den Unterarm. Der Mann drehte sich wimmernd zur Seite. Die drei anderen schafften es, sich bis zur Tür durchzukämpfen, wurden aber draußen von den anderen Kameraden erwartet. Wir halfen der Frau unter dem Mann hervor und zerrten ihn ebenfalls auf den Fußboden. Draußen vor der Tür war es inzwischen ruhig geworden, die Polen waren in die Flucht geschlagen.

Wir wandten uns nun den Bauersleuten zu. Die Frau war von kleinen Blessuren abgesehen unverletzt geblieben, mit ihrem Mann hingegen sah es sehr viel schlimmer aus. Mit vereinten Kräften zogen wir die Mistgabel aus seinem Bein, das jetzt umso mehr blutete. Keiner von uns hatte Verbandszeug dabei, deshalb rissen wir die Bettwäsche in lange Streifen und verbanden den Mann so gut wir konnten seine Wunden, dann legten wir ihn auf das Bett. Langsam kam der Mann wieder zu sich und versucht sich im Bett aufzurichten. „Marlen, wo ist Marlen, wo ist meine Tochter?" Seine Frau zuckte zusammen, sprang auf und lief aus dem Zimmer. Wir liefen hinterher und sahen sieh im Türrahmen des Nachbarraumes stehen. Sieh sah uns mit weit geöffneten Augen an, wies auf das leere Bett und wiederholte immer wieder den Namen ihrer Tochter:" Was habt ihr mit meiner Tochter gemacht?" Paul zeigt auf die beiden Männer am Boden und sagte:" Wenn hier jemand was gemacht hat, dann waren die das und nicht wir, soviel sollte klar sein, aber da wir nur fünf Männer gesehen haben und die alle im Zimmer waren, hat vielleicht keiner etwas mit ihre Tochter gemacht".

Wir beschlossen, das Mädchen auf dem Hof zu suchen, vielleicht hatte es sich nur irgendwo versteckt als die Männer so plötzlich auftauchten. „Schafft mir diese Scheißkerle aus dem Zimmer!", meldete sich jetzt der Bauer zu Wort und setzte dann noch ein „Bitte!" hinterher. Wir sahen uns an, dann die beiden Männer auf dem Fußboden Der eine bewegte sich gar nicht mehr, er war offensichtlich tot, während der andere nur leise vor sich hin stöhnte. Wir zerrten erst den Toten aus dem Zimmer, schleiften ihn bis zur Landstraße und warfen ihn dort in einen Graben. Dann holten wir den zweiten und schleppten ihn ebenfalls bis an die Straße und noch eine Ecke weiter. Wir überließen ihn dort seinem Schicksal, in der ungewissen Hoffnung, dass ihn dort eventuell jemand versorgen könnte, der zufällig dort vorbeikäme. In Grunde genommen glaubte keiner von uns im Ernst an diese Möglichkeit, wir wollten nur unser Gewissen ein Wenig beruhigen.

Auf dem Rückweg sah ich etwas Helles auf der Ladefläche des LKW blinken, auf dem ich mich versteckt hatte. Ich ging näher heran und erkannte die Marlen, die Tochter der Bauern. Wir brachten die Kleine zurück zu ihren Eltern und legten uns für den Rest der Nacht noch einmal aufs Ohr.

Zu viert und zu zweit

Am nächsten Tag machten wir uns zu viert wieder auf den Weg, ohne noch einmal nach den Bauern zu sehen. Wir folgten den Wegweisern Richtung Hamburg bis Bad Segeberg. Dort trennten wir uns von zwei Kameraden, die weiter Richtung Heide wollten. Mein Freund Ludwig kam ebenfalls aus Bremen und so gingen wir zu zweit weiter. Wir machten gerade Pause im Schatten eines Panzerwracks, als ein für den Ort und für die Zeit ungewöhnliches Geräusch unsere Aufmerksamkeit erregte, irgendwo spielte ein Plattenspieler oder ein Radio Tanzmusik. Mühsam unsere Neugier bezwingend bewegten wir uns in Richtung der Töne. Hinter Bäumen verborgen lag die Einfahrt zu einem Gutshof, dessen Haupthaus offensichtlich die Quelle der Klänge war. Die Außentür war angelehnt und die Tür zu Stube einen spaltweit geöffnet. Vor unseren Augen enthüllte sich eine etwas bizarre Szenerie. Hochrangige Offiziere in deutscher Uniform saßen, lagen oder standen im Zimmer, dazwischen Frauen in einer Aufmachung, wie sie unpassender nicht sein konnte. Auf einem Tisch in der Raummitte lagen üppige Essensreste sowie diverse angebrochene und leere Weinflaschen. Das ganze machte den Eindruck, als hätte am Vorabend ein größeres Fest stattgefunden, das erst bei Tagesanbruch langsam beendet worden war. Ich hatte nicht den Eindruck, dass die geschlagene deutsche Wehrmacht im April 1945, wenige Tage nach dem offiziellen Kriegsende irgendetwas zu feiern hätte.

„Na Jungs, siegreiche Endsieger!", ich spürte eine Hand auf meiner Schulter. Neben mir stand ein Leutnant mit offenem Hemd und blies mir seine Alkoholfahne ins Gesicht. „Hunger? bedient euch!" Ohne eine Antwort abzuwarten schubste er uns ins Zimmer. „Wir haben Besuch Kameraden." Bei diesen Worten drehten sich alle Gesichter uns zu,

„zwei Frontheimkehrer". Ich suchte instinktiv nach meinen Entlassungs-papieren, falls ich danach gefragt werden sollte. Aber offensichtlich schien das weder den Leutnant noch irgendeinen anderen Anwesenden zu interessieren. Unser Hunger besiegte zunächst das Misstrauen, wir schaufelten uns einen Teller voll mit Essen und genehmigten uns ein großes Glas voll Rotwein.

„Vielleicht noch einen Nachtisch?" Ohne eine Antwort abzuwarten klatschte er uns aus einer Schüssel eine Art Schokoladenpudding in ein Glasschälchen. Es dauerte keine halbe Stunde und wir waren pappsatt.

„So ihr beiden Veteranen, wo soll der Weg denn überhaupt hinge-gen?" „Nach Bremen" antwortete ich ihm wahrheitsgemäß. „Ach was, ihr seid Bremer? aus welchem Stadtteil? Ich komme aus Bremen-Huch-ting, das ist ja ein Zufall." „Ich wohne in Bremen-Horn", erklärte ich. „Und ich aus Schwachhausen, aus der Arensburgsstraße 18", ergänzte Ludwig. „Na, so genau wollte ich das eigentlich gar nicht wissen, auf je-den Fall schafft ihr das heute weder bis nach Horn noch bis nach Schwachhausen. Ich schlage vor, ihr nehmt eines der freien Zimmer oben, haut euch aufs Ohr und zieht morgen nach dem Frühstück weiter. Damenbesuch ist leider nicht erlaubt, die brauchen wir selbst", er lachte laut über seinen eigenen Witz, während die anderen höflicherweise grinsten.

Dankbar, wenn auch weiterhin mit Skepsis, nahmen wir das Angebot an und stiegen eine dunkle Eichenholztreppe in den zweiten Stock hin-auf. „Das zweite Zimmer links könnt ihr nehmen", rief er uns noch hin-terher.

Wir öffneten die Tür und ließen uns auf zwei Betten fallen, die dort nebeneinander an der Wand standen. Nach wenigen Minuten war ich eingeschlafen und wachte erst wieder auf als der Mond durch das Fens-ter auf mein schien. Ich musste dringend pinkeln, hatte aber vorhin ver-säumt, nach der Toilette zu fragen. Mir blieb anscheinend nichts ande-res übrig, als draußen vor der Tür mein Geschäft zu erledigen, um nicht Gefahr zu laufen, jemanden von der Gesellschaft in seinen Räumen zu stören.

Ich öffnete die Tür so geräuschlos wie möglich und war schon auf der Treppe, als ich im Hauptraum noch Leute bemerkte. Ich hatte keine Ahnung wie spät es war und was sie wohl dort noch zu tun hätten. Deutlich erkannte ich die Stimme des Leutnants, der scheinbar beschwichtigend auf jemand anderen einsprach. „Erstens können sie nichts mitbekommen haben, " sagte er", zweitens selbst wenn können sie da nichts mit anfangen und drittens, wem wollen sie das erzählen und wer sollte ihnen das glauben." Spätestens jetzt war mir klar, dass irgendetwas an diesen Leuten faul war. Ich zog mich langsam nach oben zurück während der Druck zwischen meinen Beinen zunahm. Es war mir im Moment auch gar nicht wichtig was für ein krummes Ding wir vielleicht mitbekommen haben könnten, ich musste dringender denn je pinkeln und wusste weniger denn je wo.

Ich öffnete die Tür so laut ich konnte und polterte die Treppe hinunter, so dass wirklich jeder im Haus mich hören konnte ohne auf die Idee zu kommen, ich könnte vielleicht gelauscht haben. Fast stieß ich unten an der Treppe mit dem Leutnant zusammen. „Wovor rennst du denn weg?" „Ich muss pinkeln und weiß nicht wo die Toilette ist", entgegnete ich. Er grinste und zeigt nach der Eingangstür:" So dringend, wie es bei dir ist, würde ich sagen ab in den Garten." Das ließ ich mir nicht zweimal sagen, rannte hinaus, stellte mich an den erstbesten Baum und fühlte eine unsägliche Erleichterung. Auf dem Rückweg ins Haus stand wieder der Leutnant vor mir:" Was ich euch noch fragen wollte, wo kommt ihr eigentlich her, ich meine wo wart ihr stationiert. Ich fasste kurz die Geschichte unserer Flucht zusammen, während er bedächtig dazu nickte. „Soso, ihr seid also über Stralsund und Rügen geflohen, ist euch da etwas Besonderes aufgefallen?" Ich hatte keinen blassen Schimmer worauf er hinaus wollte und beschrieb ihm den Fliegerangriff auf das Gehöft und unsere Einheit. „Nein, das meine ich nicht, eher etwas was nicht direkt etwas mit dem Krieg zu tun hat?"

Ich schüttelte den Kopf und er schickte mich zurück ins Bett ohne noch einmal nachzuhaken, hatte damit aber erreicht, dass ich jetzt neugierig geworden war.

Auf der Treppe kam mir Ludwig entgegen mit dem gleichen „Ich muss dringend pinkeln Gesichtsausdruck" wie ich vor wenigen Minuten. „Am besten durch die Eingangstür in den Garten". „Hatte ich auch vor", stieß er hervor und polterte die Treppe hinunter aus der Tür und war im Garten.

Zurück im Zimmer erzählte ich ihm von meiner Beobachtung und dem merkwürdigen Gespräch mit dem Leutnant. „Weiß der Teufel, was hier abläuft, ich denke, wir sollten uns vor dem Frühstück vom Acker machen." Ich pflichtete ihm bei, zumal ich noch so randvoll war, das mir schon der Gedanke ans Essen Übelkeit hervorrufen konnte.

Hamburg

Es war schließlich ein Hahn, der uns beim Morgengrauen weckte, wobei mir der Gedanke kam warum dieser noch nicht in der Suppe gelandet war. Wir packten unsere Sachen und gelangten tatsächlich ungesehen aus dem Haus. Ich kam mir etwas undankbar vor nach der üppigen Versorgung am Vorabend, erinnerte mich aber dann die ungewollt mitgehörten Gesprächsfetzen in der Nacht und beruhigte damit mein schlechtes Gewissen.

Wir kamen gut voran, wobei wir die Hauptstraße mieden und stattdessen versuchten, über Nebenwege unser Ziel zu erreichen. Wir hofften gleichzeitig, so den englischen oder amerikanischen Truppen aus dem Wege zu gehen, da wir überhaupt nicht einschätzen konnten, ob nun das offizielle Ende des Krieges gleichzeitig das Ende aller Kampfhandlungen war und ob wir nicht eventuell doch noch in Gefangenschaft geraten könnten, wenn auch unser ersten Kontakt mit den englischen Truppen in Neustadt nichts dergleichen vermuten lassen sollte. Es machte uns weiterhin skeptisch, dass uns auf unserem Weg kaum deutsche Soldaten begegneten, und wenn, dann nur welche aus Hitlers letztem Aufgebot, dem Volkssturm, das heißt alte Leute oder Kinder, jünger als wir, die wir uns natürlich als erfahrene Landser sahen. Je mehr wir uns Hamburg näherten, desto mehr militärisches Gerät begegnete uns auf dem Weg, in erste Linie zerstörte Lastwagen aber auch, wenn auch seltener abgeschossene Bombenflugzeuge englischer oder amerikanischer Herkunft. Ich erinnerte mich, dass ich noch vor nicht allzu langer Zeit aus solch einem amerikanischen Bomber, der im Bremen Blockland abgestürzt war, einen abgerissenen Propeller nach Haus geschleppt hatte. Meine Mutter ließ mich gar nicht erst ins Haus und schickte mich mit den Worten:" Den kannst du gleich wieder dahinbringen, wo du ihn hergeholt hast", zurückschickte. Ich versteckte den Propeller so gut es ging hinter dem Schuppen im Hof, um ihn eventuell gegen andere Schätze zu tauschen oder in einem günstigeren Moment vielleicht doch noch in meinem Zimmer zu deponieren.

Jetzt begegneten uns permanent solche Schätze, ohne dass wir ein ähnliches Interesse gezeigt hätten.

Wir näherten uns den Außenbezirken von Hamburg. womit auch gleichzeitig das Ausmaß der Zerstörungen zunahm. Erst jetzt wurde mir völlig bewusst, dass wir bis jetzt kaum zertrümmerte Häuser gesehen hatten, das wurde jetzt anders.

Wir verbrachten die letzte Nacht unter freiem Himmel. In der Ecke einer Hausruine, mit hungrigem Magen - wir hatten uns den letzten Apfel geteilt, den ich noch von unserem üppigen Vorabendmenü hatte – warteten wir auf den folgenden Tag, den ich bei meinen Verwandten in Hamburg zu verbringen gedachte. Es war kurz vor Pfingsten als wir endlich die Hansestadt in Langenhorn betraten, oder das, was nach sechs Jahren Krieg und Bombardierung noch von diesem Stadtteil noch übrig war.

Doch es sollte noch schlimmer kommen, denn als wir uns der Stadtmitte näherten. Ganz Straßenzüge glichen mit ihren Schutthaufen mehr einer Geröllwüste als einer Stadt, dazwischen standen ausgebrannte Hausruinen, häufig auch nur Fassaden mit leeren Fensterhöhlen, durch die man den Himmel sah. Flüchtlinge zogen mit ihren Handkarren und Rucksäcken durch die Stadt ohne Aussicht auf Bleibe, denn in Hamburg waren mehr als 2 Millionen Menschen ausgebombt und somit ebenfalls ohne Dach über dem Kopf. So zogen sie mit teilnahmslosen Gesichtern schicksalsergeben weiter nach Schleswig-Holstein, um dort die Erfahrung zu machen, auch dort unerwünscht zu sein. Ich meinte, mich in meiner Geburtsstadt auszukennen, hatte jetzt aber vollkommen die Orientierung verloren, da alle Orientierungspunkte verschwunden waren. Am Bordstein saß ein Volkssturmjunge, anscheinend noch deutlich jünger als ich, aber mit einem Gesicht als hätte er Dinge erlebt, die 100 Jahre älter machten. Ich fragte ihn nach dem Weg, er hob leicht den Kopf, schaute aber dann durch mich hindurch und schwieg. Ich fragte ihn ein zweites Mal, ebenfalls erfolglos und versuchte es dann bei einer Frau, die ein kleines Mädchen an der Hand hatte. „Wo willst du hin?", fragte sie mich als ob ich nach einer Adresse in Amerika gefragt hätte. Ich wiederholte den Straßennamen und was ich sonst noch an Merkmalen wusste. „Ach ja, das ist in Eidelstedt" und zeigt dabei leicht mit dem Kopf in die entsprechende Richtung. „Gute Frau, ich weiß auch dass das in Eidelstedt ist, aber wo verdammt liegt Eidelstedt, in welche Richtung muss ich gehen? Ich kann mir ja schlecht ein Taxi nehmen. Es reicht wenn sie mir die grobe Richtung zeigen, ich frage dann später noch einmal jemand anders wenn ich anders nicht klar komme." „Tjaa", sagte sie", dann gehe hier die Straße weiter runter bis du zu einem Restaurant kommst mit einer Holsten Reklame an der Mauer, dann biegst du rechts ab und hältst dich mehr oder weniger in der Richtung. Nach 3-4 Kilometern gehst du wieder ein wenig links und dann fragst du am besten noch einmal."

Ich dankte ihr und machte mich auf den Weg, als ich bemerkte, dass Ludwig nicht mehr bei mir war. Ich ging ein Stück des Wegs zurück, bis dahin wo immer noch der Hitlerjunge saß und vor sich hinstierte, setzte mich hin und wartete in der Hoffnung ihn bald hinter irgendeiner Hausmauer vom Pinkeln kommend, auftauchen zu sehen. Als er nach einer halben Stunde immer noch nicht aufgekreuzt war, macht ich mich schweren Herzens allein auf den Weg, da ich nicht einschätzen konnte, wie weit ich für den Weg brauchen würde und ich bei meiner Tante ankommen wollte, bevor es dunkel wurde.

Eidelstedt

Tante Emmi starrte mich an als wäre ich nicht mehr von dieser Welt. Mit mehrmaligem Nachfragen hatte ich endlich die Straße gefunden und glücklich festgestellt, dass das Haus der Schwester meiner Mutter, eine ehemalige Bäckerei, wenn auch arg lädiert, noch stand. „Eehm, ich bin auf dem Weg nach Bremen und vielleicht könnte ich diese Nacht..." Meine Tante erwachte aus ihrer Erstarrung und nahm mich in die Arme. "Callemann", jetzt liefen ihr Tränen über die Wangen, „wie, von wo kommst du denn jetzt her". Sie zog mich vom Hausflur in die Wohnung:" Komm erst mal rein und hänge deinen Mantel an die Garderobe. Du musst ja einen Mordshunger haben, wann hast du denn das letzte Mal gegessen, ich habe noch etwas vom Mittagessen übrig. Wasch dir man erstmal die Hände während ich das Essen aufwärme."

Meine Tante war seit 1943 Witwe, mein Onkel war im Kessel von Stalingrad umgekommen. Das eiserne Kreuz war ihm posthum verliehen worden.

Beim Anblick meines Spiegelbildes im Bad wunderte ich mich, dass meine Tante mich wiedererkannt hatte, ich hatte fast selbst Schwierigkeiten damit. Ich beschloss daher spontan, meine Waschaktion auf den ganzen Oberkörper auszudehnen, hängte meine Wäsche an einen Haken an der Tür, beugte mich über die Badewanne, schrubbte mir den Staub der letzten Tage vom Körper und fühlte mich augenblicklich besser. Aus der Küche kam mir ein Geruch von Steckrüben entgegen, die ich normalerweise verabscheute, die mir aber jetzt wie ein Leibgericht erschienen. Ich setzte mich an den Küchentisch und erzählte die Geschichte meiner Flucht, wobei ich aber ein paar Auslassungen vornahm. Meine Tante hörte mir zu ohne mich zu unterbrechen und sagte dann: „Jetzt müssen wir nur noch sehen, das Mutti und Vati auch wissen, dass es dir gutgeht. Aber wahrscheinlich bist du früher zu Haus, als eine Karte dorthin braucht, wenn die Post überhaupt funktioniert."

Sie holte einen Teller aus dem Küchenbuffet, füllte ihn mir der Suppenkelle und stellte ihn vor mich hin. „Hier, den Kanten Brot habe ich noch im Brotkasten gefunden, du musst doch satt werden." Ich aß, bis der Topf leer war, meine Tante suchte mir einen Schlafanzug von meinem Onkel heraus, macht mir das Bett und es dauerte keine 5 Minuten und ich war eingeschlafen. Ich träumte von Schiffen, wo Offiziere mit Prostituierten Feste feierten, Schiffe die sich in Häuser verwandelten wo die Offiziere plötzlich Fremdarbeiter sind und sich mit Knüppeln in der Hand auf mich und Ludwig stürzen, der jetzt das Geschlecht gewechselt hat, ein Kopftuch trägt und eine vorn zerrissene Bluse. Ich sehe einen LKW auf mich zukommen, der mit einem gewaltigen Knall auf eine Mine fährt.

Es dauert einen Moment, bis ich begreife, dass der Knall nicht von der geträumten Mine kommt, sondern von der Straße. Es ist inzwischen stockdunkel draußen und im Haus brennt auch kein Licht. Das Fenster meines Zimmers geht zum Hof, dort ist nichts zu sehen. Ich taste mich durch die Wohnung zum Küchenfenster und schaue hinaus auf die Straße. Im Schein von Taschenlampen wurde ein menschlicher Körper auf einen LKW gehoben. Nach einer Viertelstunde war alles wieder leer.

Blankenese

Mit einem kleinen Fresspaket unter dem Arm mache ich mich auf den Weg zur S-Bahn Station, die trotz der immensen Zerstörungen der Hansestadt noch oder wieder fährt. In Blankenese soll es eine Fähre über die Elbe geben, durch das "alte Land" könnte ich dann weiter Richtung Bremen marschieren. "Eine Einzelfahrt nach Blankenese bitte, „ die Frau hinter dem Schalter reichte mir einen Fahrschein, "macht 30 Pfennig die einfache Fahrt!" Die Bahn setzte sich in Bewegung und rumpelte langsam durch meine Heimatstadt oder das was davon noch stand. Ganze Straßenzüge hatten sich in Schutthalden verwandelt und viele Häuser schienen den Potemkin'schen Dörfern zu entstammen. Häuser, die nur noch aus Fassaden bestanden, Fassaden mit Türen und Fenstern, die ins nichts führten. Es gab vom Schutt einigermaßen freigelegte Wege die in unsichtbare Behausungen führten. Zurück in die Steinzeit dachte ich, Wohnhöhlen ohne Elektrizität und Wasser.

Je weiter wir uns der Innenstadt entfernten, desto weniger wurden die Zerstörungen. Blankenese, einem der teuersten Stadtviertel Hamburgs kam seine exponierter Lage zugute. Hier standen weder Fabriken noch Arbeiterviertel, deren Moral gebrochen werden konnte.

Ich gelangte ohne größere Schwierigkeiten von der S-Bahnstation an den Fähranleger an der Elbe. Breit und träg und teilnahmslos floss der Strom dahin, er hatte mehr als einen Krieg gesehen. Sowohl Vorstöße nach Osten als auch Vorstöße nach Westen. Nach der glorreichen deutschen Niederlage wäre jetzt wohl wieder ein Vorstoß von Ost nach West zu erwarten. Die Fähre legte jetzt auf der anderen Flussseite ab und setzte sich behäbig in Bewegung. Ein Motorengeräusch ließ mich aufhorchen, die Straße zum Anleger herunter kam ein Militärjeep mit zwei englischen Soldaten wie ich bald erkannte. Sie konnten mich noch nicht bemerkt haben, da ich im Schatten des Fährhauses hinter einer Gruppe von Fahrgästen stand. Das erste Mal seit meiner Entlassung ging mir mein unklarer Status durch den Kopf, ich war zwar entlassen aus der deutschen Wehrmacht, die es ja eigentlich auch gar nicht mehr als Befehlsgeber gab - oder doch? Auf der anderen Seite, wer hatte denn jetzt hier das Sagen und könnte ich nicht doch als Kriegsgefangener gelten, ich hatte ja noch meine Uniform und war noch nicht zu Hause. Instinktiv drückte ich mich noch weiter in den Schatten und bewegte mich langsam auf die Rückseite des Hauses. Offensichtlich keine Minute zu früh, als ein "Come with me" von der Vorderseite hörte und sich bald darauf die beiden Engländer mit einem deutschen Uniformträger wieder auf den Weg machten.

Die Fähre legte ab und je weiter wir uns vom Hamburger Ufer entfernten, desto sicherer fühlte ich obwohl mir auf der anderen Seite des Flusses genau das gleiche passieren konnte. Die Irrationalität meines Gedankens wurde mir erst später bewusst. Ich setzte mich auf einen Poller, öffnete mein Paket und stellte fest, das Brot war schimmelig. Ich war es in den Fluss und schaute zu wie in das Fahrwasser des Schiffes trieb, sich noch zweimal drehte und dann versank.

Donnernd fiel die Laderampe auf den Beton und ich trottete von Bord. Ohne mich noch einmal umzusehen machte ich mich wieder auf den Weg nach Bremen. Die Richtung war mir in etwa bekannt, die wenigen Wegweiser sagten mir dagegen gar nichts.

Bratkartoffeln

Ich stapfte den Deich hinauf und wandte mich dann nach links, in der Hoffnung auf die Straße nach Buxtehude zu stoßen und dann weiter über Zeven nach Haus zu kommen. Der Magen hing mir inzwischen in den Kniekehlen, so dass der Gedanke an Nahrung den der schnellen Weiterreise besiegte. So beschloss ich es einmal auf einem der Bauernhöfe zu versuchen, denn wenn es etwas gab, dann dort.

Hinter einem Gartenzaun sah mich ein Mädchen näherkommen und ging ebenfalls ein paar Schritte auf mich zu. Ich war noch beim dem Gedanken, wie ich mein Anliegen am geschicktesten in Worte kleiden könnte, als sie mich schon ansprach: „Hunger, was?" Ich stotterte meine Antwort:" Eigentlich wollte ich nur...", als sie mich wieder unterbrach, „Hör auf, du bist hier nicht erste mit Schmach, komm herein, ich mach dir was fertig." Sie wusste, dass sie Recht hatte und so trottete ich ihr hinterher ins Haus, durch die Diele in eine riesige Küche. Sie musste in etwa das gleiche Alter wie ich haben, allerdings bewiesen ihre Rundungen einen eindeutig besseren Ernährungszustand. "Ich heiße Rieke und du?" Ich nannte ihr meinen Namen und das Ziel meiner Reise, sie ging kaum darauf ein.

"Setz dich!" Sie holte eine riesige gusseiserne Bratpfanne hervor, knallte sie auf den Herd, tat ein großes Stück Fett hinein, gab Speck dazu, schnitt zwei Zwiebeln klein und briet alles zusammen an. Dann holte sie eine Schale mit gekochten Kartoffeln und gab sie in Scheiben dazu. Es war eine beeindruckende Menge Bratkartoffeln, die sich da bereit machte, meinen entwöhnten Magen zu füllen. Wenig später hatte Rieke mir den gesamten Pfanneninhalt auf einen Teller umgefüllt und vor die Nase geschoben. Mir war schleierhaft, wie ich diese Menge vertilgen sollte.

"Du hast sicherlich auch Durst", ohne eine Antwort abzuwarten füllte sie zwei Gläser aus einer Flasche Apfelmost und setzte sich zu mir. "So, nun kannst du erzählen, aber besser noch iss erst einmal."

Sie saß mir gegenüber, legte die Arme auf den Tisch, ihre Brüste darauf und schob mir ihr tiefes Dekolleté so langsam näher als wenn sie damit auf einen möglichen Nachtisch hinweisen wollte. Zu allem Überfluss waren auch noch die obersten beiden Knöpfe ihres Kleides aufgegangen, ob Absicht oder Zufall war mir nicht klar. Ich versuchte erst einmal Zeit zu gewinnen und die Situation genauer einzuschätzen und machte mich deshalb über die Bratkartoffeln her.

Mit viel Most schaffte ich es tatsächlich den Teller leer zu essen. Sie legte mir die Hand auf den Arm und schaute mir in die Augen: " Du willst doch heute nicht mehr weiter, ich mache dir oben ein Bett fertig und morgen ein gutes Frühstück, was hältst du davon." Ich weiß nicht ob ich mich dem nicht gewachsen fühlte, was da auf mich zukommen sollte oder ob ich Angst hatte etwas falsch einzuschätzen, auf jeden Fall hatte ich es plötzlich ganz eilig weiterzukommen. Ich stammelte etwas von Treffen mit einem Kameraden, dankte ihr für das leckere Essen und machte mich wieder auf den Weg. Mit einem, wie es mir schien, leicht spöttischen Gesichtsausdruck schaute sie mir nach. "Vielleicht überlegst du es dir ja noch", rief sie mir hinterher, als ich bereits um die nächste Ecke bog.

Ich hätte es mir wirklich überlegen sollen, denn ich war noch keine halbe Stunde auf dem Weg, als mir ein englischer Jeep entgegenkam und vor mir stoppte. "Come on boy!" grinste mich ein Sergeant an. Mir war klar, dass meine Wanderung erst einmal zu Ende war. Ich wurde nach Waffen durchsucht und musste mein Messer abgeben, dann brachten sie mich zu einer Gruppe deutscher Gefangener im nächsten Ort. Ich verfluchte mich selbst und meine Tante, die nicht auf die Idee gekommen war, mir Zivilkleidung zu geben, die mir mit großer Wahrscheinlichkeit 3 Monate englischer Gefangenschaft erspart hätte.

Am selben Tag noch wurden wir auf Lastwagen geladen und an Bremen vorbei in das Lager Munster in der Lüneburger Heide geschafft.

Zuhause

Ein Vierteljahr später kam ich mit einem Überlandbus am Zentralen Omnibusbahnhof in Bremen an. Das Lager hatte mich der letzten Illusionen beraubt, das der Krieg mit irgendetwas Heldenhaftem zu tun haben könnte. Dies war nicht zuletzt das Werk der SS, dir mir von ihren Heldentaten im Osten erzählten.

Neue Tagebagger

Wie jeder Film, auch ein falscher, irgendwann zu Ende geht, ging auch unsere Wehrdienstzeit ihrem Abspann entgegen und statt wie anfangs den älteren W15ern die geschuldete Ehre zu erweisen, hatten wir nun selbst ein Maßband, das nur noch knapp 30 Tage anzeigte, und das nun den Neuen unter die Nase gehalten werden musste: "Eiih du Tagebagger, Maßband knutschen?" , ergänzt von einem Lied, das weder Sinn noch Verstand hatte, aber wohl gerade deshalb auch von den einfacher gestrickten Rekruten, sogar von Stuffz Kruse auswendig gelernt werden konnte. Natürlich waren wir keine einfachen Panzerschützen mehr, sondern inzwischen zweimal befördert worden. Zirwes als Panzerfahrer war Hauptgefreiter, ich als Richtschütze Obergefreiter, diejenigen, die sich zu einem Reserveoffizierslehrgang gemeldet hatten, waren sogar Fahnenjunker geworden, was ihnen das Recht aber auch die Pflicht gab, ihren Mittagstisch in der Offiziersmesse hinter den Rosenrabatten einzunehmen.

Kompaniefeldwebel Dech erwies sich als durchaus umgänglich, nachdem er mit seinem Auftritt für den nötigen Respekt gesorgt hatte und beim Eintreffen der nächsten Tagebagger war seine Darbietung eine fast wörtliche Wiederholung der vorherigen. Mutig geworden schob sich Zirwes Leutnant-Schulterstücke auf sein Hemd; ich begleitete ihn als Feldwebel und wir wirbelten auf die Stube der Neuankömmlinge. Die Tür flog auf und kaum hatten die armen Kerle sich aufgebaut und ihre Meldung zusammengestottert legte HG Zirwes, sich selbst zum Leutnant befördernd, auch schon los mit einer Stimme, die er sich eindeutig beim Spieß abgehört hatte. "Bettenmachen habt ihr wohl nicht gelernt in der Grundausbildung was?! „, eine Bemerkung die vollkommen unsinnig war, da die Neuen erst vor drei Minuten auf ihr Zimmer gekommen waren und gerade erst ihre Seesäcke abgestellt hatten. Aber Zirwes ließ sich nicht beirren und fuhr auf der gleichen Schiene weiter mit seinem Unsinn, "wie sieht denn ihr Spint aus, Herr Panzer-schütze?", der Spint war noch vollkommen leer. Ich war gespannt wie weit der 5-Minuten-Leutnant sein Spiel noch treiben würde, da er sich selbst kaum ein Grinsen verkneifen konnte. Eigentlich fehlte nur noch die Beschwerde über die Sauberkeit der Stube, doch dafür hatte Zirwes mich ausersehen. Ich ließ mein Barett unter dem Bett durchrutschen, zeigt auf die Staubspur, die sich unvermeidlich darauf zeigte, blies da-gegen und fragte den vermutlichen Bettbesitzer:" Sehen sie mich noch, Herr Panzerschütze?!" "Jawoll, ich meine nein, ich meine ja, ich denke..." Bevor er noch zu Ende war, hörten wir den Kompaniefeldwe-bel die Treppe heraufkommen. Wir stürzten zur Tür und im Hinausge-hen musste Zirwes natürlich noch "wir kochen hier übrigens mit Wasser und das bei 100%, ähh 100 Grad, weitermachen meine Herren Panzer-schützen!"

"Zirwes du bist ein Arsch, den gleichen Spruch hören sie doch gleich vom Spieß", konnte ich mir nicht verkneifen, während wir noch gerade rechtzeitig im Nebenraum verschwanden. Zirwes, jetzt wieder HG, feixte sich einen:"Je früher die Mitkriegen, was hier abgeht, desto bes-ser für sie, das war doch absurdes Theater live." Irgendwie musste ich ihm rechtgeben, ließ meine Feldwebel-Abzeichen schnell verschwinden und wir machten uns auf den Weg zur Kantine. Genau in diesem Mo-ment ging die Stubentür nebenan auf und die Mutter der Kompanie kam mit Stuffz Kruse aus der Stube. Wir versuchten teilnahmslos an den Beiden vorbeizuhuschen, kamen allerdings zur bis auf gleiche Höhe. "Herr Obergefreiter, Herr Hauptgefreiter, haben sie vielleicht einen Leutnant in Begleitung eines Feldwebels hier in der Kompanie gese-hen?" Es gab in der ganzen Kompanie gar keinen Leutnant. "Nicht das ich wüsste, Herr Hauptfeld", gaben wir fast im Chor zurück. "Scheinbar können die neuen Kameraden die Rangabzeichen noch nicht auseinan-derhalten." "Jawoll Hauptfeld, da muss noch was passieren, das sehen wir auch so." Dech schaute uns an und grinste leicht, Kruse begriff wie immer gar nichts, dann konnten wir gehen. "Hätte auch schief gehen können, was?" Zirwes schüttelte den Kopf, "der weiß doch ganz genau was Sache ist, wenn er uns erwischt hätte, ein Wochenende GvD und fertig, das ist mir der Spaß wert."

Ich will nicht mit nach Canada

Die Canadian Forces Base Shilo ist ein militärischer Stützpunkt und Trainingsgelände der kanadischen Streitkräfte sowie deren Verbündeten. Der Stützpunkt befindet sich ca. 35 km östlich von Brandon, Manitoba, Kanada. Er wird vom kanadischen Verteidigungsministerium, dem Department of National Defence, betrieben und verfügt über ein Helipad.

Der deutschen Bundeswehr, vor allen den Kampfpanzertruppen, steht dort das German Army Trainings Center zur Verfügung.

Einrücken in den Tagesraum, Stuffz Kruses Organ drang in unsere Mittagsruhe. "Halts, Maul, du Blödmann, „ murmelte Bauernsohn Hinrichsen vor sich hin. Er hängte seinen Schinken zurück in den Spint, "wir schlachten noch selbst und räuchern sogar, hier probier mal", zog sich die Stiefel an und wir trotteten gemeinsam nach unten. Hinrichsen schien überhaupt in erster Linie von Geräuchertem zu leben, denn kaum nach dem Morgenpfiff, nach der "Kompanie aufstäääään!"-Schreierei, taperte er, noch schlaftrunken, zu seinem Spind, holte sich eine von seinen selbstgedrehten Zigaretten, steckte sie an und machte erst dann richtig seine Augen auf. Seine Zigaretten hatten eine ähnliche Wirkung wie bei Lungenkranken die Sauerstoffmaske.

"Na Stuffz, was gibt's denn so wichtiges?" Kruse war inzwischen so weit abgerichtet, dass Neuigkeiten sofort an uns Maßbandträger weitergegeben wurde. "Ich bin mir nicht sicher antwortete er, wahrscheinlich fliegt die Kompanie nach Canada, sind gerade wieder 4 Jahre um." "Der Stabsunteroffizier kann weiter als bis 3 zählen", raunte mir Zirwes zu. "Wahrscheinlich hat er eine Weiterbildung mitgemacht, nach dem Aufbaukurs schafft er es vielleicht sogar bis 5", raunte ich zurück.

"Morgen Hauptfeld, „ auch gegenüber dem Kompaniefeldwebel, der mit kurzen zackigen Schritten an uns vorbeirauschte, nahmen wir uns jetzt einen laxeren Ton heraus. Er grüßte kurz zurück und stellte sich hinter das Rednerpult.

"Meine Herren, sie haben ein schweinemäßiges Glück, wir fahren dieses Jahr wieder nach Canada und zwar mit dem gesamten Panzerbataillon. Der Ort heißt "Shiloh", liegt in Manitoba, ca. 300 km von Winnipeg entfernt und hat Platz ohne Ende. Dagegen ist das Übungsgelände in Bergen-Hohne nur ein Sandkasten. Wir haben schon ganze Panzer in Erdlöchern verloren und erst Tage später wiedergefunden. Wir werden Übungen auf Bataillonsebene machen, sozusagen ein kleines Barbarossa wenn sie wissen was ich meine, hahaha." Ich konnte darauf wetten, das Kruse nicht wusste, was er meinte. Dann jagte ein Superlativ den nächsten, Züge waren mindestens einen Kilometer lang, die Lastwagen fuhren meist mit drei Anhängern, kurze Familienbesuche dauerten schon allein wegen der Entfernung mehrere Tage und so weiter ohne Ende.

"Scheiße, sagte Peter Mroczek, ich muss mal aufn Bottich", als wir schließlich den Saal verließen. Das "Scheiße" galt dabei nicht dem Bottich, sondern einem Problem, dass ihm urplötzlich einfiel. Mroczek kam aus Dortmund, er sagte immer Dorrrtmuund, und musste sich jedes Wochenende in die Nato-Rallye auf der Autobahn A1 Richtung Ruhrgebiet einreihen. Auf seiner letzten Heimfahrt hatte er die Liebe seines Lebens kennengelernt und war sich nun unsicher, ob diese Liebe die Gunst der Stunde nutzen könnte und während seines geplanten Canada Aufenthaltes feststellen, dass er vielleicht nicht die Liebe IHRES Lebens war. Hier musste also unbedingt nachgearbeitet werden und das ging nun schlecht von Canada aus. Es gab hierfür nur eine Möglichkeit der Freistellung, nämlich Transportunfähigkeit wegen Krankheit. Auf dem Rückweg von der Toilette hatte er die Lösung: „Ihr müsst mir den Zeh brechen!" Terbrack sah ihn mit seinem "Hast-du-sie-noch-alle-beisammen Blick" an und Peter erzählte uns sein Dilemma. "Na klar, dafür sind doch Kameraden dar, ich könnte dir auch mit dem Panzer aus Versehen drüber waren, „ sagte Zirwes, „Vielleicht beim Kettenwechsel oder beim technischen Dienst. "Meinst du das geht?" Mroczek rückt geistig bedenklich nahe an Kruse heran, er war offensichtlich schon zu lange bei der Bundeswehr. "Bist du bescheuert?" jetzt konnte ich mich auch nicht mehr zurückhalten, "Wenn der dir mit dem Leo darüberfährt, dann kannst du deinen Fuß, oder das was davon noch übrig ist als Schwimmflosse benutzen. Außerdem wird das deiner Attraktivität gegenüber, wie heißt die Schnecke überhaupt?" "Susanne und sie ist keine Schnecke!" "... also deiner Susanne den Rest geben, dann kannst du gleich mitfahren nach Shiloh."Bei der Wehrmacht hätten sie dich wegen Selbstverstümmelung erschossen, also lass dich bloß nicht dabei erwischen", steuerte Martin noch aus seinem reichhaltigen militärischem Geschichtswissen bei.

"Scheiße, und ihr wollt Kameraden sein?! Ich kenne auch noch andere die mir helfen werden." Mroczek schien jetzt echt sauer zu werden, doch Zirwes legte noch einen drauf: "Ich könnte dir beide Hände in der Panzertür vom Waffenschrank quetschen, das wär doch nun echte Kameradschaft." "Ach leckt mich doch alle...!" er ließ uns stehen und machte sich nach echten Freunden-in-der-Not auf, die scheinbar letztens Endes einen Ausweg fanden, denn in der Boeing 01 der Bundeswehr blieb sein Platz leer. Später erfuhren wir, dass er sich ein Eisenrohr aus der Werkstatt der Instandsetzungstruppe besorgt hatte und bei dem vergeblichen Versuch sich den Zeh zu brechen, sich lediglich eine Verstauchung zugezogen hatte. Den zu erwartenden Schmerz hatte er wie im Western mit einer Flasche Wodka aus der Mannschaftskantine zu betäuben versucht. Mit seinem kaputten Fuß war er nun aber nicht transportfähig und blieb nahezu die ganze Zeit unseres Canada-Aufenthaltes in Schwanewede, konnte sich aber auch nicht um seine neue Flamme in Dortmund kümmern.

Canada

Der Flug Köln-Manitoba dauerte mit Zwischenlandung auf Bangor 14 Stunden. Der Transport erfolgte mit der Boeing 707, die sonst unser Bundeskanzler Helmut Schmidt für seine Auslandsreisen benutzte, ein Privileg, das den hohen Stellenwert deutscher Landesverteidigung in den Weiten der kanadischen Prärie vor Augen führte.

Nach stundenlangem Flug über endlose Landschaften - die schon seinerzeit unseren ehemaligen Bundespräsidenten Heinrich Lübke, der, wie er dem kanadischen Ministerpräsidenten erzählte bereist mit seinem Freund Karl May, den wiederum der Ministerpräsident nicht kannte, dieses chiesige Land (er wollte sagen "riesige Land") besucht hatte, hähähä, beeindruckt hatten, - landeten wir nahe dem geografischen Zentrum von Nordamerika in Winnipeg. Von dort ging es weiter durch dieses chiesige Land über Brandon, die Bezirkshauptstadt nach Shiloh, wo sich das "German Army Training Camp" befand.

Stuffz Kruse hatte den Auftrag erhalten, für diejenigen, die des Englischen nicht mächtig waren, und das schloss ihn fatalerweise mit ein, was er vor dem Kompaniefeldwebel natürlich nicht zugeben durfte, eine Liste mit den wichtigsten englischen Ausdrücken, sozusagen als Überlebensplan anzufertigen. Das Ergebnis fiel entsprechend den Vorgaben aus, was den Nichtanglisten begreiflicherweise nicht weiter auffiel und auch natürlich vollkommen egal war, in der Abiturientengruppe aber wieder, wie die meisten Aktionen von Kruse, für brüllendes Gelächter sorgte.

Gottseidank war ich auf diesen Zettel nicht angewiesen, denn gleich am nächsten Tag hielt mich, während ich meinen Wachgang absolvierte, die Militärpolizei der Kanadier an, die ebenfalls auf dem Gelände anwesend waren an. "Hey, Private, you are leavin german territory!" Ich war bis jetzt der Überzeugung gewesen, ich wäre in Canada und somit wäre eigentlich alles "canadian territory".

Am nächsten Tag jedoch wurde ich zum Spieß zitiert, der mich dann eines besseren belehrte und mir mein Vergehen vor Augen führte: der zu kontrollierende deutsche Kasernenbereich reichte zwar bis an die Straße, an der ich angehalten wurde, ich hatte nur fälschlicherweise die rechte Straßenseite, nämlich die kanadische benutzt, wohingegen die Grenze, genau in der Straßenmitte verlief, wie an der Oder-Neisse. "Schauen sie her, O.G., die weitere Bearbeitung der Angelegenheit erfolgt über die Ablage "P" ", der Spieß versenkte die Beschwerde genüsslich mit einem breiten Grinsen im Papierkorb, "Melden sich ab, Herr Obergefreiter!" "Ich grinste zurück und machte, dass ich auf meine Stube kam, wo sich die anderen bereits ausgangsfertig gemacht hatten.

Brandon

Brandon ist eine Stadt im Südwesten von Manitoba, Kanada. Sie liegt direkt am Ufer des kurvenreichen Assiniboine River in Manitoba. Brandon, die zweitgrößte Stadt Manitobas, wurde durch General Thomas Rosser gegründet, der sie 1881 als Knotenpunkt der Canadian Pacific Railway sah. Auch heute noch sind die Landwirtschaft und die Verarbeitung ihrer Erzeugnisse in dieser fruchtbaren Region vorherrschend, weshalb Brandon den Beinamen "Weizenstadt" erhielt. In Brandon sind die Brandon Wheat Kings zuhause, die in der Western Hockey League spielen.

Von Shilo war es ca. eine Stunde Fahrtzeit bis Brandon, das nächtliche Ausflugsziel des German Army Training Centers, wenn man seinen Feierabend nicht im Camp verbringen wollte, das lediglich einen Hot-Dog Stand und eine Bar aufzuweisen hatte. Brandon, das Zentrum der Weizenregion von Manitoba, wie es sich stolz vorstellte, hatte von seiner Einwohnerzahl her ungefähr die Größe Bremens. Das Nachtleben konzentrierte sich für das deutsche Militär vor allem in einem Club, der dafür aber gleich alles beinhaltete. Der Höhepunkt des Abends war eine Striptease-Show, die erst zu vorgerückter Stunde beginnen konnte, da der Star des Abends Engagements für mehrere Funktionen hatte. Beginnend mit einigen Zauberkunststücken, erschien die Dame in asbestverstärktem Flitterkleid um sich mit Feuerschluckerei so weit zu erhitzen, das sie sich in der folgenden Show ihrer Garderobe entlegen konnte. Sie war dabei so mollig gebaut, dass sich allerdings keiner der Zuschauer Sorgen bezüglich einer möglichen Erkältung machte.

Gegen 23:00 Uhr nun war der gesamte Raum vom Geruch abgefackelten Spiritus durchdrungen und das große Event konnte beginnen. "Ich hoffe sie singt nicht noch selbst dazu", meinte Zirwes. "Wie denn, mit den halb gerösteten Stimmbändern", raunte ich zurück. "Na ja", sagte er", bis jetzt war ja der ganze Abend eine Art 'Eine Frau Show', mich wundert nur, das sie nicht noch Popcorn verkauft und die Eintrittskarten kontrolliert." "Geht ja auch nicht, sie steht doch seit wir hier sind auf der Bühne, „ erinnerte ich ihn, was jetzt allerdings nicht mehr ganz der Wahrheit entsprach, denn die Bühne war bis auf eine Spiritusfahne leer.

Wir gingen uns ein neues Bier holen und kamen just in dem Moment zurück, als auch Sally, so hieß der Allroundstar der Abends wieder die Bretter betrat, die die Welt bedeuten. Sally kam diesmal in Begleitung eines kleinen schwarzen Kastens, den sie auf einem Tischchen abstellte und der sich als Plattenspieler mit eingebautem Lautsprecher im Deckel entpuppte. Von irgendwo her zauberte sie mit langer beruflicher Erfahrung die passende Schallplatte, setzte die Nadel auf und mit leicht knisternder Untermalung - an kanadische Lagefeuer erinnernd - begann die erotische Untermalung von Sallys Darbietung. Die Musik erwies sich als vollkommen überflüssig, denn je näher sie ihrer Unterwäsche kam, desto lauter wurde das Gegröle, das sie mit professionellem Augenaufschlag beantwortete. Sie ließ gekonnt das Schloss ihres BHs aufschnappen, hatte sich aber aufgrund der Lautstärke des deutschen Militärs nicht recht auf die Musik konzentrieren können, so dass die Seite A der Schallplatte bereits beendet war und die Nadel des Plattenspielers immer gegen das Ende der Platte schlug bevor sie ihre Vorführung beenden konnte - offensichtlich hatte der Plattenspieler keine automatische Endabschaltung.

"Warte mal ab, „ sagte Zirwes, "jetzt zieht sie sich wieder an, dreht die Platte um und versucht es noch einmal von vorne." Ganz Unrecht hatte er damit nicht, Sally hängte ihr BH-Schloss wieder ein, drehte die Platte um und machte dann an der Stelle weiter, wo sie durch die Kürze der Platte aufgehalten worden war. Sie entledigte sich ihres BHs, ließ ihn haarscharf an Terbracks Bierglas vorbeiflutschen, der ihr das gute Stück postwendend zurückflutschte, wirbelte ihren Kettenslip mit bauchtanzähnlichen Bewegung vor den Augen des ersten Zugs herum und verschwand urplötzlich hinter dem Bühnenvorhang, die Zugabe-Zugabe-Rufe professionell ignorierend.

North Dakota

Die Interstate 10 in Canada führt schnurgerade durch Brandon hindurch bis an die amerikanische Grenze. Wir waren sofort nach dem Morgenappell losgefahren und jetzt bereits 2 Stunden unterwegs in

Richtung auf North Dakota in den Vereinigten Staaten von Nordamerika. Aus irgendeiner Laune heraus hatte der Kompaniefeldwebel Dech uns einen Tag Sonderurlaub gewährt.

"Reincke und Terbrack haben sich einen Tag Sonderurlaub verdient, der morgen genommen wird!" verkündete er der angetretenen Truppe mit seiner typischen, über das gesamte Kasernengelände bellenden Stimme. "Und was soll das jetzt? " fragte mich mein Ladeschütze in seinem breiten westfälischen Dialekt. "Keine Ahnung, „ erwiderte ich, „und frag bloß nicht nach, sonst kommt der Spieß noch in Erklärungsnot und nimmt das ganz zurück, wäre ja nicht das erste Mal." Terbrack schwieg weise, fragte nicht nach und so ist bis heute der Grund für diese Vergünstigung ein Rätsel geblieben.

Wir hatten einen nicht mehr ganz neuen Ford Maverick geliehen, der zwar genug Platz bot aber dessen elektrische Ausstattung erhebliche Fehler aufwies, wie wir bald merken sollten. Wir fuhren mitten durch die Prärie an langen Zügen vorbei, die parallel zum Highway abgestellt waren oder sich dort entlang bewegten. Riesige Trucks kamen uns entgegen und es fehlte nicht viel Fantasie, sich Sitting Bull mit seinen Kriegern durch die Steppe preschend vorzustellen.

Terbrack fuhr den Wagen von der Straße in ein Drive-In-Restaurant, eine Institution, die in Deutschland noch gänzlich unbekannt war, stellte den Motor ab und lehnte sich zurück. Ein Mädchen nahm die Bestellung auf und hängte uns ein Tablett an das offene Wagenfenster. Das Restaurant war kombiniert mit einer Tankstelle, auf der wir vorsichtshalber volltanken wollten. Wir hatten die Plätze gewechselt und ich versuchte den Motor anzulassen, doch das einzige Geräusch, das wir hörten, war das Klacken des Schlüssels im Schloss. Wir schoben das Auto 50 Meter weiter an eine Tankstelle, öffneten die Motorhaube und Terbrack erkannte sofort das Problem: ein Kabel war durchgeschmort und so konnte die Lichtmaschine die Batterie nicht laden. Die Reparatur war relativ schnell über die Bühne, der Tankwart ersetzte das Kabel, holte einen Cadillac und startete die Batterie fremd. Mit der ausdrücklichen Anweisung versehen, mindestens 200 Kilometer weit zu fahren, um die

Batterie zu laden, bogen wir wieder auf die Interstate 10 ein und erreichten nach ca. 150 Kilometern die Staatsgrenze im Irgendwo des Nirgendwo zwischen Kanada und den Vereinigten Staaten.

Der Übergang selber machte einen entsprechend verlassenen Eindruck, die Schranke war geöffnet und deutsch-holländische Grenzüberquerungen gewöhnt, fuhren wir langsam im Schritttempo hinüber. Kaum hatten die Hinterräder des Maverick jedoch nordamerikanisches Staatsgebiet berührt, sahen wir aus dem Grenzhäuschen des Zielstaates einen uniformierten Blitz herausschießen, an einer Kurbel drehen und eine laute Sirene ertönte hinter uns in dem auf und abschwellenden Ton für Bombenalarm, den ich noch aus den Sirenentests der Grundschule kannte.

"Ich glaub' das gilt uns", meinte mein westfälischer Beifahrer lakonisch. Ich legte den Rückwärtsgang ein und ließ das Auto wieder nach Canada rollen. Der folgende Dialog war leider in Kruses Notfallzettel nicht vorgesehen, so dass wir auf unsere Schulenglischkenntnisse zurückgreifen mussten. "Where doyouwannago?" Es half uns wenig, der Grenzdame zu erklären, dass wir an der deutsch-holländischen Grenze nicht warten brauchten, wenn man nicht ausdrücklich dazu aufgefordert wurde. Der Blick mit dem sie uns ansah, ließ vermuten, dass sie nicht einmal wusste, wo Holland lag oder dass es überhaupt existierte und dazu noch einen nahezu unbewachten Grenzübergang hatte. "This is Canada, I mean we are in the United States here," (hatte sie auch da Schwierigkeiten?), "an you should know our laws!" herrschte sie uns an. "Open here too", sie zeigte mit dem Finger auf den Kofferraum. Wir hatten den Motor nicht abgestellt, weil die Zeit noch nicht ausgereicht hatte, die Batterie zu füllen, der Kofferraum hatte aber einen Extraschlüssel der am Zündschlüsselring baumelte. So mussten wir der Dame nun klarmachen, dass wir den Schlüssel aus genanntem Grund nicht abziehen konnten, ohne auf lange Zeit den inneramerikanischen Grenzverkehr mit unserem dann bewegungsunfähigen Maverick zu blockieren. Terbrack nestelte schließlich bei weiterhin laufendem Motor den

Kofferraumschlüssel los und der geöffnete Deckel gab den Blick auf eine Ansammlung von Seesäcken frei.

Jetzt sah die Grenzschützerin uns mit einem "Na da hab ich euch wohl beim Schmuggeln erwischt - Blick" an. Es war natürlich zwecklos ihr klarzumachen, dass wir das Auto mit einer größeren Gruppe von Kameraden geliehen hatten, um in Brandon Sally in ihrer Show zu besuchen, wobei selbst uns in diesem Zusammenhang die Anwesenheit des Gepäcks nicht einleuchtete. Zu unserer Erleichterung enthielten die Säcke lediglich gebrauchte Wäsche, noch unverständlicher, und so konnten wir nach 30 Minuten Zwangsaufenthalt bei ständig laufendem Motor legal in "Gods own country" einrücken.

Die Batterie

Nach der Grenze war wie vor der Grenze, wieder Prärie, jetzt allerdings von einigen Baumgruppen unterbrochen, und einer schnurgerade Landstraße, die jetzt 30 th Avenue N.E. hieß. Passend dazu plärrte im Radio "Back on the road again" und es hätte mich nicht verwundert, wenn jetzt irgendein Kameramann aufgetaucht wäre oder ein Regisseur gebrüllt hätte: "Kamera aus, ab Grenze noch mal Neuaufnahme, Grenzübergang die Zweite!" Aber das einzige was weiterhin zu sehen war, war die Interstate die sich über ein paar Hügel am Horizont in der Weite der Landschaft verlor. Ein Blick auf die Tankanzeige bracht uns abrupt zurück in die Wirklichkeit. "Scheiße wir müssen tanken, „ meinte Terbrack," außerdem brauchen wir US-Dollar", was auch stimmte.

Den Namen "Dunseith" hatte ich noch nie im Leben gehört und ich war mir sicher ihn auch bald wieder zu vergessen. Der Ort lag genau auf unserer Strecke, hatte sogar eine Bank und eine direkt daneben liegende Tankstelle, was sich noch als sehr nützlich erweisen sollte. Denn während ich mich zum Geldtauschen aufmachte, legte Terbrack mit Hilfe des Zigarettenanzünders unser Fahrzeug lahm, d.h. er zog das Teil heraus und der Motor erstarb. Jetzt hatten wir zwar amerikanische Dollar in der Tasche aber ein funktionsunfähiges Auto, die Batterie war nach der gesamten Strecke so leer wie am Anfang.

Rettung nahte - wieder filmreif - als Pickup, gesteuert von einem Si-oux - Indianer, wie ich vermutete. Der Sitting Bull-Nachkomme, mit Tür-kis- und Silberschmuck behängt und einem Stirnband versehen, steu-erte sein Vehikel in die Garage der Tankstelle. Terbrack schickte mich vorweg, was er immer gern tat, wenn es um Fremdsprachenkenntnisse ging, und so versuchte ich dem roten Mann unser Problem zu erklären. Gemeinsam schoben wir den Maverick in die Garage und ein Blick unter die Motorhaube reichte ihm scheinbar aus zu erkennen, dass die Batte-rie vollkommen im Eimer war. Eine neue Batterie gab es, so machte er uns klar, in einem Umkreis von 200 km nicht. Er überließ uns für 20 Dol-lar aus einem anderen Auto seiner Garage ein gebrauchtes Exemplar, wiederum mit der Aufforderung erst einmal 150 km damit zu fahren. Wir tankten auf, er startete uns mit seinem Pickup fremd und wieder machten wir uns auf den Weg, weiter hinein in seine Stammesgebiete.

Ich hätte was darum gegeben, die Zeit 150 Jahre zurückzudrehen und vielleicht Sitting Bull und seine Dakota-Krieger über die Prärie pre-schen zu sehen, in deren Reservat wir jetzt einfuhren. Wir stoppten un-ser Auto direkt vor dem Cultural Center, aus dem uns ein nicht gerade würdiger Vertreter des großen Stammes der Dakota entgegentorkelte. Kulturelle Veranstaltungen waren zurzeit nicht vorgesehen, zumindest nicht in den paar Stunden, die wir Zeit hatten, uns in Tatanka Yotankas Stammesgebiet am Devils Lake aufzuhalten.

Doch ohne Beute wollte ich auf keinen Fall zurückfahren, denn mein Aufenthalt musste irgendwie dokumentiert werden. Aber das einzige, was das Kulturzentrum zu bieten hatte, war ein "Indian Gift Shop" mit großformatigen Ölgemälden von über die Prärie reitenden Sioux in vol-lem Federschmuck, Nachbildungen von historischen Waffen und beten-den Händen von Albrecht Dürer in Holznachbildung mit Westernweis-heiten. Die Kassiererin, zumindest ethnisch zum Ort passend, schaute gelangweilt zu uns Bleichgesichtern herüber, verschwand in einem Ne-benraum und kam in Begleitung eines Mädchens zurück, dass meinen Karl May Büchern entsprungen zu sein schien.

Ich musste irgendeinen Vorwand finden, sie anzusprechen, eine wei-tere Herausforderung meiner Englischkenntnisse, die ich ebenfalls ohne

Kruses Notfallzettel meistern musste. Ansprechen von Dakota Mädchen in einem amerikanischen stand jedenfalls nicht auf dem Zettel. Ich musste ein sehr dummes Gesicht gemacht haben, denn sie lachte laut los als sie uns mit offenem Mund dastehen sah. "Hey guys, I am Winona, I'm the old granddaughter of Sitting Bull or as we say in Dakota Tatanka Iyotanka," und das stand nun wirklich nicht auf Kruses Merkblatt. Mir fiel die Kinnlade noch ein wenig weiter herunter, Terbrack hatte nur Bull und Tatanka verstanden und dachte sofort an das Milchvieh seines väterlichen Hofes in Westfalen. Er ließ sich alle ihm bekannten Rassen durch den Kopf gehen kam aber nicht auf Tatanka. Somit musste es sich um eine amerikanische Neuzüchtung handeln, die er natürlich sehen und deren Milchleistung er erfahren musste.

"Nice to meet you, I'm Bernd and this is my comrade Hermann, we're from Germany and this ist the first time we are the Unitad States, „ versuchte ich das Gesetz des Handelns wieder an mich zu reissen, wurde jedoch durch Terbrack unterbrochen. „Can you show us the Bull, the Tatanka?" fragte er mit seinem breiten westfälischen English. Ich wollte im Boden versinken ob der Ignoranz meines Ladeschützen, gab es denn keine Literatur in Westfalen? Was hatte der Kerl denn in seiner Kindheit gelesen? Zuchtbücher für Milchkühe?

Winona hingegen schien nicht so überrascht zu sein, als US-Amerikanerin hatte sie es wohl des Öfteren mit Unkenntnis der amerikanischen, sprich der indianischen Geschichte zu tun, ihre eigene Nation hatte auch eine beträchtliche Anzahl von Ignoranten zu bieten, wie sie mir später erzählte. Vor der Tür stand unser Ford Maverick, deren Anblick Sitting Bulls Urenkelin - ich bildete mir felsenfest ein, dass sie es wirklich war, obwohl wahrscheinlich genauso felsenfest sicher war, dass sie nichts mit meinem Jugendhelden zu tun hatte - nur mit einem Kopfschütteln quittierte. Sie lud uns in ihren Land Rover ein, der ein paar Häuser weiter stand. Vom Fahrersitz grinste uns ein Stammesbruder an, den Winona uns als ihren Bruder "Little Bird" vorstellte. Der "kleine Vogel" gab Gas und wir preschten Richtung Devils Lake. Nach einer halben Stunde halsbrecherischer Fahrt durch die Prärie standen wir vor einer Art Erdhügel. "Tatanka Yotanka? Sitting Bull?" fragte ich ungläubig. "Yes, of course, Sitting Bull!" grinsten die beiden Ureinwohner zurück. Später erfuhr ich, dass das Grab des großen Dakota-Häuptlings zwar schon in North Dakota lag, jedoch hunderte Kilometer weiter westlich in der Nähe von Fort Yale. Entweder gab es einen zweiten Sitting Bull oder Terbrack hatte vielleicht mit seiner Milchkuhversion Recht. Die dritte, wahrscheinlichere Möglichkeit wollte ich einfach nicht wahrhaben, nämlich, das die beiden uns einfach auf den Arm genommen hatten.

Leider lagen noch ein paar hundert Kilometer Rückweg vor uns, so dass wir uns etwas überstürzt verabschieden mussten. Ich hatte natürlich keine Ahnung, wie man sich von einer Dakota-Indianerin verabschiedet, denn davon stand in meinen Büchern nichts. Winona hingegen kannte die Regeln des weißen Mannes. Sie gab mir die Hand und ließ dabei eine geschnitzte Schildkröte hineingleiten. Erst als wir wieder auf dem Highway waren, fiel mir ein, dass ich sie nicht einmal nach ihrem vollständigen Namen gefragt hatte, geschweige denn ihre Adresse wusste. Die Schildkröte habe ich immer noch.

Hermann fuhr den Wagen, die Prärie zog jetzt in entgegengesetzter Richtung an uns vorbei, nur unterbrochen von Telefonmasten, Trucks und kleineren Wäldern. Im Westen verschwand die Sonne werbewirksam hinter tiefliegenden Wolken während ich mein Geschenk befummelte. "Die nächste Tankstelle ist unsere", sagte mein Ladeschütze, "bis Bremen schaffen wir es jedenfalls nicht mehr." "Oder vielleicht nur bis Bremen", grinste ich ihn an, denn genau in diesem Moment passierten wir ein Hinweisschild, wo deutlich Bremen darauf stand. "Das kann ja wohl nicht möglich sein", Terbrack grinste zurück", ich muss mich wohl verlesen haben." Er stoppte das Auto auf dem Standstreifen, legte den Rückwärtsgang ein und lies das Fahrzeug ein paar hundert Meter zurückrollen. Es war kein Zweifel möglich, da stand deutlich Bremen. Irgendwie hatte ich den Ort, der außer dem Namen, wir bald darauf feststellten, nichts mir unserer Heimatstadt zu tun hatte, vollkommen auf der Karte übersehen. Rechtzeitig mit Aufleuchten der Tankreserveleuchte fuhren wir nun über die Mainstreet ins Zentrum von Bremen, North Dakota. Der Ort besaß einige weit verstreut liegende Holzhäuser mit unregelmäßig verteilten Pickups davor, meist ungepflasterten Straßen und entsprach im Ganzen einer Mischung aus Lassiefilm-Kulisse und Edward Hopper Gemälde. Der Ort schien komplett ausgestorben zu sein. Wir zogen eine Staubwolke hinter uns her, während wir die Bahnlinie entlang an einem Getreidesilo und einer halb verfallenen Kirche vorbeifuhren. Dann stoppte Terbrack das Fahrzeug vor einem Tanksäulenpaar. Vor und hinter uns lagen endlose Grasweiten, auf der rechten Seite von Eisenbahngleisen durchschnitten, auf denen ein Zug vor sich hindöste.

Aus einer Werkstatt hinter den Tanksäulen auf der linken Seite kam ein Mann in ölverschmierter Latzhose angeschlurft, musterte uns, kurz zeigte mit dem Kopf auf das Auto und fragte „full?". Ich nickte, er drehte den Tankstutzen auf und hielt den Schlauch hinein.

"We´re from Bremen, Germany, „ beeilte ich mich ihm mitzuteilen. Die Nachricht schien ihn nicht sonderlich aufzuregen. "Are you? In Germany there is another Bremen?" Seine Geografie Kenntnisse schienen sich offensichtlich wie die der meisten seiner Landsleute auf Gods own country zu beschränken. Ich wollte ihn auch nicht mit zu viel Geschichtswissen überfordern und lenkte das beginnende Gespräch auf sein Bremen über. "Nice place here to be, a lot of space." "Yes, a lot of space´, wiederholte er und stoppte damit auch meinen zweiten Konversationsversuch. Er zog den Schlauch wieder aus dem Tankstutzen, zeigte auf die Anzeige an der Säule und ich reichte ihm die dazu passenden 30 Dollar. "Thanks and have a good trip back to Bremen, Germany," grinste er uns an. Vielleicht war er der Meinung, wir wollten auf dem Landweg zurück nach Deutschland. Wir fuhren noch ein bischen weiter, hatten innerhalb von 20 Minuten den Ort ausgiebig erkundet und waren nach einer dreiviertel Stunde bereits wieder auf der Piste in Richtung Manitoba. Das also war Bremen, North Dakota.

Jede Region hat entweder ein geografisches oder ein historisches Highlight. Das historische Highlight hatten wir mit unserem Besuch an dem - leider falschen - Grab von Sitting Bull bereits hinter uns. Jetzt rollte der Maverick weiter die Wirbelsäule Nordamerikas entlang in Richtung Geografical Center of North America. Denn aus der Tatsache das man sich mitten auf dem Kontinent befand, hatte man eine Tugend gemacht und durch irgendeine Nord-Süd und Ost-West Vermessung herausgefunden, das sich hier der geografische Mittelpunkt von Nord Amerika befinden musste. Und so wie Jäger nicht ohne Beute zurückkommen dürfen, mussten wir natürlich, spätestens nach dem Reinfall mit Bremen N.D., zumindest von diesem geografischen Punkt ein Foto machen. Rugby hieß der Ort, der die Ehre besaß, dieses Monument zu beherbergen. Gut, dass wir in diesem Fall rechtzeitig von dem Vorhandensein dieses Highlights erfahren hatten, denn sonst wären wir mit an Sicherheit grenzender Wahrscheinlichkeit direkt daran vorbeigefahren. Die 5 m hohe Pyramide, die den genannten Punkt markiert, stand auf dem Parkplatz eines Supermarktes direkt an der Kreuzung 65th St NE und 29th St NE. Und so machten wir schnell zwei Fotos in den Varianten Terbrack vor Pyramide und Pyramide hinter Reincke. Da wir nicht sicher waren, ob die Grenze sich an die Öffnungszeiten der Supermärkte hielt, gaben wir Gas, um Manitoba noch vor 22:00 Uhr zu erreichen was auch glücklicherweise gelang.

Back home

Das Reservistenmaßband wies noch drei Abschnitte auf, der Tag der Rückreise und des Wehrdienstendes nahte.

Für die Rückreise hatte uns Bundeskanzler Schmidt seine Boeing 707 geliehen, die uns nach 14 Stunden Flugzeit sicher auf dem Köln Bonner Militärflughafen auslud. Die Auskleidung hatten wir noch in Shiloh erledigt, d.h. wir hatten Stuffz Krause unseren Kleiderzettel zur Bestätigung der ordnungsgemäßen Abgabe der erhaltenen Bekleidungsstücke zum Unterschreiben unter die Nase gehalten und ihm dann in der provisorischen Kleiderkammer alles auf einen Haufen geworfen.

Erst später war ihm eingefallen, dass die Textilien wieder zurück nach Schwanewede mussten und so wurde das gesamte Gedöns wieder auf unsere Seesäcke verteilt.

Terbrack hatte sich das notwendige Material für seinen Bundeswehrabschiedshut bereits nach Canada mitgebracht und zeigte uns stolz seine schwarzrotgelb umrandete Panzerstellung auf dem Strohhut, die allerdings auf ihren ersten und letzten Einsatz in der westfälischen Heimat des Obergefreiten warten musste.

Nach 14 Stunden Flug, verkürzt durch geschmuggelten kanadischen Whisky landeten wir um 10:00 Uhr Ortszeit auf dem Hauptstadtflughafen und kamen nachmittags in Schwanewede an. „Nach für euch war es das dann wohl?" GvD war ausgerechnet der Selbstverstümmeler mit dem verstauchten Zeh, dessen Liebste wie wir später erfuhren, ihre Freizeit bereits für neue Amouren genutzt hatte.

Hubert

Die Universität Bremen (kurz Uni Bremen) ist mit dem Gründungsjahr 1971 eine der jüngeren staatlichen Universitäten Deutschlands und mit ca. 19.600 Studierenden und etwa 2.100 Wissenschaftlern die größte Hochschule des Landes Bremen.

Der Studienbetrieb der Universität wurde zum Wintersemester 1971/72 aufgenommen. Die Gründungsphase in den 1960er Jahren verlief sehr kontrovers und führte unter anderem zur Beendigung der Bremer Koalition zwischen SPD und FDP. Sie war auch von einem Bauland-Skandal begleitet. Die Grundsteinlegung erfolgte am 11. November 1968 durch Studenten und Schüler scherzhaft unter dem Namen „Marx-& Moritz-Universität" – letzteres nach dem Namen des damaligen Bildungssenators Moritz Thape. 1971/1973 wurde die Pädagogische Hochschule Bremen integriert. Geplant war eine Universität mit den klassischen Fächern Jura, Medizin und Naturwissenschaften, doch mit einem fächerübergreifenden Lernen, dem sogenannten Projektstudium. Der herkömmliche Begriff Fakultät wurde durch den Begriff Fachbereich ersetzt. Die Studiengänge Lehramt und Jura wurden einphasig gestaltet, d. h. dass Absolventen nach der Ersten Staatsprüfung nicht in den Beruf gingen, sondern an der Universität blieben und durch entsprechende Praxisanteile auf die Zweite Staatsprüfung vorbereitet wurden. Die einphasigen Studiengänge setzten sich auf Dauer nicht durch, da die Bremer Absolventen teilweise Schwierigkeiten bei der Bewerbung in anderen Bundesländern bekamen.

Die Universität zählt seit Juni 2012 zu den elf deutschen Hochschulen, die im Rahmen der Exzellenzinitiative mit der höchstdotierten Förderlinie "Zukunftskonzept" ausgezeichnet wurden.

„Willst du echt Pauker werden, nach deiner Schulzeit?" Meine Schwester sah mich an, als ob ich nicht ganz richtig im Kopf wäre. Ihre Zukunft als Krankengymnastin war von unserem Vater gecancelt worden, da er eine solch teure Ausbildung an einem Privatinstitut nicht bezahlen zu können glaubte. Auf sein Anraten, „in unserer Familie gab es immer Juristen", - dazu zählte bei ihm offensichtlich auch der Polizistenberuf seines Vaters - hatte sie sich dann für ein Jurastudium beworben und zu ihrem Bedauern sofort einen Platz an der Juristischen Hochschule Hildesheim bekommen.

Ich hätte in Hamburg mit den Fächern Spanisch und Französisch – ich konnte weder das eine noch das andere – anfangen können oder besser noch in Bremen mit der Kombination Kunst und Spanisch, Orchideenfächer wie die Bremer Studienberatung sich, ein wenig mitleidig, auszudrücken beliebte.

„Ihr habt erst einmal 1 Semester EWG, das ist die Einführungsphase, dafür gibt´s ´nen Reader bei eurem Prof im GW1, für eure anderen Fächer habt ihr Tutoren." Frau Meyer vom Studentensekretariat setzte eine mitleidige Miene auf, als ich nach der Bedeutung von EWG, GW1 und Reader nachfragte. Ersteres stand für Erziehungswissenschaftliche Grundausbildung, die Grundi kannte ich noch von der Bundeswehr, GW1 für Geisteswissenschaften und ein Reader war ein Stapel von zusammengehefteten Kopien aus irgendwelchen zurzeit aktuellen wissenschaftlichen Werken.

„Kannschte knicken, " merkte mein Nebenmann an", kenn ich schon aus Augschburg, alles derselbe Kappes. Wahrscheinlich habe ich das sogar noch. Ich bin der Hubert und komme aus Franken. Hascht auch Kunscht und Spanisch wie ich?" Die Frage war mehr rhetorischer Art, da er bei der Angabe meiner Daten zugehört hatte. „Ich habe von Türkisch und Philosophie gewechselt, die Bremer Uni ist irgendwie abgefahrener."

Ich stellte mich dem alten Hasen mit dem festen Vorsatz vor, an seinem studentischen Erfahrungsschatz teilzuhaben, so brauchte ich ab jetzt nicht mehr nach jedem Fachausdruck nachzufragen.

Hubert kannte, anders als ich, die militärische Grundausbildung nicht, er hatte den Wehrdienst aus religiösen Gründen verweigert. Allerdings waren seine spirituellen Vorstellungen, die er mir im Rahmen einer Auraanalyse in fortgeschritten bekifftem Stadium auf der Semesterabschlussfete nahezubringen versuchte, so konfus und esotorisch, dass die Verweigerungskommission wahrscheinlich schon aus diesem Grund das Handtuch geschmissen hatte. Er glaubte u.a. an Reinkarnation und konnte dem Richter glaubhaft versichern, dass mindestens ein kriegerischer Tod in einem früheren Leben, er übersprang da mühelos mehrere Vorleben und beschrieb den Hunneneinfall in Frankreich, einen Dienst an der Waffe, auch an einer postmongolischen, modernen, unmöglich machte.

Einem Zivildienst stand hingegen kein prenatales Trauma im Weg und so verbrachte er 15 Monate Ersatzdienst im Altersheim seiner Heimatgemeinde, wo er erfolgreich versuchte, die dem Alkohol zuneigenden Senioren mit Hilfe eines hochwertigen grünen Libanesen aus Marokko von ihrem Laster zu befreien. Seine Therapie im Park der Residenz wurde von Schwester Britta entdeckt, als Frau Senner zur Luftgitarrennummer ihres Zimmernachbarn eine Rock and Roll Nummer auf dem Rasen hinlegen wollte, dabei ihre Gehhilfe zwischen die Beine bekam und die Drehung horizontal in der Gartenrandbepflanzung beendete. Wenn auch außer blauen Flecken nichts zurückblieb, so wurde Hubert doch von der Direktion diskret nahegelegt, das Wohnheim vorzeitig, sozusagen wegen guter Führung zu verlassen. Schwester Britta hatte sich offensichtlich von der lockeren Runde ausgeschlossen gefühlt und nun ungewollt dem Zivildienstleistenden 3 Monate seines Dienstes erspart. Zum Dank bekam sie auf der Abschiedsfeier einen Extrajoint in einer Pralinenschachtel mit selbstgemaltem Einwickelpapier und einer Schleife aus Biobast.

Hubert war, was seinem Lebensstil überhaupt nicht entsprach, seit zwei Jahren verheiratet. Aus Augschburg hatte er Maria mit an die Weser gebracht während Schwester Britta nun seine Therapie weiterführte. So sah er auch kein Problem darin, ganz offen neue Kommilitoninnen anzubaggern, die er durch seine Welterfahrung beeindruckte, und bereits eine Woche nach Studienbeginn stellte er Susanne - "du muscht verstehen, die Susi ist die absolute Erotik, ich kann da nicht andersch" - seiner Frau vor. Der Haken an der Sache war, dass weder Ehefrau noch Baggergut sich eine Menage à Trois vorstellen konnten, zumal Susannes erotische Qualitäten die von Maria in den Schatten stellten. Als Hubert sich dann entschloss, mittels Scheidung sich ganz Susanne zu widmen, hatte die sich bereits für Michael entschieden. Maria, seine nun Exfrau hatte auch wieder Anschluss gefunden und bot ihrerseits eine Dreierbeziehung an, die Hubert aus psychischen Gründen ablehnte. Er zog in eine vegetarische WG in der Humboldtstraße und vertrieb seinen Kummer mit einem schwarzen Afghanen, den er noch von seinem Indientripp hatte.

Der Umzug in die makrobiotisch ausgelegte Bio-WG in der Schönhausenstraße brachte neue, allerdings profanere Probleme. Hubert erhielt einmal im Monat ein Fresspaket aus seiner bayrischen Heimat mit Dingen, die es nach Meinung seiner Eltern im preußischen Norden nicht gab. Diesmal war eine Riesensalami ohne Tofu und eine ebenso große Portion Leberkäse, ebenfalls ohne Tofu, dabei.

Der Kühlschrank kam für die Aufbewahrung nicht in Frage, er hätte ihn womöglich hinterher desinfizieren müssen. Genauso wenig kam ein Verzehr im Beisein seiner Mitbewohner, von denen ständig einer anwesend zu sein schien, in Frage. So stopfte er schließlich seine Schlachtprodukte, schon um einer Exkommunikation aus dem Weg zu gehen, in seinen Rucksack, stapelte einen Reader, ein ungelesenes Buch über makrobiotische Ernährung und ein Heft mit Linien, Rand und Lochung oben drauf und machte sich, wie immer eine halbe Stunde zu spät –

„Akademische Viertelstunde, kennscht noch nicht?" - in die EWG Veranstaltung auf.

In aller Ruhe drängelte er seinen Stuhl zwischen mich und Sabine aus Dortmund mit den Studienfächern Deutsch und Kunst, die mir gerade zwecks nachmittäglicher Studien in ihrer Zweizimmerwohnung, die sie momentan allein bewohnte, ihre Mitbewohnerin absolvierte ein Auslandssemester in Lyon, ihre Telefonnummer auf die Rückseite meines Allzweckblocks gekritzelt hatte.

„Hascht Luscht auf oan deftigen bayrischen Abend?" raunte er mir zu, „muss aber bei dir sein, ich erklär dir nachher warum." Ich konnte das Treffen mit Sabine glücklicherweise auf den folgenden Freitag verlegen, da meine vorerst neueste Eroberung Martina an dem Tag in Kiel bei ihrem Bruder war, um mit ihm einen Segelkurs in der Förde abzulegen.

Für Susanne und Martina brauchte es keine große Überzeugungsarbeit und so brachten wir am Donnerstag, gleich nach der Vollversammlung im MZH, ein zünftiges bayrisches Mahl auf den Tisch meiner nicht fleischfreien WG.

España

„Spanien oder Lateinamerika?" Wir saßen in der Bremer Mensa, vor mir stand Essen 2 mit Salat und Nachtisch für 3 DM. Hubert löffelte an seinem Gemüseeintopf, wahrscheinlich nicht makrobiotisch, und sah mich grinsend an. „Ich hab dich im Studenten-Reisebüro gesehen, wir sind im fünften Semester und keine Muttersprachler, also wo wilscht du deine praktischen Erfahrungen sammeln?" Mein Kommilitone aus Augsburg konnte natürlich auch auf Reiseerfahrungen in Lateinamerika zurückblicken: „wir haben den Inkatrail gemacht und sind dann rüber nach Brasilien und Argentinien, das meiste getrampt oder mit Bussen gefahren." Wir er sich dort mit seinem Augschburger Deutsch, Englisch, Spanisch oder Portugiesisch verständlich gemacht hatte, wäre ein Thema für eine Promotionsarbeit in Linguistik. Er hatte aber insofern

Recht, dass auch meine hispanischen Sprachkenntnisse einer praktischen Anwendung bedurften.

Dazu hatte ich mir allerdings La Madre Patria, Spanien ausgesucht und dort ausgerechnet Granada, wo man sich statt des Castillano des Andalusischen bediente, einer Mundart, die selbst Muttersprachler zur Verzweiflung bringen kann. Nicht nur, dass Worte, die mit S enden, genau um diesen Buchstaben verkürzt werden, auch Buchstaben innerhalb von Worten werden durch andere ausgetauscht, so ein Rachen-Ch für ein S und weitere Unaussprechlichkeiten.

Aber Granada, das ich ein Jahr zuvor mit Stefan Schemmler per Rad und Bahn erreicht hatte, war die Stadt meiner hispanischen Träume, Lateinamerika musste warten. Außerdem hatte ich auf der Rückfahrt - die Fahrräder hatten wir in Granada oder Granaoo wie die Granadiner sagen, auf dem Flohmarkt verkauft und damit die Fahrkarte bezahlt - im Zug Begoña aus San Sebastian kennengelernt, die in Málaga Medizin studierte und auf dem Weg in die Heimat war.

Ab Madrid lernten wir uns besser kennen, als sie mit einer Mischung aus angeborener baskischer Dickköpfigkeit und angenommener andalusischer Passion mir das spanische Tagesgeschehen anhand einer satirischen Zeitschrift erklärte. Sie rutschte enger an mich heran und hielt mir ein paar Cartoons unter die Nase:"Pues, mira que rollo, lo ves?" Klar sah ich das, als im gleichen Moment der Zug zum dritten Mal anrollte und sie völlig grundlos aus dem Gleichgewicht brachte, so dass wir mit den Köpfen leicht zusammenstießen, wozu aus physikalischen Gründen eigentlich keine Notwendigkeit bestanden hatte.

‚Amor vencit physica', ging mir durch den Sinn und so gab es auf den nächsten Bahnkilometern diverse weitere physikalische Gelegenheiten sich näher zu kommen. Leider stieg in Burgos ein älteres Ehepaar ein, das unserem erotischen Abenteuer ein Ende machte. Ich stopfte mein Hemd in die Hose, während Begoña angestrengt in ihren Schminkspiegel schaute und etwaige verräterische Spuren unseres Näherkommens zu überdecken. Unsere neuen Mitreisenden, Don Pablo y Doña Carmen, wie wir später erfahren sollten, wuchteten, kaum dass wir den Bahnhof verlassen hatten, einen schweren Picknickkorb auf den Sitz und begannen auszupacken. „Le apetece un vino?", Don Pablo hielt mir ein gut gefülltes Glas Tempranillo vor die Nase, dass ich nicht ablehnen konnte und auch gar nicht wollte. Der Korb musste irgendwelche Geheimfächer enthalten, denn Pablo und Carmen hatten augenscheinlich den gesamten Inhalt ihres Kühlschranks in das Weidengeflecht transferiert. Die Fahrtstrecke bis San Sebastian, wo sie zusammen mit Begoña aussteigen wollten, betrug ungefähr zwei Stunden, so dass sie auf unsere tatkräftige Hilfe angewiesen waren, ihren Kühlschrankinhalt auf ein transportierbares Gewicht zu reduzieren. Der Wein tat ein Übriges die Stimmung aufzuhellen und so viel mir der Abschied nicht allzu schwer, zumal wir ja demnächst in Nachbarstädten wohnen würden und die Busverbindung Granada-Málaga sehr gut sein sollte. Der Zug zuckelte weiter in Richtung Grenze Irún, durchquerte la Gran Nation und kam am nächsten Tag um 10:00 Uhr im Bremer Hauptbahnhof an, zu jener Zeit entsprachen die Ankunftszeiten noch denen, die im Fahrplan angegeben waren.

Maria Remedios Palominos Peña

"Pues yo también quiero ir a Granada", überraschte mich Maria Remedios Palominos Peña, unter Kommilitonen einfach Reme genannt, als wir in der Veranstaltung « Un nuevo desafío a la hegemonía latinoamericana» saßen und den Ausführungen des vor uns herumzappelnden Aníbal Palma saßen, einst chilenischer Minister unter Präsident Salvador Allende und als Lehrbeauftragter von Dr. Martin Franzbach an die Bremer Uni geholt. „Ich habe einen guten Freund in Granada, da könnten wir bestimmt wohnen." Reme hatte über ganz Deutschland und Spanien verstreut gute Freunde, ob sie selbst auch eine gute Freundin von allen war, habe ich nie verifizieren können. Señorita Palominos Peña kam aus einem kleinen Dorf aus den Bergen bei Alicante, war dort mit 12 Jahren von ihren Eltern bei einer Tante zurückgelassen worden, weil die Eltern sich eine bessere Zukunft in Deutschland erhofften, und dann ebenso überraschend von heute auf morgen mit 16 Jahren in eine rechtsrheinische Industriemetropole nachgeholt worden. Zu der Zeit bestanden ihre Fremdsprachenkenntnisse neben Spanisch aus Valenciano und ein wenig Französisch, keine idealen Voraussetzungen für das Ruhrgebiet.

Nichtsdestotrotz gelang es ihr, das Gymnasium erfolgreich zu beenden und sich ebenso erfolgreich in Bremen für das Lehramt Studium mit den Fächern Spanisch und Kunst zu bewerben und war somit neben Hubert und mir die dritte mit dieser Kombination.

„Wozu willst du nach Spanien, du sprichst doch besser als wir alle hier, " raunte ich zurück, während sich Aníbal zum dritten oder vierter Mal mit seiner Hand durch die Haare fuhr. „Ich will meine Examensarbeit über die Geschichte der islamischen Kunst schreiben, " gab sie zurück, „und dafür ist Granada der ideale Ort, joder."

„¿Sí, quiere decir algo?" Aníbal, wieder seine Hand im Haar, hatte Remes Antwort für eine Frage gehalten. „Me cuesta solamente leer su escritura", Reme deutete auf einen imaginären Ort auf der eng beschriebenen Tafel hin, „¿qué dice allí?" Aníbal begann, da er den genauen unleserlichen Ort nicht finden konnte, seinen Vortrag von der Tafeloberkannte noch einmal, während diverse rollende Augen der Kommilitonen auf uns gerichtet wurden. „No, solamente la última frase", beeilte sich Reme zu korrigieren und brachte damit das schlingernde Schiff wieder in Fahrt. Der chilenische Exminister hatte selbst Probleme seine Klaue zu entziffern und lies deshalb dankbar den Inhalt von Inés wiedergeben, die mit stenografischer Geschwindigkeit mitgeschrieben hatte. Wir notierten uns etwas in unsere Unterlagen und Aníbal beendete nach weiteren 5 Minuten die Vorlesung, da sämtliche Tafeln bis in die letzte Ecke ausgefüllt waren und er ohne schreiben offensichtlich auch nicht reden konnte, was wir dankend zur Kenntnis nahmen.

Ich schob mein Tablett mit Spagetti-Hackfleisch, Krautsalat und Mandarinenquark zur Mensakasse, stellte noch ein Getränk dazu und bezahlte. Reme hatte auf dem Weg zur Mensa bereits einen Reiseplan erstellt. „Also wir fahren erstmal bis Köln, da wohnt ein guter Freund von mir, der kann uns Zeichenpapier besorgen, das brauchen wir unbedingt", Reme war immer sehr selbstlos, wenn es nicht um ihren eigenen Besitz ging, " dann fahren wir durch Frankreich, über die Bretagne ins

Baskenland, nach Bilbao..." „Da wohnt sicherlich ein guter Freund von dir", beeilte ich mich ihr zuvorzukommen. „Falsch", korrigierte sie mich, „da wohnt eine gute Freundin, die Conchita, Stefan hatte mal was mit ihr". „So dann fahren wir weiter die Küste entlang bis nach Asturias, O- viedo, da kenne ich auch jemanden," sie vermied vorsichtshalber das Wort Freund, „und dann über Santiago de Compostela, Portugal, Lissa- bon, Algarve bis nach Granada – naa, was sagst du?" sie sah mich er- wartungsvoll an.

„Und mit welchem Auto wollen wir fahren?" Statt einer Antwort zeigte sie mit dem Finger auf den Uniparkplatz: „Na mit welchem haben wir denn letzte Woche die Sperrmüllklamotten abgefahren, mit meiner Ente natürlich." Tatsächlich hatten wir unsere WG-Einrichtung vor ein paar Tagen mit einigen Möbeln von der Humboldtstraßensperrmüllab- fuhr ergänzt. Remedios Citroen besaß ein Schiebefaltdach und wir wur- den lediglich durch die Brückenhöhen begrenzt, was meine Kommilito- nin bis zum letzten Zentimeter ausnutzte. Ihr eigenes Zimmer hatte dadurch ebenfalls ein sperrmüllartiges Aussehen angenommen.

Auf nach Granada

Granada ist die Hauptstadt der Provinz Granada in Andalusien (Südspanien) und liegt in einem Ballungsgebiet der Vega de Granada. Die Stadt zählt 241.003 Einwohner, von denen die meisten in der Ver- arbeitung landwirtschaftlicher Produkte oder im Tourismus arbeiten. Wirtschaftlich und kulturell ist auch die Universität Granada von großer Bedeutung, mit ca. 60.000 Studenten handelt es sich um eine der größ- ten solchen Einrichtungen Spaniens.

Das Wintersemester war beendet, Reme hatte ihr Zimmer unterver- mietet und ich meine Klamotten im Hause meiner Eltern gebunkert. Auf dem Rücksitz des Citroen 2CV standen Remedios wichtigste Topfpflan- zen, das heißt alle außer dem Cannabis, auf den Hubert als talentierter Qualitätssachverständiger aufpassen wollte, im Kofferraum meine Rei- setasche mit den wichtigsten Cassetten und der neuesten Ausgabe von Don Juans Lehren, die mystischen Erfahrungen eines mexikanischen Schamanen, die wir sicherlich in Spanien brauchen würden. Wir fädelten uns am 2. Juni auf der Autobahnauffahrt Horn-Lehe in den fließenden Verkehr auf die Autobahn A27 ein, um am Bremer Kreuz auf die A1 Richtung Köln zu wechseln, dem ersten Etappenziel unserer Reise, um dort Zeichenpapier zu bunkern.

Schon am nächsten Tag waren wir wieder auf der Piste, durchfuhren Belgien auf hellerleuchteten Autobahnen und fanden schließlich, da wir aus Geiz oder Sparsamkeit nur Landstraßen benutzen wollten, um die Mautgebühren der AutoRoutes zu sparen, ein Vorhaben, das sich auf die Dauer doch nicht durchhalten ließ, und durch die vielen Umwege und den Zeitverlust auch viel zu teuer wurde, Platz für unser Zelt auf einem Bauernhof in Nordfrankreich.

Es gab frischen selbstgemachten Käse, frisches Brot und eine Flasche selbst gekelterten Cidre vom Bauern, dann verkrochen wir uns in unsere Schlafsäcke um am nächsten Tag in aller Herrgottsfrühe um 11:00 Uhr wieder unser Cabrio zu besteigen. Der Umweg über die Bretagne kostete weitere zwei Tage und so kamen wir erst am 5. Tag in Bilbao an, von weitem schon erkennbar am Gestank und den ungeklärten Abwässern seiner Papierindustrie.

„Nase zu und durch", entfuhr es mir, hatte dabei aber nicht an Remes „gute Freundin" gedacht, die wir unbedingt beglücken mussten. Wir fanden Concha nach langem Suchen in einem Neubauviertel, dass wie die meisten Neubauviertel in Spanien aussah, als würde es nie fertig werden. Die Eingangstür war mit drei Schlössern gesichert und doppelt so dick wie die umgebende Wand. Der Zeitpunkt unseres Besuches war denkbar unpassend, da Conchita offensichtlich schweren Liebeskummer hatte, wobei ihr weder ich, mangels genügender Sprachkenntnis bezüglich solch seelischer Konflikte, noch Reme mangels fehlender Menschenkenntnis helfen konnte. So saßen wir mit hoffentlich mitfühlendem Gesichtsausdruck in ihrer kleine Küche, hörten dem Kummer zu, während ab zu eine Träne mit leise zischendem Geräusch in die Pfanne mit den Tortillas fiel, die sie für uns auf dem Gasherd zubereitete. Ich versuchte mir einen Reim aus dem Gehörten zu machen und meinte verstanden zu haben, dass Concha mit einem Etarra verlobt oder verliebt war, den sie im Gefängnis vermutete, den aber eine Freundin von ihr mit einer anderen Frau im einem Supermarkt in Vitoria gesehen hatte, wo ihre Familie wohnte. So war die Sorge um einen Inhaftierten der Trauer der enttäuschten Liebe gewichen. Remes Argument, ihre eigenen Enttäuschungen in der Liebe seien sicherlich noch größer gewesen konnte unsere Gastgeberin nicht trösten und so fiel wieder eine Träne auf die brutzelnde Zwiebel der Tortilla.

Reme wagte einen weiteren Versuch und sah dabei mich an:" Erzähle ihr doch mal deine Geschichte mit Martina, als du sie überrascht hast mit diesem Typen, dann fühlt sie sich nicht so allein mit ihrem Kummer, ich als Frau kann das nachvollziehen." Ich hatte es bis zu diesem Moment geschafft, die genannte Geschichte erfolgreich zu verdrängen und wusste auch nicht, woher Reme davon erfahren hatte. Wahrscheinlich hatte Hubert aus seiner Tarotkarten-Psychositzung geplaudert, wo er in den Karten gesehen hatte, dass es für mich mit Tina keine Zukunft gab, was mir sowieso klar war, seit ich ein Gespräch meiner Verflossenen durch Zufall mitgehört hatte. „Reme, ich glaube nicht, dass das eine gute Idee ist, sie möchte doch ihre Sorgen loswerden", wagte ich einzuwenden als es wieder aus Richtung Bratpfanne zischte. „Du bist ganz schön egoistisch, das habe ich schon immer gewusst!" Es gab vieles was Reme schon immer gewusst hatte: dass Stefan nicht in der Lage war, eine stabile Beziehung zu ihr aufzubauen, weil sie ihm eigentlich auch vollkommen egal war, was Stefan auch nie bestritten hatte, dass ihre Schwester sie übervorteilen wollte mit dem Haus ihrer Eltern in Spanien, dass Remedios eigentlich gar nicht interessierte und nun mein Egoismus Conchita gegenüber, deren Geschichte ich erst vor ein paar Stunden kennengelernt hatte. Ich versuchte es auf die psychologische Variante: "Weißt du, ich mit meinem deutschen Charakter", was das sein sollte wusste ich bis dahin selbst nicht, „komme mit der spanischen Mentalität noch nicht so ganz zurecht und mit Tina lief das doch ganz anders ab," was in Bezug auf Remes Charakter sicherlich zutraf.

„Hombre, das sage ich ja, dir fehlt Einfühlungsvermögen", zischte sie weiter. „Und wie soll ich ihr dann helfen, wenn mir das fehlt?" wurde ich jetzt langsam lauter als es wieder aus der Küche zischte. „Du bist wie Stefan, mit dir könnte ich auch keine Beziehung haben", endlich ein

Punkt in dem wir uns einig waren. Meine Stimmung hatte sich durch diese letzte Bemerkung spontan verbessert, das Risiko war also gering, das Maria Remedios etwas von mir erwartete. Es sei dazu gesagt, dass, von leichten Aussetzern meiner Begleiterin abgesehen, die weitere Reise durchaus freundschaftlich und sexual neutral ablief, nachdem dieser Punkt auf unerwartete Weise geklärt war.

Paseo de las Palmas

Das Semester in Granada hatte bereits begonnen, als wir bei Bombenwetter, unbemerkt von der gerade anwesenden königlichen Prominenz, über die Calle Reyes Católicos in die Stadt einfuhren. An der Ortsausfahrt Santa Fe hatten wir Marisa aufgegabelt, die per Anhalter nach Granada wollte, um dort ihr Studium aufzunehmen und wie es der Zufall so wollte, bereits eine Adresse in der Tasche hatte. Es sollte sich um eine Wohnung in einem arabischen Haus im Paseo de las Palmas handeln, unterhalb der Alhambra gelegen und für unsere Mitfahrerin eindeutig zu groß. Innerhalb kürzester Zeit hatte Reme einen Plan für eine WG ausgearbeitet und die Zimmer verteilt, noch bevor wir die Wohnung besichtigt hatten. So war ich denn noch am Ankunftstag Mitbewohner des Hauses „Dar Naguara", wie an der Eingangstür zu lesen stand und rollte meine Isomatte im kleinsten Raum des Hauses, aus. Ein Bett, bestehend aus einer ausrangierten Tür eines stillgelegten Schwimmbades schräg gegenüber auf vier Backsteinen und einer Schaumstoffmatratze kam erst in der nächsten Woche dazu.

Remes Zimmer war als erstes hinter der Haustür ein Durchgangszimmer, um das ich sie nicht beneidete, tagsüber konnte ich es sowieso mitbenutzen. Marisa bewohnte die hinteren beiden Räume und meine Gemächer lagen genau dazwischen.

„Primero vamos a limpiar toda la casa, vale?" Das ausgerechnet Marisa diesen Reinigungsvorschlag macht, entbehrte nicht einer gewissen Ironie. Ihre Zimmer machten meist den Eindruck eines verlassenen Schlachtfeldes und so wurde der Plan zur wöchentlichen Generalreinigung auch bald fallengelassen, zumal unsere spanische Mitbewohnerin immer genau an den dafür vorgesehenen Tagen Vorlesungen hatte.

Die Dusche

Die Wohnung besaß ein geräumiges Bad, mit einer nicht funktionierenden Badewannenarmatur. Es wäre wahrscheinlich ein leichtes gewesen, die Armatur einfach auszutauschen, aber meine mitbewohnenden Damen waren der Meinung, zunächst das ortsansässige Handwerk zu konsultieren. „Meinst du, spanische Klempner sind nicht dazu in der Lage, solche Arbeiten fachgerecht auszuführen?" raunzte mich Reme an. Marisa nickte eifrig, obwohl sie gar kein Deutsch verstand, „Sí Señor, vamos llamar un maestro, vale?"

Bis ich den granadinischen Fontanero kennenlernte, hielt ich mich für relativ vorurteilsfrei. Das änderte sich schlagartig, als Don José an der Tür klingelte, lediglich mit einer Wasserpumpenzange bewaffnet. Er ließ sich von Reme einen Kaffee servieren, machte ein bedächtiges Gesicht, setzte sich auf den Wannenrand, machte ein noch bedächtigeres Gesicht, versuchte den Wasserhahn zu öffnen, wegen dessen Nichtfunktionieren wir ihn gerufen hatten, stellte fest, dass er sich tatsächlich nicht bewegen ließ, stand auf und bewegte sich Richtung Tür. „Y que pasa ahora?" nahm mir Marisa die Frage aus dem Mund. „Me falta la herramienta, la llave no funciona." Eine wirklich fachmännische Feststellung, dass der Hahn nicht funktionierte, deswegen war er ja gekommen und dass zur Reparatur vielleicht mehr Werkzeug als eine Wasserpumpenzange nötig wäre, hätte ich, vielleicht sogar Reme auch als Laie gewusst. „Quiere otro café, Don Jose?" Er kehrte wieder um von der Tür und setzte sich. „Maria Remedios, so wird das doch nie etwas, ich fände es ganz gut wenn er heute noch mit Werkzeugkiste und Ersatzteilen wiederkommen würde", ich sah mein nächstes Duschbad in weite Ferne rücken. „Er hat mir gerade erzählt, er kann diese Woche nicht noch einmal kommen, weil er noch ein ganzes Badezimmer einrichten muss. Er hat nur uns zuliebe eine Ausnahme gemacht." „Welche Ausnahme, Reme? Er hat uns nur erzählt, was wir sowieso schon wussten, ich möchte endlich duschen!" „Dann dusch doch meinetwegen", gab sie völlig unnötigerweise zurück. „Reme, die Dusche funktioniert nicht!" „Du bist ein echt deutscher Perfektionist, wir haben doch noch ein Waschbecken." Don José hatte seinen Kaffee fertig ausgetrunken und stand wieder auf, „no hace falta, pagar me ahora", wandte er sich an meine Mitbewohnerinnen. „Und solange ich nicht duschen kann, gibt es auch später kein Geld, das kannst du ihm gerne übersetzen", rief ich zurück während ich, mein Handtuch in der Hand, mich auf den Weg zu Herrmann machte, der drei Straßen weiter Quartier bezogen hatte, weniger romantisch als wir aber dafür mit einem komplett funktionstüchtigen Badezimmer.

„Klar", schnarrte er durch das Mikrofon am Hauseingang in der Calle del Purche, „komm rauf, wir haben da nur ein kleines Problem." Ich stieg die Treppe zum zweiten Stock empor, die Haustür war angelehnt, wahrscheinlich wäre es bei diesen Wohnungen für Einbrecher leichter gewesen, durch die Wand zu gehen, die meiner Berechnung nach nur die halbe Dicke der Haustür hatte und darüber hinaus nicht mit drei verschiedenen Schlössern gesichert war. Ich fand Herrmann auf dem Balkon stehend, die Nachbarn beobachtend, das heißt eine lautstarke Konversation vom Nachbarbalkon zur Straße. „Wieder Lifekino?" fragte ich ihn. „Sie hat ihren Mann eben aus der Haustür der Señora Guerrera – Nomen est Omen – kommen sehen, zumindest vermutet sie das." Eigentlich hätte sie das gern von Frau zu Frau geklärt, aber selbstverständlich macht Lola Guerrero nicht die Tür auf." Soll sie doch durch die Wand gehen, dachte ich, so schwierig kann das bei den hiesigen Wänden ja nicht sein, versuchte aber dann doch die kulturgeschichtlich interessante Lifevorstellung da unten in der Calle mitzuverfolgen. Leider fiel es uns, als Nichtandalusier oder noch schlimmer als Nichtgranadiner, Mala Leches, wie die Malagueños die Bewohner der Nachbarstadt nennen, schwer, viel mehr als nur ein paar Brocken zu verstehen. Ausgewogen wurde das fehlende Textverständnis jedoch durch die schauspielerischen Leistungen der Beiden, die mit ihrem Pathos einem Stummfilm Ehre gemacht hätten. Das Wenige, das für uns Beide verständlich war, wäre für einen Film wahrscheinlich herausgeschnitten worden: „yo puta? Tú puta! Te voy a ….. en el culo …. !! Die Lautstärke variierte permanent, der Spannungsbogen wurde durch kurzes Entfernen und Zurückkommen in die Länge gezogen. Deutliche Gesten allein schon machten die Sprache weitgehend überflüssig.

Inzwischen hatte sich auf der Straße ein Halbkreis aus Passanten gebildet, die die Gratisvorstellung nicht verpassen wollten. Es wurde offensichtlich Stellung bezogen und innerhalb kürzester Zeit sprang der Funke über und der Streit weitete sich auf das Publikum aus. Herrmann grinste mich an: "Wetten dass die morgen wieder zusammen Kaffee trinken?" Vernünftigerweise nahm ich die Wette nicht an, und wirklich sah ich die beiden am nächsten Tag gemütlich in der BAR MANOLO zusammen sitzen und gemeinsam die Ursache des Vortagesstreites, das heißt, den Ehemann zum Teufel schicken. Vielleicht hatten sie das Kriegsbeil sogar schon am Vortage begraben, denn während auf der Straße noch krakeelt wurde, waren die Beiden schon von der Bühne abgetreten.

„Und was ist nun mit der Dusche?" fragte ich den Dortmunder. „Da liegt Daniel drin!" „Na ja, irgendwann wird er ja wohl fertig sein, " gab ich zurück. Daniel war Herrmanns Mitbewohner, ein querschnittsgelähmter Student aus Zürich. „Ich sagte da liegt Daniel drin", er betonte das Wort ‚liegt' noch einmal deutlich. „Daniel ist stoned und außerdem breit wie ´ne Natter, und wenn er wieder kotzt, kriege ich das da leichter sauber, er kann sich ja nicht bewegen."

Gemeinsam schoben wir den nur leicht stöhnenden Schweizer in die äußerste Ecke der Badewanne und bedeckten ihn spritzwassergeschützt mit einer großen Plastiktüte aus dem Corte Inglés, die bei dem schwachbrüstigen Wasserstrahl allerdings kaum nötig gewesen wäre. Daniel lag, von seinen Schweizer Bergen oder vielleicht auch der näher gelegenen Sierra Nevada träumend, seelisch weit weg in seiner Badewannenecke während ich mich vom lauwarmen Wasser verwöhnen ließ. Mit eingeschäumten Haaren suchte ich nach dem Deckel der Shampoo Flasche, als der ohnehin schon schwachbrüstige Strahl immer weniger wurde und schließlich nach einem letzten Tröpfeln ganz versiegte.

Auf mein „Scheiße!", teilte mir Herrmann aus der Küche mit: „Ach, ist das Wasser weg? passiert immer um diese Zeit, deshalb steht da der Eimer in der Ecke. Ich wischte mir das Shampoo aus dem Gesicht und goss mir mit dem nun wieder kalten Wasser aus dem Eimer den Kopf frei, ließ aber noch genug drin, falls Daniel gerade jetzt kotzen sollte.

Zirkus

Maria Remedios hatte sich das größte Zimmer ausgesucht, das allerdings auch die größten Nachteile auswies. Zunächst einmal konnte man schon vom Treppenhaus durch eine Ritze der Eingangstür in ihr Schlafgemach sehen, eine Tatsache die bereits darauf hinweist, dass man von draußen kommend, sofort in ihren Räumlichkeiten stand. Reme bewohnte also ein Durchgangszimmer, da die Wohnung vorne keinen Flur besaß, das heißt, sowohl Marisa mit wechselnder Begleitung als auch ich mussten immer durch ihr Zimmer tapern.

Zusammenkünfte von mehr als zwei Personen fanden bei ihr statt, benötigten deshalb auch ihr Einverständnis wohingegen sie eine Erlaubnis ihrer Mitbewohner nicht zu brauchen schien.

Die Nachbarn wurden grundsätzlich nicht konsultiert, „die können ja ihre eigene Musik lauter stellen, wenn sie unsere nicht mögen", kommentierte Reme dazu. Und tatsächlich schien ein phonetischer Gegenangriff Standard zu sein, so dass im Extremfall eine Kakophonie von spanischen Klängen, Rockmusik und weiteren undefinierbaren Klängen aus Fernsehern und Radios nur noch die Flucht übrig ließ.

Das Durchgangszimmer im Hause ‚Dar Naguara' im Paseo de las Palmas hatte im Herbst 1982 während unserer nunmehr 6 monatigen Anwesenheit bereits zwei Flamencokonzerte von befreundeten Musikstudenten und zufällig von der Straße aufgelesenen Gelegenheitsmusikern, einen Liederabend mit anschließender halluzinogener Reise mit Hilfe Pacos Direktimport aus Marokko und mehrere Paella Abende erlebt.

Doch das war alles nichts im Vergleich zu Remes neuester Überraschung. Der Wachposten der Guardia Civil an der Ecke Paseo de las Palmas schaute frankophil wie immer unter seinem Lackhelm hervor als ich mit nicht funktionierender Fahrradbeleuchtung an ihm vorbeiradelte, ein Vergehen, dass ihn nicht zu interessieren schien. Auch der für diese Straße viel zu breite Bus mit Hippiebemalung, der den kompletten

Gehweg blockierte, schien nicht zu seinem Aufgabenbereich zu gehören.

Ich hingegen meinte dieses Fahrzeug mit Münchener Kennzeichen schon einmal gesehen zu haben, konnte mir aber in diesem Moment noch keinen Reim darauf machen. Nur wenige Minuten später war das Rätsel gelöst, das heißt, mir schwante zunächst etwas. Das Haus ‚Dar Naguara' war, vor allem unsere Etage, hell erleuchtet. Aus Remes Gemächern drang handgemachte Musik auf den nur spärlich beleuchteten Paseo de las Palmas. Meine Vorstellungen verdichteten sich zu einem Bild, dass hinter der Eingangstür noch deutlich übertroffen wurde.

Reme hatte eine Zirkusgruppe eingeladen, daher war mir der Hippiebus bekannt vorgekommen. Ich hatte die Blumenkinder gestern auf der Plaza gesehen. Jetzt wurde jongliert, gezaubert und geturnt, während Reme relativ erfolglos versuchte, mit ihrer neuen Gitarre die Combo zu unterstützen.

In meinem Bett lag ein Pärchen, möglicherweise mit der Aufgabe betreut, den Zirkus personell zu vergrößern. „Du willst doch nicht schon ins Bett gehen?" Remes Frage schien mehr rhetorisch gemeint zu sein, da sie sicherlich von dem Liebesnest wusste. „Wieso denn?" zickte ich zurück „ist doch erst halb vier und außerdem ist es noch dunkel, ich schau mal nach Marisa." Reme hatte den sarkastischen Unterton scheinbar nicht mitbekommen."Marisa ist nicht da, sie ist zu ihrer Familie nach Ronda gefahren." Umso besser dachte ich, dann gibt es da wenigstens ein leeres Bett. Ich zog dem Pärchen in meinem Bett, einen Interruptus riskierend, die Decke weg, „das ist meine und die brauche ich jetzt!", verkeilte Marisas Tür von innen, stopfte mir den Ohrenschutz, der es auf wundersame Weise von der Bundeswehr in Bergen-Hohne bis nach Granada geschafft hatte, in die Ohren und zog mir meine Bettdecke übers Gesicht.

Der nächste Morgen, der bereits ein Mittag war, wurde mit Alka Selzer eingeleitet. Die Zirkustruppe hatte sich in ihren Zirkusbus zurückgezogen, der vor seiner geplanten Weiterfahrt nach Marokko erst einmal, laut Reme, generalüberholt werden musste – hoffentlich nicht im Paseo de las Palmas dachte ich, sonst müsste ich mich doch noch einmal, ganz gegen meine Überzeugung, mit der Guardia Civil in Verbindung setzen – das Pärchen in meinem Zimmer hatte beschlossen, sich von der Restgruppe zu trennen und wohl deshalb gestern schon den ersten Schritt zur Erweiterung der eigenen Gruppe auf drei Personen machen wollen, ein Versuch, der durch meine Sabotage, ohne Decke nicht ausgeführt werde konnte. „Oh nein, Reme, ich habe keine Ahnung von Bussen, da kann ich wirklich nicht helfen, " ich kannte Remes ‚Sei nicht so egoistisch – Blick'. „Ich kann dir dein Fahrrad reparieren und vielleicht ein paar kleinere Probleme an deiner Ente lösen, aber keinen kompletten Reisebus, außerdem habt ihr doch so kompetente Handwerker hier, vielleicht der Klempner vom Badezimmer. „Sei nicht zynisch", zickte sie zurück, „die haben doch keine Kohle". „Na, da haben wir ja zumindest etwas gemeinsam, das Problem müssen sie nun wirklich allein lösen." Zwischen mir und weiteren Erwiderungen Remes schloss sich die Eingangstür, ich hatte beschlossen mir heute ein Frühstück in der Bar „Manolo" zu genehmigen.

Begoña Perez Calleja oder keine Latzhosen mehr

Eine Latzhose ist eine spezielle Form der Hose, an die vorne ein Latz angesetzt ist, der die Brust bedeckt. Hinten an der Latzhose sind oft in der Länge verstellbare Träger angebracht, die über die Schultern verlaufen und am Latz befestigt werden. Auf dem Latz befindet sich meistens eine Tasche.

Die Latzhose wurde als Arbeitskleidung in den USA, wo sie unter dem Begriff Overall bekannt ist, erfunden und dort anfangs – vor allem aus blauem Jeans-Stoff angefertigt – in erster Linie von Farmern und Landarbeitern getragen.

In den 1970er- und 1980er-Jahren waren Latzhosen auch in der Öko- und Studentenszene verbreitet.

Dieses Wochenende hatte ich für Begoña reserviert, die ich im vorigen Jahr im Zug nach San Sebastián kennengelernt hatte und die mir ihre Adresse in Málaga hinterlassen hatte. Wir waren uns mit Hilfe des schaukelnden Zuges näher gekommen und als sie in San Sebastian den

Zug verließ, war mir klar, dass mein erster Trip von Granada nach Málaga gehen musste.

Sie holte mich mit ihrem Motorrad vom Busterminal ab und aus einem Wochenende wurde eine Gewohnheit, die nur aus ausgesprochen wichtigem Grund unterbrochen wurde, so als ich Julie aus Florida kennenlernte, die alles „soou romanticoou" fand.

Bego stand wieder mit ihrer Honda bereit und wir machten uns auf in die Ciudad de los Milliones, ein Neubauviertel am Standrand, das von Begoña und ihrer Tante, der Schwester ihres Vaters, einer fahnenflüchtigen Nonne, bewohnt wurde. Die Wohnung hatte neben Begos Zimmer noch eine weitere, mit einem Etagenbett ausgestattete Räumlichkeit, die mir für meine Wochenendaufenthalte zur Verfügung gestellt wurde. Der dritte Mitbewohner der WG war Zuri, das baskische Wort für Weiß, ein für die Wohnung viel zu großer Hund, dessen Namen leicht Rückschlüsse auf die Fellfarbe erlaubt und der neben drei großen Schlössern für die Sicherheit verantwortlich war.

La Tía, für die Spanier reicht das Wort Tante ohne Namen, arbeitete in einem Krankenhaus mit klar vorherzusagenden Arbeitszeiten. So konnten wir uns ziemlich sicher sein, wann die Wohnung uns zur freien Verfügung stand. Zwingende Gründe konnten diese Planung aber auch schnell über den Haufen werfen und solch ein Grunde musste heute vorgelegen haben.

Normalerweise sicherten wir die Haustür immer mit den drei dafür vorgesehenen Schlössern ab, damit wir im Notfall, der natürlich nie eintreten sollte, am Schlüssel und Schlossklappern noch Zeit hätten in unsere Klamotten zu steigen und unverdächtige Aktivitäten vorzutäuschen. Bisher war nie solch eine Zwangslage eingetreten und so fingen wir an, mit den Sicherheitsvorkehrungen zu schluren. In der vermeintlichen Sicherheit befangen, dass die Tía im Krankenhaus ihren pflegerischen Obliegenheiten nachging, widmeten wir uns in Begos Zimmer einer intensiven Körperkultur. Damals waren Latzhosen schwer in Mode und ich hatte mich meines Exemplars erledigt und dort liegengelassen wo wir gestartet hatten, nämlich in meinem Fremdenzimmer, als plötzlich das immer gefürchtete und inzwischen erfolgreich verdrängte Geräusch an mein Ohr drang, d.h. die Sparversion, da wir nur die Haustür verschlossen hatten ohne Zusatzsicherung. Meine Hose war nicht dort, wo ich war, der Umstand allein wäre schon schwer zu erklären, aber ich war auch dort, wo ich nicht hingehörte, zumindest in den Augen der Tía. Durch den Türspalt sah ich sie den Hund begrüßen und mit ihm zusammen in der Küche verschwinden. Jetzt oder nie – raus aus Begos Zimmer und hinein in meine Kajüte. Die Schritte der Exnonne waren auf dem Flur Richtung Begoñas Gemächer zu hören. Sie hatte noch Zeit sich einen Pullover überzuziehen, meine restlichen Bekleidungsstücke unter der Bettdecke zu verstauen und ein leidendes Gesicht aufzusetzen.

Ich tauchte hinter der Tía in Begos Zimmer: „está enferma tía, parece que tiene fiebre", sagte ich und zeigte auf die bettlägerige Ex-Zimmergenossin. „Quién, la Begoña?" fragte sie völlig unnötigerweise zurück, wie um damit anzudeuten, dass ihr als Krankenschwester die Geschichte mit dem Fieber, das ich vielleicht besser weggelassen hätte, unglaubwürdig vorkam. Sie schwieg eine Weile und ergänzte schließlich mit doppeldeutigem Blick: „Pues, voy a la farmácia a comprar algo." Bego warf mir einen dunklen Blick zu, den ich als „hätte dir nicht etwas Besseres einfallen können?"

Die Tür fiel wieder ins Schloss und Bego stöhnte: „que vergüenza, se dio cuenta." Ich weiß bis heute nicht ob die Tía uns die Geschichte abgenommen hat, sie hat jedenfalls nie ein Wort darüber verloren, was ich ihr bis heute hoch anrechne. Latzhosen als Bremsklötze des Ankleidevorgangs waren jedenfalls ab da tabu, zumindest wenn ich in Málaga war.

Jamie aus Miami

Wieder zurück in Granada schleppte mich Remedios gleich am nächsten Tag zu einem Auftritt ihres Zirkus in eine Lokalität in den Alpujarras, aus dem leicht zu erratenden Grund, die Zuschauerzahl zu erhöhen. Herrmann, Christel und Sabine mussten auch mit, mehr passten in die Ente nicht hinein, bzw. mehr hätte der 2CV nicht die Berge hochschleppen können. Selbst so konnten die Steigungen nur im 30 km/h – Tempo genommen werden und so trafen wir denn ein, als die Show schon in vollem Gange war. Das Lokal war wider Erwarten gut besucht, wobei allerdings eine amerikanische Reisegruppe einen bedeutenden Teil ausmachte. Nicht alle schienen die erforderliche Begeisterung mitgebracht zu haben, ein älteres Paar eindeutig andalusischer Herkunft stand vor mir und kommentierte permanent die Qualität der Vorführung:" te gusta? de verdad te gusta? Y esto también te gusta? Pue, si no te gusta pagamo y no vamo – son la die y die ya. Offensichtlich gefiel es ihm mehr als ihr, denn nach einer halben Stunde, also nach halb elf war sie verschwunden und er jetzt ohne Aufsicht, bestellte sich einen weiteren Roten.

Mir war das Programm spätestens nach der Privatvorstellung in unseren Gemächern im Paseo de las Palmas bekannt und so konnte ich mich soziologischer Feldforschung widmen. Vor allem das Verhalten der Amerikaner in freier spanischer Wildbahn erregte meine Aufmerksamkeit. Der Zufall bescherte mir die Gelegenheit eines direkten Kontaktes. „Do you speak english?", der amerikanische Slang relativierte ein wenig das exotische Äußere. „My name is Jamie, I´m from Miami," fuhr sie fort und ohne eine Antwort abzuwarten, ob ich tatsächlich der englischen Zunge mächtig wäre, was sie wohl an meinem Erscheinungsbild als selbstverständlich voraussetzte „maybe you can help me, nobody speaks english here." Bei Spaniern, speziell Andalusiern, war es eigentlich egal, ob sie Englisch sprachen oder nicht, man hätte sie auch mit anglosächsischen Sprachkenntnissen nicht verstanden.

Dem Zufall dankbar wühlten wir uns an die Theke nach vorn und ich bestellte für uns beide, der Situation angemessen, zwei tintos de la casa.

Aus zwei tintos wurden schnell mehr, das Gespräch, jetzt auf Englisch intensiver und vor allem persönlicher und irgendwann, das dargebotene Programm war vergessen und von der Bar sowieso nicht zu sehen, war der Zeitpunkt gekommen, uns der tintos und der Begleitung zu entledigen und dabei ein wenig frische Luft zu schnappen.

Wir gingen ein paar Schritte, die Hitze des Tages war einer angenehmen Wärme gewichen, die Grillen machten einen Höllenlärm, ein Vollmond ergänzte die spärliche Straßenbeleuchtung und wie vorherbestellt den Weg zum Fluss hinunter. Wie zufällig berührten sich unsere Hände und ich dachte nur, sag jetzt nichts was die Stimmung versaut. Dafür zeigt sich Jamie zuständig: " Ouuh, que romanticou España en la nouche." Es war sicherlich lieb gedacht, aber bei dem Akzent war an Romantik nicht mehr zu denken. Wir kürzten den konversationellen Teil auf das Notwendigste und kamen umso schneller zur Sache, eine Sache in der sich Jamie nicht unbedingt als Anfängerin erwies. Über uns rauschten die Bäume, vor uns plätscherte der Fluss und Jamie dachte auch nicht mehr an Romantik. Das trockene Gras piekte an unseren ungeschützten Stellen, Käfer und Mücken störten die Konzentration. „Was macht ihr denn da?" die Frage war so überflüssig wie die Situation eindeutig war. Auf irgendeine mysteriöse Weise war Remedios auf der Bildfläche erschienen, auf der wir nur noch durch die Dunkelheit vor totaler Aufklärung geschützt waren. „Wir schauen uns den Fluss an", gab ich wenig glaubhaft zurück. Jamie rutschte ein wenig von mir weg und brachte geschickt ihre Bekleidung in Ordnung. Reme gab sich noch nicht zufrieden, "claro, bei Nacht guckt ihr euch den Fluss an, der liegt übrigens in der anderen Richtung, " sie zeigte in einem 90° Winkel von meiner Blickrichtung abweichend in die Nacht. „Was geht dich denn das überhaupt an, du Stimmungskanone, " letzteres war selbst für Remedios erkennbar ironisch gemeint, "ich kann mir angucken was ich will, mit wem ich will und wann ich will, so und jetzt mache dich vom Acker, " ging ich jetzt zum Angriff über. „Meinetwegen kannst du dir bis morgen angucken, wen und was du willst, ich wollte nur sagen, dass wir in einer halben Stunde zurückkutschieren und von hier fahren keine Busse außer vielleicht dem von deiner neuen Eroberung." Die Stunde der Entscheidung war da. Nach kurzer Rücksprache mit Jamie, „oh no, we´re filled up in our car, " nahm ich Remedios Angebot an und gab den Abend sexualtechnisch für verloren. Der Form halber verabredeten wir uns für den folgenden Tag in Granada aber ich hatte so wenig Hoffnung auf eine Fortführung der ‚noche romanticouu', dass ich gar nicht erst hinging, was sich als neuer Fehler erwies, denn Jamie tröstete sich sehr schnell mit Juan, den ich bis dato noch nie mit Frauen gesehen hatte.

Zur Rede gestellt grinste er mich nur an: "Ich enttäusche niemanden, ni hombres ni mujeres, " Jamie sah ihn dabei mit einem Blick an, der diese Aussage zu bestätigen schien. Ich gab mich geschlagen und gab Remedios die Schuld, die ja auch eine Stunde später hätte zurückfahren können.

Stefan und Maria Amelia

Wir waren gerade dabei, das neue Dope auszutesten, den Juan, ein Freund von Marisa, aus Marokko mitgebracht hatte. Er finanzierte auf diese, nicht ganz risikolose Weise, sein Medizinstudium. Später wollte er passend zum Thema auf dem Gebiet „Cannabis und seine Auswirkung auf Lernprozesse im Studium" promovieren. Er war jetzt im 3.Semester, hatte also noch viel Zeit und etliche Fahrten nach Tanger vor sich. Die Zollkontrolle in Nordafrika war 1982 recht luschig und „good hush" überall auf der anderen Seite der Meerenge von Gibraltar einfach zu erstehen. Juan nahm die Fähre, kaufte im Souk ein paar Keramikprodukte, offiziell um sie in seinem nichtexistenten Laden in Granada zu verkaufen und stopfte sie mit Dope voll. Die Keramikgefäße vertickte er entweder an Souvenirläden oder verschenkte sie zu Geburtstagen oder anderen Gelegenheiten. Reme hatte ihr Exemplar zur Aufbewahrung des Haushaltsgeldes zur Verfügung gestellt „falls hier mal eingebrochen wird, finden die das Geld nie", flüsterte sie mir dabei verschwörerisch zu. Da wir kaum Haushaltsgeld besaßen, musste man für diese Schlussfolgerung keine prophetischen Gaben besitzen, wo nichts ist, kann auch nichts gefunden werden.

Freunde seiner Freundin bekamen von Juan einen ebenso freundschaftlichen Preisnachlass und konnten sich so für wenige Peseten einen schönen Abend machen. Marisa zahlte natürlich gar nichts und so war es ökonomischer erst einmal ihren Joint zu testen. Herrmann, auch er durfte sich zu Marisas Freundeskreis zählen, hatte zur Feier des Tages, jede sichere Rückkehr Juans aus Nordafrika gab dazu Anlass, eine Flasche Wein mitgebracht. Er zog den Korken mit sicherem Griff heraus, roch mit Kennernase daran, schenkte sich ein wenig ein, hielt sein Glas fachmännisch gegen das Licht roch noch einmal und schickte den ersten Schluck, nicht ohne ihn vorher schmatzend durch den Mund zu spülen, in seinen Magen, wo er viele Vorgänger antraf. „Geht so, vamos, " kommentierte er, „nicht gerade der beste Jahrgang, aber immerhin Rioja." Da wir Herrmanns Quelle kannten, war auch nicht mehr als ‚geht so' zu erwarten. Die verheerende Kombination von Dope und Alkohol, zumindest was mich betraf, hatte ich noch in deutlicher und peinlicher Erinnerung – ich hatte nach einem totalen Blackout auf einer Silvesterfeier beim Zurücktrampen meine eigene Freundin nicht wiedererkannt, die sich vom Beifahrersitz eines mir unbekanntem Porscheschnösel nach mir umdrehte und mich angrinste - und so lehnte ich schnell den ‚Rioja-geht-so' ab, als Herrmann die Flasche herumgehen ließ. David Bowie war zurück auf dem Mars, Pink Floyd auf der dunklen Seite des Mondes und wir saßen in Marisas ungelüfteter Bude.

„Ach ja, bevor ich es vergesse, du hast Post aus Bremen, lag unten auf der Treppe, " Hermann zog eine Postkarte aus der Jackentasche und schnipste sie herüber zu mir. Ich sah auf den Absender und erkannte Stefan S. Der restliche Text war telegrammmäßig überschaubar: „Komme dich nächste Woche besuchen, bringe noch eine kleine Chilenin mit, rufe mich an für genaueres."

Ich versuchte das Datum auf dem Stempel zu ermitteln, nächste Woche könnte ja auch morgen sein, das musste sofort geklärt werden. Handys waren zu der Zeit noch Science Fiction und so musste ich wohl oder übel mein Fahrrad aus dem Stall holen und die nächste Telefonzelle ansteuern. Die Nachtluft klarte ein wenig meinen Kopf und nach 10 Minuten hing ich an der Strippe, nachdem ich zwei Mädchen mit meiner Standardausrede: „ich habe hier einen Notfall, es geht um Leben und Tod", die Verbindung gekappt hatte. Ungläubig standen die beiden vor dem Glaskasten. Ich drückte die Tür mit dem Fuß auf und versuchte sie zu beschwichtigen: "Ihr könnt gleich weiterquatschen, ich rufe nur eben den Krankenwagen, die Polizei und die Feuerwehr, " letzteres war wohl ein wenig zu dick aufgetragen. Joachim, Stefans Mitbewohner in der Augsburger Straße war am Telefon: "Wo bist du denn, ich denke Stefan ist in Spanien bei dir, er ist hier vorgestern mit der Bahn losgefahren, übrigens in lateinamerikanischer Begleitung." „Danke, genau das wollte ich wissen, mit seinem Eintreffen ist hier wohl jederzeit zu rechnen." Ich hängte den Hörer ein, gab den beiden Granadinas die übriggebliebenen

Münzen und bat sie, dem Krankenwagen und der Polizei den Weg in den Paseo de las Palmas zu zeigen. Die Feuerwehr ließ ich weg, um einen Rest von Glaubwürdigkeit zu bewahren.

Stefan, ebenfalls Lehramt Student mit den Fächern Spanisch und technisches Werken, hatte, im Rahmen eines Praktikums zur Erstellung von Musikinstrumenten, seine Berufung erkannt und sich von seinem Studium ab- und der Gitarrenproduktion zugewandt. In seiner WG in der Augsburger Straße hatte er mit geschicktem Händchen, den dort ursprünglich beheimateten Tante Emma Laden in eine Fachwerkstatt für seine Zupfinstrumente umgewandelt. Von der geigengroßen Reiseklampfe bis zum Luxusinstrument mit erotischen Einlegearbeiten in Ebenholz konnten die Musikinstrumente, derzeit noch zu erschwinglichen Preisen, bei ihm erworben werden.

Wie es der Zufall wollte, wohnte nicht weit von uns Antonio Marin, einer der derzeit wichtigsten Gitarrenbauer Spaniens. Antonio war bereit, sich von Stefan über die Schulter schauen zu lassen und ihm somit die höheren Weihen der Gitarrenbaukunst zu vermitteln. Maria Amelia, die nach einer längeren Odyssee durch Deutschland bei Stefan angekommen war, ihre deutsche Bekanntschaft Hanno aus dem chilenischen Sommer vor zwei Jahren hatte die Wartezeit mit einer neuen Liebe überbrückt, die keine Lust auf chilenische Konkurrenz hatte. Und so wurde Mamel, so die Kurzform ihres Namens, zu Stefan nach Bremen transportiert, den sie von Hanno kannte und von dem sie wusste, dass er zwar des Spanischen mächtig war aber auch nichts gegen ein nativsprachliches Upgrade einzuwenden hatte.

Kaum im norddeutschen Tiefland angekommen, stopfte der Besuch aus Chile seinen Rucksack wieder voll und, den Service von Bundesbahn, SNCF und Renfe in Anspruch nehmend, trudelten die Beiden nur wenige Stunden nach meinem Anruf in Granada und nach einem zünftigen Fußmarsch von der Estacón Central im Paseo de las Palmas, Haus ‚Dar Naguara' oder auch ‚Casa de las Flores' ein.

In der linken Hand die Tüte mit den Broten fürs Frühstück wuselte ich den Schlüssel aus der Brusttasche meiner Latzhose, schloss die Tür auf und stolperte über zwei denkbar ungünstig platzierte Rucksäcke.

Die Brote rutschten über den Fußboden passend direkt Richtung Kaffeetisch, Reme bemerkte vollkommen unnützerweise „ten cuidado", um noch unsinnigerweise hinzufügen „ ¿te caiste? bist du gefallen?" „Nein, du weißt doch, in der Wohnung krieche ich immer. Nur außerhalb des Hauses gehe ich auf zwei Beinen." Stefan, aus leicht erhöhter Stuhlposition grinste mich an: "Reme, wie sie leibt und lebt, das ist übrigens Maria Amelia, für die Freunde auch einfach Mamel." Ich wischte die Brote kurz an meinem T-Shirt ab und hielte ihr den Kopf zu den spanischen Begrüßungsküssen hin. „Hola Mamel, que tal?" „Solo un lado en Chile, nur ein Kuss in Chile." „Pero aquí estamos en España, entonces dos", gab ich zurück und erhielt den mir zustehenden zweiten Kuss.

Remedios hatte bereits Tatsachen geschaffen: „Ich habe den beiden gesagt, sie können in deinem Zimmer schlafen, du hast doch sicherlich nichts dagegen?" Auf diese, mehr rhetorische Frage konnte es eigentlich nur eine ebensolche Antwort geben. „Dann müssen wir uns wohl dein Bett teilen oder soll ich zu Marisa?" gab ich zurück. „Ja", überlegte Reme, „ das wäre vielleicht auch eine Lösung. Marisa hat nur gerade ihr Bett abgezogen um es zu waschen, du müsstest dann dein eigenes mit rüber nehmen, Stefan und Mamel haben Schlafsäcke dabei." Ich versuchte mich zu erinnern, ob ich jemals meine Mitbewohnerin bei der Bettwäsche waschen gesehen hätte, musste den Kampf gegen eine etwaige retrograde Amnesie aber aufgeben.

„OK, ihr Beiden, schnappt euch eure Rucksäcke, bevor ich ein zweites Mal darüber stolpere und folgt mir in meine Gemächer." Ich nahm meine Bettdecke, zog das Laken ab, brachte alles in Marisas Zimmer und ließ den Besuch mit meiner Matratze und ihren Schlafsäcken allein.

Reme stand in der Küche und schien ihren Vorschlag zu bereuen: „und wenn die beiden jetzt in deinem Zimmer?" sie brachte den Satz nicht zu Ende und beließ es bei einer Andeutung. „Ja was ist dann? Wenn sie das wollen können sie es auch woanders haben, was geht uns das an?" „Ja aber wir sind hier ins Spanien und die spanische Moral", wieder blieb es bei einer Andeutung. „Ésta moral me la meto al culo", auf Spanisch kam mein Kommentar offensichtlich an, denn Remedios öffnete und schloss den Mund sofort wieder. „Perdón, war vielleicht ein wenig zu hart ausgedrückt, Reme, aber wir leben im Jahre 1982 und auch hier in der Madre Patria ändern sich die Sitten sieben Jahre nach Francos Abtritt und du hast doch auch die meiste Zeit deines Lebens in Deutschland verbracht und solltest anderes gewohnt sein. Sie versuchte ein Lächeln, „ven y dame un abrazo, joder, no me gusta pelear." Ich nahm sie in den Arm und beendete die Friedensverhandlungen, „erstens streite ich auch nicht gern und außerdem war das nur ein Kommentar, weil mir die doppelte Moral hier auf den Keks geht, vale?" Sie nickte und bis zum nächsten Zoff war wieder alles in Ordnung.

Die Geräusche in meinem Zimmer, ob nun Lasterhöhle oder nicht verebbten langsam, ich schenkte mir ein Glas Rotwein ein, lieh mir Remes Gitarre und verzog mich in mein freiwilliges Asyl in Marisas Zimmer um ein paar Griffe eines Stücks von Paco de Lucia zu üben, die mir Juan gezeigt hatte. Vielleicht konnte ich damit unseren Besuch oder wenn nicht, sonst jemanden beeindrucken. Aus Paco wurde schnell wieder Bob Dylan, war ja für Latinos auch sicher viel exotischer. Zufrieden mit mir stellte ich die Klampfe in die Ecke, schlich mich ins Bad, suchte meine Zahnbürste vergeblich – wahrscheinlich hatte sie Marisa mit ihrer verwechselt und mitgenommen – und lieh mir schließlich Remedios Zahnreinigungswerkzeug, natürlich ohne sie davon in Kenntnis zu setzen aber nach einer schnellen Desinfektion mit kochendem Wasser. Dann verkroch mich unter meiner Decke in Marisas Schlafgemach und hakte den Tag als erledigt ab.

Im Traum lag ich am Strand, aalte mich in der Sonne, wollte mich auf den Bauch drehen und griff in etwas menschlich Weiches. Der Traum endete in dem Moment, als das Weiche mir ins Ohr zischte: "Saca la mano de ahí, coño, nimm die Hand da weg!" Marisa hatte sich mit Pablo verkracht, war unvorhergesehener Weise zurückgekommen und hatte, vielleicht um Strom zu sparen, im Dunkeln ihre Liegestatt angesteuert, teilweise besetzt gefunden, und sich, schon um ihrem Novio zu zeigen, dass sie ihn überhaupt nicht brauchte, einfach dazugelegt. Durch die mangelnde Breite des Bettes ließ sich menschliche Nähe und die dazugehörige Wärme nicht vermeiden und dies bewirkte, vielleicht auch mit leichter Unterstützung des Rotweines schwer kontrollierbare biologische Reaktionen meiner Physis.

Ich erklärte Marisa meine Anwesenheit, sie bewunderte meine Herzensgüte, beklagte sich mit tränenfeuchten Augen über Pablo, der sie tief verletzt hatte und den sie niemals „nunca y nunca jamás!" wiedersehen wollte – Marisas Niemalse dauerten meistens drei Tage – rutschte noch ein bisschen näher und brachte mich in einen ernsthaften Gewissenkonflikt, da ich die Situation eigentlich, aber auch nur eigentlich, nicht ausnutzen wollte. „Du verstehst immer alles, du bist nicht wie Pablo, este Giripollas!" ließ sie mich mit funkelnden Augen wissen, wobei mir nicht klar war, ob ich das nun als Kompliment auffassen sollte oder mehr als „mit dir passiert eh nichts, da kann ich von Kumpel zu Kumpel reden."

Marisas „Hände weg" wurde langsam zu einem „nun mach schon weiter" das auch ganz gut ohne Worte klappte und so kam zusammen was zusammengehört. Meine einzige Sorge alt jetzt noch Reme, die davon nichts wissen durfte, denn was Reme heute wusste, wusste Morgen Granada, übermorgen Spanien und bald die ganze Welt.

Im Morgengrauen, das heißt so gegen 10 Uhr, huschte ich ins Bad, zog mir mein eigentlich auszutauschendes T-Shirt über den Kopf, holte mir die letzten überlebenden Peseten aus der Dose für Haushaltsgeld und gelangte ungesehen, Remedios lag mit dem Gesicht zur Wand unter ihrer neuesten Spermüllkreation (schöne Form), auf die Treppe. Direkt unserem Haus gab es einen kleinen Tante Emma Laden mit Brot und frischem Gemüse direkt aus der Vega, viel mehr gab das Haushaltsgeld auch nicht mehr her. Zehn Minuten später stand ich wieder in Remedios Schlaf-und Durchgangszimmer, um mit mächtigem Getöse meiner Verwunderung Ausdruck zu verleihen, das noch niemand Kaffee gekocht hatte, wo ich doch schon in Allerherrgottsfrühe für das Frühstück gesorgt hatte.

Remedios schob mit Vehemenz und den Füßen ihre Decke zurück und riss dabei die „schöne Form" vom viel zu kleinen Nagel. „No metas tanta bulla," zischte sie mir zu „Marisa y los dos de Bremen están seguramente durmiendo todavía, además es muy temprano."

Ich belehrte sie eines Besseren: „Freu dich doch, wenn die anderen noch schlafen, ist das Bad frei, ich koche Kaffee und dann können wir zusammen frühstücken. Stefan wollte heute Morgen zu Antonio Marin und sich ein paar Tricks für seine Werkstatt zeigen lassen, währenddessen mache ich mit Amelia einen Stadtbummel." Reme versuchte zunächst einen Hintergedanken zu finden, verschwand aber dann im Nassraum.

Neue Reisepläne

„Ich habe schon einmal im Uni-Reisebüro nachgefragt, der günstigste Flug wäre nach Lima, Peru und von da aus auf dem Landweg, d.h. mit dem Bus nach Chile," Stefan hatte die große Südamerikakarte auf dem Tisch ausgebreitet und fuhr nun mit dem Finger über die Landkarte, als würde er eine Reise durchs Sauerland planen, „dann hier über die Anden mit dem Zug nach Bolivien, weiter nach Peru, zu Fuß den Incatrail zum Macchu Picchu, Rio de Janeiro, Salvador bis nach Manaus in Brasilien." Er musste Luft holen und das nutzte ich blitzschnell aus. Stefan hatte unsere alten Südamerikapläne wiederbelebt und erweitert.

„Von Chile war nie der Rede, so lange der Killer Pinochet noch an der Macht ist", fiel mir ein. Amelia horchte auf als sie das Wort Chile hörte. „Qué pasa con Chile?", fragte sie, nahm sich einen Stuhl und setzte sich zu uns an den Küchentisch. Ich klärte sie auf, dass wir unsere Südamerikareise geplant hatten, ohne ihr Heimatland zu besuchen solange Pinochet, dieser ‚Hitler-Light' noch am Ruder war. Von jeglicher Kenntnis der politischen Verhältnisse dort ungetrübt gab sie die Meinung ihres Vaters, eines Offiziers der Fuerza Armada wider, dass das Militär ja nur einem Sowjetisch-Kubanisch gesteuerten Bürgerkriegs zuvorgekommen wäre und damit trotz einiger unvermeidlicher Kollateralschäden doch Frieden und Wohlstand bewahrt hätte. „Por lo menos mi Papá ha cometido ningún crimen", beeilte sie sich noch zu sagen. Warum nun gerade Papa als Offizier von nichts gewusst haben sollte, erinnerte mich fatal an die jüngere deutsche Vergangenheit. Opa Gaßmann als Parteimitglied und Opa Reincke darüber hinaus als Polizist und Parteimitglied hatten ebenfalls keine Ahnung von den Verbrechen des ‚Gröfaz' und seiner tausenden Mitläufer.

Das konnte ich so nicht stehen lassen, nicht umsonst hatten mich die Partei und diverse chilenische Exilanten in Bremen darüber aufgeklärt, was da gerade im südlichen Südamerika abging und nicht umsonst war ich regelmäßiger Besucher des Maizeltes der DKP, für die ich ansonsten nicht viel übrig hatte, aber wo nahezu jedes Jahr chilenische Exilmusiker der ersten Reihe auftraten. Ich atmete einmal kurz durch und legte mir meine Argumente so zurecht, dass sie auch einer von jeder sachlichen Information verschont gebliebenen Offizierstochter einleuchten müssten, wie ich meinte. Doch bevor ich die erste intellektuelle Perle auf meine Argumentationskette aufgereiht hatte, fiel mir Stefan in das noch gar nicht ausgesprochene Wort: "Vergiss es, hab´ ich auch schon versucht, so geht das nicht." Er verriet mir zwar leider auch nicht, wie es denn gehen könnte.

„Aber mal was ganz anderes, ich hab´ da einen Anruf von Charo bekommen, sie hat seit zwei Wochen ihre Regel nicht gekriegt, und du weißt ja hier geht gar nichts, vielleicht bekomme ich sie zu ProFamilia nach Bremen."

Ich verstand kein Wort: „Jetzt mal langsam, erstens wer ist Charo, zweitens wo wohnt das Mädchen und drittens bist du für den Missstand verantwortlich?" Nach dem wo und wie wollte ich gar nicht erst fragen. „Also, " klärte er mich auf, „Charo wohnt in Madrid, ich habe sie auf einer Uni-Fete kennengelernt und naja..." „Na ja heißt also, Stefan wird Vater?" fragte ich zurück. „Nicht wenn ich es verhindern kann, " präzisierte er und ergänzte, „und deshalb wollte ich dich bitten, Mamel mit zurück nach Bremen zu nehmen, ihr fahrt doch nächste Woche zurück hat mir Reme erzählt. Ich war geplättet, er hatte die Chilenin nur mitgebracht, weil er sie nicht allein in Bremen lassen wollte. Na gut , sei es drum, wir wollen doch einmal sehen, wie sich das weiterentwickelt und sich dann nicht vielleicht doch noch einmal eine Situation ergibt, sie über die chilenischen Verhältnisse aufzuklären. „Moment", versuchte ich ihn zu bremsen, „nun mal Butter bei die Fische. Wann willst du nach Madrid, was soll ich mit Amelia in Bremen, wann will sie zurück nach

Chile und von wo, wo sind ihre Klamotten – ist ja wohl nicht alles im Rucksack – und..." „Jetzt mal eines nach dem anderen," unterbrach er mich nun, "welche Frage soll ich zuerst beantworten, fuhr dann aber gleich fort: „ihr Koffer steht bei mir in der Werkstatt aber ein Großteil des Inhalts liegt bei Hanno in Frankfurt, das ist der Typ, wegen dem sie nach Deutschland gekommen ist, der aber inzwischen eine neue Freundin hat – kein Wunder, wer hält schon eine dreijährige Pause aus – und der sie mit nach Bremen gebracht hat, weil er derzeit ein Praktikum im Überseemuseum hatte und der dann zusammen mit Niklas zu meiner WG – Fete gekommen ist. Na ja und da wir gerade ein Zimmer frei hatten und ich dann dich besuchen wollte, ist sie nun hier, muss aber in 4 Wochen wieder in Frankfurt sein, von dort geht ihr Rückflug, da müsstest du sie dann hinbringen, ihr könnt ja trampen, mach ich auch immer, geht ganz gut. So, das war die Kurzversion." „Klar, logisch, trampen mit einem Koffer und dem ganzen Gedöns auf der Autobahn, da kommen wir entweder viel zu früh oder viel zu spät an, wenn uns überhaupt einer mitnimmt, " fiel mir noch ein.

„Du schaffst das schon", er klopfte mir kameradschaftlich auf die Schulter, „sonst fahrt ihr halt mit dem Zug." „Apropos, was kannst 'n mir für Madrid empfehlen, Zug oder Bus?" „Warum nicht per Anhalter, du hast ja kaum Gepäck dabei." „Weiß ich nicht, ich habe in Spanien noch nie getrampt." „Ist wie in Deutschland, du stellst dich an die Straße, hältst den Daumen raus und wenn einer anhält, soll auch hier schon vorgekommen sein, sagst du ihm, wo du hinwillst, manchmal klappt's." „Vielleicht nehme ich doch lieber den Zug, ach ja ich habe A-melia noch nichts gesagt, könntest du vielleicht...?" „Nee Alter, " ich war geplättet, „das ist ja wohl dein Job, ich dachte sie wüsste längst Bescheid!" „Ok ok, " lenkte er schnell ein, "ich sag´s ihr und fahr dann übermorgen." „Du kannst mit meinem Fahrrad zum Bahnhof fahren und dir die Fahrkarte holen, aber bringe es mir zurück, sonst stehen da sehr schnell zwei." Amelia war nicht sonderlich überrascht, als Stefan ihr seine Weiterreise nach Madrid mitteilte, offenbar war sie schon einiges gewohnt von ihm.

Wir brachten Stefan noch gemeinsam zum Zug, Reme stellte dafür großzügig ihre Ente zur Verfügung, wahrscheinlich hätte sie ihn noch lieber bis Madrid gefahren. Als der Zug schließlich mit 30 Minuten Verspätung aus dem Bahnhof rollte, kommentierte sie lakonisch: "Qué más se puede esperar de este ...!" Die Enttäuschung stand ihr ins Gesicht geschrieben, sie stampfte noch einmal mit dem Fuß auf, dann machten wir uns in Richtung Ausgang auf. „Was haltet ihr von einem Calicasa bei Juan?" fragte ich die Beiden, als wir aus der Bahnhofsstraße in die Gran Avenida einbogen. „A esta hora?" Reme tat ein wenig entsetzt. „Warum nicht, du musst doch nicht fahren und außerdem para quitarte la pena." „No tengo pena, und schon mal gar nicht por ese tío...." „Schon gut, " unterbrach ich ihren beginnenden Redeschwall, „dann eben einfach nur weil heute Freitag ist oder was weiß ich..." „Heute ist Donnerstag, coño", jetzt musste sie selbst grinsen. „Vamos entonces, das heißt wenn Amelia auch will." Calicasa war ein, eigentlich rezeptpflichtiger, undefinierbarer Cocktail, auf Basis einer Sangria, mit verheerenden Auswirkungen beim Genuss von mehr als einem Glas. Urheber dieser Spezialmischung war Juan, ein Barmann der ‚Bar Granada' an der Plaza Mayor. Eine Stunde später hatte Reme mit Hilfe von zwei Calicasa, ihre eigentlich gar nicht vorhandene, aber nichts desto trotz permanent kommentierte, Pena vergessen, leider waren dieser Amnesie auch ihre Ortskenntnisse sowie die Fähigkeit zum aufrechten Gang zum Opfer gefallen.

Epilog in Bremen

Stefan blieb die neue Erfahrung des Familienvaters erspart, Charos Zustand hatte sich schon wieder auf normal eingependelt, was Reme auch nicht so ganz recht war: "Der Kerl kommt aber auch aus jeder Situation wieder raus." Vier Wochen später saßen wir zu viert in Bremen im „Piano". Amelia hatte ihren Flug sausen lassen und beschlossen noch ein paar Monate länger in Bremen zu bleiben um zu klären, wer von uns beiden nun der richtige für sie wäre und ob vielleicht ... weiß der Kuckuck was noch. Reme tat mir fast ein wenig leid, sie war für niemanden die richtige, zumindest nicht in unserem engeren Freundeskreis. Sie beschloss nach Spanien zu ziehen, wo die Leute emotionaler und unkomplizierter wären. Sie hat dann in einem späteren Anlauf ihr Referendariat abgeschlossen und wohnt jetzt wohl wieder in ihrer Heimat. Stefan hat sein Studium ebenfalls abgeschlossen, sich dann aber auf dem Gitarrenmarkt fest etabliert und verkauft inzwischen seine Instrumente in die ganze Welt. Amelie ist 3 Monate später zurück nach Santiago de Chile geflogen, wo Stefan und ich sie auf unserem Südamerikatrip besucht und sie zur Rückkehr nach Bremen veranlasst haben, aber das ist eine andere Geschichte.

Inhalt